고향집 앞에서

고향집 앞에서

글/그림 구활

눈빛

구활 具活

수필가. 경북 경산시 하양읍에서 출생해 경북대 영문과를 졸업했다.
『매일신문』 문화부장, 논설위원을 역임했으며,
현대수필문학상·대구문학상·금복문화예술상을 수상했다.
수필집으로 『그리운 날의 추억제』(문학세계사, 1990),
『아름다운 사람들』(책 만드는 집, 1997), 『시간이 머문 풍경』(눈빛, 2001),
『하얀거 다음날』(눈빛, 2003)이 있다.
9hwal@hanmail.net

고향집 앞에서
글/그림 구활

초판 1쇄 발행일 —— 2005년 5월 8일
발행인 —— 이규상
발행처 —— 눈빛
            서울시 마포구 성산동 572-506호
            전화 336-2167 팩스 324-8273
등록번호 —— 제1-839호
등록일 —— 1988년 11월 16일
편집 —— 정계화, 박인희, 손현주
출력 —— DTP하우스
인쇄 —— 예림인쇄
제책 —— 일광문화사
값 12,000원

이 책은 한국문화예술진흥원의 저술지원금을 받아 제작되었습니다.
Copyright©KooWhal, 2005
www.noonbit.co.kr
ISBN 89-7409-932-2

책머리에

안방에 앉아 맘속으로 정자 하나를 짓는다. 정자는 서출동류西出東流하는 개울물 소리를 깔고 앉아 또다른 소리를 듣고 있다. 정자 뒤를 감싸고 있는 죽림 속의 댓잎들이 서로 이마를 부딪칠 때 들리는 푸른 빗소리 같은 그런 아름다운 소리를 듣고 있다.

지난 겨울 동안 백수의 지겨운 일상을 떨쳐 버리기 위해 몸은 여기저기를 쏘다녔지만, 마음은 한시도 이 정자를 떠나지 않았다. 댓잎 서걱이는 소리가 개울물 소리를 타고 흘러갈 때 나도 그 소리를 타고 함께 흘러간다. 수주 변영로의 『명정사십년』 속의 풍류객이 따로 없다.

나는 이 정자의 주인이다. 아직은 공부가 모자라고 내공이 허약하여 내 풍류의 완성을 이루지 못했지만, 머지않아 옛 선비들이 '유현幽玄'하다고 표현한 그윽한 현묘함을 느낄 날이 반드시 오리라 믿는다.

그날이 오면 맘속으로 지은 기왓장 한 개 얹혀 있지 않은 정자의 마빡에 '허와정虛瓦亭'이란 작은 현판을 걸고, 책 속에서 만난 여러 풍류객 친구들을 불러 술판을 벌이리라. 그리하여 막사발 술잔에 철철 넘치도록 술을 따른 후 내가 즐기고 있는 이 소리를 한입 가득 안주로 쌈을 싸 먹이리라.

마침 한국문화예술진흥원에서 내가 벌이고 있는 술판에 거금의 술말값을 보내 왔기에 내 풍류판은 좀처럼 끝날 것 같지 않다.

2005년 4월
구활

차례

3

4

1

풍류별곡

강원도 동해 땅에 있는 삼화사 무릉계곡 흰 너럭바위 위에는 지워도 지워도 지워지지 않는 음각 글씨들이 바위를 덮고 있다. '풍류'로 설명할 수밖에 없는 선인들의 일필휘지 명필들이 흘러가는 계류수를 베개처럼 베고 있는가 하면, 풍류객에는 못 미친 어중간한 졸부들의 이름들이 낙서로 나뒹굴고 있다. 시대를 잘못 만나 불우한 생애를 살다 간 설잠선사 매월당 김시습의 글씨도 있고, 조선 전기 4대 명필의 한 사람인 양사언의 '무릉선경 중대천석 두타동천武陵仙境 中臺泉石 頭陀洞天'이란 달필이 붓끝에서 방금 떨어져 나온 듯 싱싱하다.

삼화사로 들어가기 위해 이 계곡을 지나칠 때마다 대필을 들고 혼신의 힘을 들여 글씨를 쓰고 있는 옛 선비들의 모습이 떠오른다. 풍류의 극치, 사람이 다다를 수 있는 기운의 최정점에서 아마 글씨를 썼으리라. 주위에는 동료 선비들의 왁자한 웃음소리가 넘쳐나고, 주기 또한 도를 지나쳐 술항아리가 여러 번 넘겨졌으리라. 바위 옆 한 켠에는 종들이 고기를 굽거나 부침개를 부치는 손놀림이 재빠르고, 벌써 여러 차례 비워진 술독을 채우기 위해 아해놈은 저잣거리로 술심부름을 다녀왔으리라.

사전에 나와 있는 '풍류風流'라는 낱말만큼 멋스럽고 넉넉한 것이 또 있으랴. '사랑'이니 '추억'이니 하는 단어들도 물론 아름답고 소중하지만, 그 '격'이나 '값'은 '풍류'에 미치지 못한다. '풍류'는 '점잖'을 벗어나 '난봉'으로 들어가는 길목에 존재하는 것이지만, 그렇게 '속'되지 않고 그렇다고 '성'스럽지도 않다. 그래서 중용이다.

삼화사

　'풍류'는 가난뱅이가 즐길 물건이 아니며, 또 부자라고 쉽게 소유할 물건도 아니다. '풍류'는 아주 소중한 것이어서 그 가치를 아는 사람만이 즐기고 소유할 수 있는 값진 것이다. '풍류'는 가르침을 받아 배우는 인문학이나 자연과학 같은 당대에 이뤄지는 학문이 아니다. 그것은 어쩌면 '피의 소리'이기도 하고 '끼의 맥박'이기도 하고, 나아가서 '기질의 숨결'이기도 하다. '풍류'의 매체는 술이다. 술 없이는 '풍류'를 논할 수가 없다. 술은 시며 소설이며 수필이다. '풍류'는 글씨며 그림이며 소리다. 술은 '풍류'를 묶어 싼 보자기다. '풍류'와 술은 겉모양만 보지 말고 깊은 속을 들여다보아야 제 맛이 난다.

　우리 풍류사에도 무릉계곡 흰 너럭바위 위에 새겨진 글씨처럼 지워도 지워도 지워지지 않을 역사적인 사건이 하나 있다. 이름하여 '백주 나체 승우사건'이 바로 그것. 이 이야기는 변영로의 『명정사십년』에 나오는 것으로, 우리나라 풍류사에 길이 남을 불후의 명작이다.

　수주 변영로, 공초 오상순, 성재 이관구, 횡보 염상섭 등 네 사람이 당시 『동아일보』 편집국장 송진우에게 원고료 50원을 선불하여 성균관 뒤 사발정 약수터 부근에서 술을 마시고 대취하여 발가벗은 채 풀을 뜯고 있는 소를 타고 서울 시내로 진입한 사건이다. 필자인 수주조차 이 이야기를 필설난기라고 말한 바 있지만 '풍류'가 술을 만나면 영영세세 인구에 회자될 이야깃거리를 만들어내니 이것 또한 신기하고 고마운 일이 아닌가.

흰 너럭바위 위에 앉아 풍류를 즐기고 계시는 어른들에게 방해가 될 것 같아 이번 삼화사행은 자동차를 타고 바로 계곡으로 들어가지 않았다. 두타산 남쪽 기슭에 있는 댓재에서 내려 산길 오십 리를 일곱 시간 걸어 무릉계곡으로 내려갔다. 술 취한 어른들은 서둘러 하산하셨는지 보이지 않고, 너럭바위 위에는 서서히 어둠이 깔리고 있었다.

고향집 앞에서

　기획연재물인 「구활의 스케치 기행」의 글쓰기를 마쳤다. 근무하던 『매일신문』에 매주 목요일 연재하던 절집 순례 답사기를 집필 2년 만에 100회로 끝을 낸 셈이다. 막상 펜을 놓으려 하니 답사의 결실인 보람은 어디론가 달아나고 여기저기 빠진 곳이 너무 많아 아쉬움만 남는다. 인생도 이와 같다. 열반의 강을 징검다리 건너듯 훌쩍 건너뛸 때 후회하지 않으려면 하루를 치열하게 살지 않으면 안 된다.

　처음엔 꽉찬 100회보다 하나가 모자라는 99회로 마무리할 생각이었으나 아귀가 맞는 100회도 괜찮을 성싶어 꾹꾹 눌러 다 채우고 말았다. 마지막회의 답사지는 그 동안 정신없이 찾아다녔던 절집이 아닌 내가 태어나 유년을 보냈던 고향집으로 정했다. 그곳은 내 마음의 성소로, 어머니 묘소 다음으로 자주 찾아가는 곳이다.

　문이 굳게 잠긴 담 너머로 옛 고향집을 들여다본다. 듬성듬성 서 있는 수목과 풀꽃들 사이로 온갖 추억들이 새록새록 살아나고, 더러는 옛날이 그리워 이슬 맺히는 두 눈에 비쳐 드는 햇살이 너무 눈부셔 고개를 떨굴 수밖에 없다. 내게 있어 고향집을 찾아가는 의미는 옛 선비들이 출타 전후에 사당에 올라가 위패로 모셔져 있는 선조들에게 "조상님, 이번에 먼 길을 좀 다녀올까 합니다"하고 고하는 의식과 같은 것이다.

　낯선 타인이 주인으로 바뀌어 있는, 아무도 문을 열어 주는 사람이 없는 고향집 대문 밖에 선다. "햇빛이 있을 때 해야 할 일을 비 올 때까지 미루지 말고, 비 올 때 해야 할 일을 햇빛이 날 때 하겠다고 미루지 말라. 나라의 공복으로 살아온 아비는 가

고향집 ㈜

난하여 너희들에게 물려줄 재산은 없고, 다만 근勤과 검儉이란 두 글자를 유산으로 물려주노라"라는, 전라도 강진으로 귀양온 다산 정약용 선생이 자식들에게 보낸 편지의 한 구절이 높게 쌓아 둔 돌담을 넘어 내 귓전에 일렁이는 듯하다. 네 살 때 세상을 버린 아버지, 한때는 섭섭하다 못해 미워하기도 했던 아버지가 오늘은 다산 선생처럼 아주 귀한 어른으로 느껴진다.

다산처럼 근과 검이란 정신적 부적도 제대로 물려주지 못하고 너무 일찍 이승을 떠나 버린 아버지를 내 마음속에 가장 보고 싶은 '그리운 이'로 더욱 가깝게 모시고 나니 추억이란 흐릿한 화면이 갑자기 선명하게 밝아진다. 마치 연속적으로 돌아가는 자동 환등기 같다. 계속 바뀌는 고향집 풍경에 이야기가 이야기를 물고 늘어진다. 나는 고향집 담장 밖에 망연자실 서 있다.

문경 희양산 자락에 있는 봉암사 굴뚝과 그 옆에 세워져 있던 낡은 자전거를 도화지에 그리는 것으로 시작한 첫 스케치 여행이 전국의 산천을 돌아 이제 기억 속에 아득한 유년의 고향집 앞에 내려 피곤한 다리를 쉰다. 아무도 살지 않을 것 같던 고향집 마당에는 눈부실 만큼 새하얀 빨래들이 바지랑대가 받혀진 빨랫줄에 걸려 불어오는 건들마에 휘날리고, 어디선가 두런두런 사람의 소리가 들리는 것만 같다. 연전에 산으로 떠나신 어머니가 흰옷을 입고 곧장 사립문 안으로 들어설 것만 같다.

그렇다. 그렇구나. 관직에서 물러나 수레를 타고 고향으로 돌아가면서 「귀거래사」를 읊은 도연명 선생도 바로 나와 같은 심사였으리라.

이제 집으로 돌아가자. 내 귀한 마음을 미천한 육체에 사역시켰었다. 지난 일은 후회한들 고칠 수 없고, 어제의 일들이 모두 틀렸음을 깨달았다. 집에 돌아오니 어린 자식들이 문간에서 나를 기다려 주었고, 안방에는 단지마다 술이 가득하구나. 오호, 정말 단지마다 술이 가득하구나. 무릎을 넣을 좁은 장소임에도 더 이상 편할 수가 없구나. 끝장이로다. 세속의 인연을 끊어 버리자. 다시 수레를 타고 무엇을 구하러 나갈 것인가. 어쩐지 생명이 끝이 나려는 것 같아 서글프구나.

사실 답사를 시작한 건 외로움 때문이었다. 외로움에서 벗어나기 위해선 철저히 외로워지는 방법밖에 다른 도리가 없었다. 그래서 혼자 떠났다가 홀로 돌아왔다. 보아라. 산그림자도 외로워서 하루에 한 번씩 마을로 내려오고, 가진 것 없는 빈 마음들도 저물녘이면 주막 어귀로 모여든다. 사람만 외로움을 타는 것이 아니다. 벌과 개미가 모여 사는 것도, 바람과 구름이 한 곳에 머물지 못하고 흘러가는 것도 모두 외로움 탓이다. 산다는 건 외로움을 견디면서 혼자 울고 있는 것이다. 어쩌면 산다는 것은 겨울바람에 맞서는 문풍지의 떨림 같은 것이며, 그래도 산다는 것은 눈물로 부르는 슬픈 노래 같은 것이다. 삼라를 주관하는 하나님이 더러 눈물을 흘리시는 까닭도 외로움 때문이란 걸 길 위에서 만나는 인연 때문에 터득했다. 그리고 '유적답사'라는 것도 사실은 자연이란 스승이 불러 주는 '받아쓰기'란 것도 그때 처음 알았다.

머잖아 이 도시의 빚을 청산하고 고향으로 돌아가려 한다. 달 밝은 밤, 봉창으로 몰래 들어온 달빛이 방바닥에 달빛 홑이불을 펴면 그걸 덮고 잠을 자리라. 그리고 신문지로 도배한 '벼름박'에 천상병 시인의 시 「귀천」을 족자로 걸어 두고 생애를 보내리라.

나 하늘로 돌아가리라 / 새벽빛 와 닿으면 스러지는 / 이슬 더불어 손에 손을 잡고 / 나 하늘로 돌아가리라 / 노을빛 함께 단 둘이서 / 기슭에서 놀다가 구름 손짓하며는 / 나 하늘로 돌아가리라 / 아름다운 이 세상 소풍 끝내는 날 / 가서, 아름다웠더라고 말하리라…

소록의 별밤

소록도는 전라도의 끝자락에 있다. 일제가 나환자들을 사회와 격리시키기 위해 소록도를 수용소로 지정하자 전국의 환자들은 절름거리는 다리를 끌며 걸어 이 섬으로 모여들었다. 전라도는 황토 땅이다. 오뉴월 염천 속의 붉은 황톳길은 숨막히는 설움의 길이자 저승길이었다.

가도 가도 붉은 황톳길 / 숨막히는 더위뿐이더라 / 낯선 친구 만나면 / 우리는 문둥이끼리 반갑다 / 천안삼거리를 지나도 / 쑤세미 같은 해는 서산에 남는데 / 가도 가도 붉은 황톳길 / 숨막히는 더위 속으로 쩔름거리며 / 가는 길… / 신을 벗으면 / 버드나무 밑에서 지까다비를 벗으면 / 발가락이 또 한 개 없어졌다 / 앞으로 남은 두 개의 발가락이 잘릴 때까지 / 가도 가도 천리, 먼 전라도 길 (한하운의 시 「전라도 길」)

동네 아이들의 돌팔매가 날아오는 황톳길을 따라 이곳으로 숨어 든 환자들은 고향의 빛 밝은 하늘과 꿈에서만 만나는 피붙이들이 보고 싶어도 다만 마음속으로 삭일 뿐, 그리움에 몸을 떨며 그렇게 죽어 갔다.

이곳 사람들은 자신이 죽으면 하늘의 별이 된다고 믿고 있다. 그래서 소록의 하늘은 하 많은 사람들의 맑은 영혼들이 올라가 별밭을 이뤘으므로 여느 하늘보다 영롱하고 아름답다. 하늘의 별이 되려면 천국을 오르는 계단이 있어야 할 텐데, 그런 것은 없다. 교회 첨탑 끝 아스라이 높은 십자가 꼭대기도, 사흘이 멀다 하고 뭉게구름이 피어오르는 화장장 굴뚝도 저 높은 곳을 향하는 지름길은 아니다. 그러나 이곳 환자들은 그 길을 훤하게 알고 있다. 그 길은 마음 깊은 곳으로 뚫려 있고, 잃어버린 손

소록 소금창고 西湖活

가락과 발가락이 하늘로 올라가는 날개의 깃털이 된다는 것을. 그들은 그것을 누구보다 잘 알지만 남들에겐 결코 가르쳐 주지 않는다.

소록도 사람들은 잠들기 전에 별을 보고 해 뜨기 전에 다시 별을 본다. 울면서 걸어온 붉은 황톳길의 서러운 기억도, 남기고 떠나온 첫사랑의 추억도 별밤에는 능히 지울 수 있다고 믿기 때문이다. 그들은 음지에 살면서 양지를 지향한다. 그래서 영혼의 안식처인, 다시 말하면 죽고 나서 혼백이 모셔지는 만령전을 소록도에서 아침 햇살이 가장 먼저 드는 곳에 세운 까닭도 평생 동안 별을 보며 숨어 살아온 생애를 눈물을 뿌려 가며 추상해 보기 위함이다.

소록도 사람들이 이리로 올 때 / 잊기로 한 고향 이야기들은 / '순바구 갈' 옆 대숲속에 있다 / 그 대숲에 가면 / 빛 바랜 사연들이 댓닢에 매달려 / 후두둑 몇 자락씩 떨어진다 / 그래서 댓닢들은 바람이 없는 날에도 사운거린다 / 그러다 어느 날, 그 이야기들 중 오래된 것들이 / 하얀 날개를 달고 건너편 만령전으로 조용히 날아가 / 사람들이 잠든 깊은 밤에 하늘에 올라가 별이 된다 / 소록도 사람들의 고향이 / 차라리 없는 것만 못한 고향으로 / 멀어지면서부터 / 가슴에 묻어 둔 그 고향집 툇마루엔 / 그리움으로 빚은 파랑새 한 마리가 / 하루에도 수십 번 다녀가곤 하지만 / 떠나보낸 이들은 / 눈치채지 못한다 / 소록 사람들이 섬을 떠날 땐 / 구북리 바닷가에 흰 연기로 피어 오르고 / 그날 밤 만령전엔 그 새가 앉았다가 / 마지막으로 고향을 한번 다녀와서 / 하늘에 올라 별이 된다는 것, 소록도 사람이 아니면 아무도 모른다 / 소록의 별밤을 아름답다고 말하지 말라.(정학의 시 「소록의 별밤」)

그러나 소록도 사람들은 붙박이 별로 하늘에만 눌러 살지 않는다. 비가 오거나 눈이 오면 빗줄기와 눈발을 타고 내려와 이승에서의 흔적을 찾아 헤매며 서럽게 운다. 그리고는 편지를 써서 고향으로 보낸다. 주소도 쓰지 않고 우표도 붙이지 않고 그냥 부친다. 그러면 지나가는 새들이 한두 장씩의 편지를 물고 가 그리운 이들에게 일일이 전해 준다. 답장은 바람으로 변한 새들이 다시 하늘로 올라간 별들에게 전해 주어 가 보지 못한 고향소식을 듣게 된다. 그러나 아! 그러나, 그리운 이들에게 답장을 받지 못한 사람들은 꽃으로 주저앉아 섬을 붉게 물들이거나 제비 선창의 하얀 포말로 내려앉아 밤새도록 소리내어 통곡한다. 사람들은 이것을 '그리움'이라고 말한다. 그리움은 '사랑'의 다른 이름이다.

바람 냄새

편지가 왔다. 산과 골이 첩첩인 두메에 살고 있는 여류문인이 보내 온 편지다. 산골에 살면서 자연에 동화되기보다는 자연이 자신의 몸속으로 밀고 들어오기를 바라는 그런 삶을 살고 있는 사람이다. 그녀는 도시 사람들이 도저히 생각할 수 없는 호사를 누리는 대자유인이다.

어제는 달이 참으로 밝았습니다. 밤늦도록 달빛을 받으며 개울물 소리를 들었습니다. 이런 밤에는 마을 샘이 깊어지는 법이지요. 다시 날씨가 흐려지고 있습니다. 아침나절 바지랑대에 청개구리가 물색도 모르고 올라앉았다고 놀렸더니 비 소식을 전해 주려 그랬었나 봅니다. 오늘은 양철 물받이를 타고 내리는 빗물 떨어지는 소리와 골 안 가득히 서리는 비안개를 볼 수 있을 것 같습니다. 이런 밤에는 아쟁 산조를 듣는답니다.

초두에 시작하는 품이 심상찮다. 고향으로 돌아가지 못하고 이 도시에서 안달하며 살고 있는 나를 약올리기에 충분한 가구미문佳句美文이다. 글 속에는 산골 사계의 풍광이 너무나 선명하다. 아직 가 보지 못한 미지의 세계로 인도하는 듯한 그녀의 글은 촉수 높은 전구가 밝히고 있는 가로등 길 같아 눈감고 걸어도 쉽게 찾아갈 것 같다.

어제 내내 비가 오더니 이제 멎었습니다. 비는 청개구리가 몰고 오고 햇빛은 매미가 불러옵니다. 매미들이 귀청이 떨어져 나갈 듯 노래를 부릅니다. 오늘 노래하고 내일 죽을 수도 있는 목숨들이지요. 사람과 무에 다를 게 있나요. 상현달이 뜨면 하현달로 기울 때까지 봉창으로 들어오는 달빛이 옥양목 홑이불 같습니다. 그런 달빛을 어찌 어깨까지 끌어당겨 덮지 않을 수 있겠습니까.

「비의 변주곡」이 「쨍하고 해뜰 날」로 이어지더니 금새 「달빛 만찬」으로 연결된다. 그녀의 글은 프랑스 영화 「퐁네프의 연인들」처럼 스피디하다.

이 산골에 살면서 때때로 가슴을 시원하게 해주는 것은 비 온 뒤 바지랑대 높이 고여 이불을 내다 거풍을 한다거나, 빨래를 삶아 빨랫줄 가득 널면 바람에 나부끼는 흰옷들이 눈부시게 빚어내는 풍경은 어떻구요. 빨래를 널 때 문득 치어다보이는 잉크빛 하늘은 때론 고단하게 느껴지는 삶을 신선하게 해준답니다. 그리고 빨래를 걷어 개킬 때에는 옷가지에서 바람냄새가 납니다. 바람 냄새! 그 냄새가 하도 좋아 옷가지에 코를 묻고 한참 동안 바람을 좇아가는 소녀가 된답니다. 정말이지, 그 냄새는 아기의 젖비린내만큼이나 여자로서의 행복을 느끼게 합니다.

최근 며칠의 날씨 상태를 소곤거리듯 전해 주다가 바람 타령에 접어들어 절창을 이룬다. 오케스트라의 온갖 악기들이 이 대목에 이르러선 지휘봉이 내려긋는 어느한 방향을 향해 일시에 고음을 쏟아 놓는 듯하다. 그런 연후에 다시 나직하게 속삭인다. 제4악장.

달이 없는 밤도 좋습니다. 잠자리에 누우면 유리창 가득 쏟아지는 별빛이 얼마나 아늑하다구요. 이런 밤이면 사람과의 인연을 생각하고 쓸쓸해집니다. 사람은 좋은 인연보다 상처를 주는 인연이 더 많지요. 하늘과 바람, 별과 달, 꽃과 풀들은 사람들이 상처를 줬으면 줬지 그들은 사람을 해치지 않습니다. 그들은 아름다운 것과 진실한 것을 가르쳐 주는 영원한 랍비니까요. 갑자기 차이코프스키의 바이얼린 협주곡이 듣고 싶어졌습니다. 그럼 안녕.

편지는 여기서 끝났다. 이박삼일쯤 걸리는 산골여행에서 돌아온 느낌이다. 그러고 보니 내 방 어디에선가에도 바람에 무슨 잎이 흔들리는 것 같기도 하고, 읽었던 편지에서처럼 바람 냄새가 나는 것 같다. 남쪽에 머리를 두고 북쪽 벽을 향해 누우면서 머리 밑에 깍지를 낀다.

죽농 서동균 선생의 횡액 그림인 〈왕죽〉이 바람이 불지 않는데도 바람소리를 내며 서걱이고 있다. 방금 읽은 산골편지가 연상작용을 일으켜 우리 집 대나무 그림에 옮겨 붙어 이야기를 걸어온다. 나는 갑자기 '바람'이란 화두를 든 선방의 스님이 된 것 같은 기분이다.

전지 크기의 이 그림은 절반이 여백이며, 나머지 절반에 댓잎이 내는 소리를 석 줄

죽농 서동균 <풍죽>

의 글로 찬찬히 설명하고 있는 보기 드문 명품이다. 죽농 선생은 이 그림을 주시면서 "아직은 젊어서 모르겠지만 훗날 나이를 먹고 그림을 알게 되면 댓잎을 스쳐 지나가는 바람소리를 들을 수 있을 게야"라고 말씀하셨다. 내 나이 서른 살 적 일이다.

표구한 그림이 너무 커 안방이 아니고는 마땅하게 걸 자리가 없어 지금까지 그대로다. 직장을 떠나고, 아이 셋이 모두 우리 내외의 품을 떠나면서 고적함이 가까이 다가오자 대나뭇잎들이 바람에 살랑거리는 것이 보이는 듯하다.

윗대 어른들 중 사군자를 비롯하여 문인화 그리기를 여가로 즐기던 선비들은 특히 대나무를 칠 때는 바람을 그렸지 그냥 대나무잎만은 그리지 않았다. 그래서 '풍죽'이라 했다. 우리 집 '왕죽'이 '풍죽'으로 바뀌는 데도 삼십 년이란 세월이 걸렸다. 무릇 그림 속의 바람 이는 소리를 듣는 데도 오랜 세월이 걸리거늘 사람이 인연을 소중히 여길 줄 알려면 연륜이 쌓여야 하는 법인가 보다.

사군자 중 매화, 난, 국화는 꽃이어서 꽃이 피워 내는 향을 그려야 제 맛이 난다. 그러나 유독 죽竹만은 사운거리는 바람을 그려야 한다. 그림을 감상하는 이도 반드시 바람을 느껴야 하고, 바람소리를 들을 수 있어야 한다. 그래서 '풍죽'이 사군자 중에서도 한 차원 높은 군자임을 이제야 알겠다.

벽에 걸려 있는 '풍죽'을 치어다볼 때마다 고산 윤선도의 「오우가」가 절로 읊조려진다. "내 벗이 몇인고 하니 수석과 송죽이라 동산에 달 오르니 귀 더욱 반갑고야 두어라 이 다섯밖에 또 더하여 무엇하리." 친구인 '풍죽'이 곁에 있으니 나는 행복하다. 나는 오늘도 바람에 흔들리는 댓잎 아래서 책을 읽는다. '바람'이란 어쩌면 '그리움'이다. 옛날 선비들도 바람을 통해 그리움을 불러오고, 바람 따라 그리움을 날려보내고 그랬었나 보다. 모두가 바람 탓이다.

능금밭에 얽힌 추억

오랜만에 일찍 퇴근한 어느 날 막내를 불러 심부름을 시켰다.

"얘, 국광이나 좀 사 오너라."

"아버지, 국광이 뭔데요?"

"과일가게에 가서 물어 보고 삼천 원어치만 사 오너라."

"후지富士 사과가 훨씬 더 맛있는데 왜 국광을 사 와요?"

"잔말 말고 빨리 사 오기나 해."

막내는 국광 맛에 푹 젖어 있는 아빠의 어릴 적 입맛을 도저히 이해할 수 없다는 듯 "그래도 후지 사과가 더 맛있는데…" 하며 못마땅한 눈치다. 막내를 동리 입구의 과일가게로 보낸 후, 혼자 천장을 보고 누워 변해 버린 사과 맛에 대해 곰곰 생각해 본다.

내가 태어난 곳은 금호 강변의 사과밭이 줄지어 늘어선 경산군慶山郡 하양읍河陽邑이다. 때문에 사과 맛을 유달리 잘 알고 있을 뿐 아니라 모양만 봐도 맛이 있고 없고를 당장 알아차릴 수 있을 정도이다.

복숭아가 한물가기 시작하는 초여름에 출하되는 '축祝'이란 이름의 사과를 우리는 일본식 발음인 '이와이'라 불렀다. 축의 싱그러운 푸른색과 한 입 베어물면 색깔에 걸맞게 젖어 오는 시원한 여름 맛을 달콤함만을 앞세우는 후지 사과에 비할 수 있을까?

삼복더위와 함께 빨갛게 익어 가는 홍옥紅玉. 그 정열적인 붉은 의상 속에 은밀하게 감춰져 있는 희디흰 속살, 그리고 그 맛이란 '새콤함'이란 하나의 낱말로는 표현이 오히려 모자라는, 뭐랄까 진한 정사情事 끝에 오는 전율 같은 것.

또 국화가 피기 시작할 때 겨우 익기 시작하여 서리가 내릴 때쯤이면 끓는 피를 참지 못해 껍질이 찢어지는 국광. 문풍지가 울 정도로 매운 바람이 쌩쌩 부는 겨울밤에 따뜻한 아랫목에서 '나, 그대에게 전할 말 있어도 전하지 못하여' 가슴이 터져 버린 국광을 먹어 보지 않은 사람이 어찌 사과 맛을 알까.

도시에서 태어나 도시의 아파트 곳곳을 아빠와 함께 떠돌아다닌 막내가 "사과는 후지 사과가 더 맛이 있는데…"라는 불평 아닌 불평을 하는 것을 내 짐작 못하는 바는 아니다. 혀끝에서만 느낄 수 있는 달콤함을 사과의 참맛으로 착각하고 있는 것이 안타까울 뿐이다.

초등학교 시절에 멱을 감기 위해 금호강으로 갈 때는 으레 탱자나무 울타리가 쳐져 있는 능금밭 사잇길을 택한다. 능금밭 주인이 아무리 막아도 열리기만 하는 개구멍 하나쯤은 언제나 열려 있기 마련이고, 그곳은 우리들의 통로가 된다. 구멍으로 몰래 들어가 따 온 능금을 런닝셔츠 속에 넣어 무성영화 시대의 희극배우 찰리 채플린과 같은 배불뚝이 차림새가 되곤 한다.

다른 개구쟁이 녀석들이 길게 자란 풀을 서로 비끄러매 사잇길 여기저기에 만들어 놓은 '발걸이'에 걸려 넘어지는 날이면 셔츠 속의 능금알이 몽땅 쏟아지곤 했던 곤욕도 그때는 하나의 즐거움이었다.

초등학교 사학년 때로 기억하는데, 같은 반 급우이자 유년 주일학교에도 함께 다녔던 친구가 능금밭 주인의 아들이었다. 그와 나는 학교에서나 교회에서나 서로 이기려는 치열한 라이벌이었다. 그러나 그는 부자 아버지를 가졌고, 나는 아버지가 없어 매양 꿀리는 입장이어서 항상 그게 못마땅했다. 그 친구에게서 주눅이 드는 날이면 나는 지승에 계시는 아버지가 미웠고, 그 미움은 한없는 그리움으로 변하기도 했다.

유년 주일학교가 파한 어느 일요일 오후였다. 그는 여학생 몇을 데리고 가 자신의 능금밭에서 놀자고 제의했다. 노는 것은 뒷전이고 '우선 능금은 실컷 먹겠구나'라고 생각하여 "좋지"라고 대답했다. 나는 친구의 속마음을 얼른 알아차리고 제 맘에도 들고 내 맘에도 드는 여자 아이를 포함해서 친구 너댓 명에게 사발통문을 돌려 함께 능금밭으로 갔다.

우리는 까치와 벌레들이 파먹은 것들과 바람에 떨어진 '흠다리' 능금을 주워 와 차일을 쳐둔 그늘 밑에 모여 앉았다. 능금 한 알을 들고 한 입 가득 베무는 순간 그는 무엇이 못마땅했는지 느닷없이 "활이 너는 집에 가봐"라고 했다.

먹다 남은 능금을 내려놓고 일어서려는데 눈물 한 방울이 멍석 위에 떨어졌다. 그 눈물은 어쩌면 하늘나라에서 내려다보고 계시던 아버지가 아들이 당하는 수모를 보고 대신 떨군 눈물방울인지도 모른다. 수십 년 세월이 지났지만, 그날 그때의 절망감과 배신감을 도저히 잊을 수가 없다. 소쿠리에는 먹음직한 능금이 수북이 담겨 있고, 여자 아이 몇몇이 원을 그리듯 앉아 있는 그 통한의 능금밭이 더러 꿈에 나타나면 나는 지금도 몸서리가 쳐진다. 빌어먹을.

분하고 서러운 것은 둘째치고 먹다 남은 능금이 눈에 밟혀 엉엉 울면서 방천 둑을 따라 집으로 돌아와 어머니의 치마를 붙잡고 목놓아 울어 버렸다. 내가 태어나서 처음으로 '죽어 버리고 싶다'고 생각한 최초의 슬픈 사건도 바로 이것이다.

능금을 씹을 때마다 즐거웠던 추억과 서러웠던 기억이 동시에 되살아난다. 그리고 나에게 평생의 한이 된 상처를 준 그 친구도 생애 중에 꼭 한 번 만나 "내 그날, 자네 아버지 능금밭에서 쫓겨날 때는 정말 섭섭했다네"란 말을 전하며 회포를 풀고 싶다. 그래야 그날 아버지가 저승에서 흘리신 눈물에 대한 갚음이 될 것 같다. 친구는 한때 삼류 카바레를 무대로 꽃뱀 여성 몇을 거느린 왕제비 노릇을 한다는 소식이 풍편에 들리곤 했는데, 요즘은 어디에서 무엇을 하며 사는지 도무지 만날 길이 없다.

고향이 생각날 때마다 그 기찻길 옆 능금밭에서 먹다 말고 두고 온, 눈물방울 떨어지게 한 그 능금이 생각난다. 다시 한 번 잃어버린 그날의 사과맛을 느껴 보기 위해 이렇게 막내를 시켜 "요즘 사과 말고 아버지가 옛날에 먹었던 그런 능금을 사 오너라"라며 당부하는지도 모를 일이다.

나는 아내와 함께 시장보기를 좋아한다. 같이 가되 아내를 따라가는 것도 아니고 아내가 나를 따라오는 것도 아니다. 각자의 목적이 따로 있기 때문이다. 아내는 가족들의 찬거리를 사고, 나는 내 입맛에 맞는 어릴 적 고향에서 먹어 본 것 중에서 다시 먹고 싶은 것들을 사러 간다. 시장에 도착하면 헤어졌다가 다시 만난다. 나는 시장 구석구석을 돌아다니며, "아 당신도!" 하며 아내의 큰 눈이 더욱 커져 버릴 것들만 골라 한 아름 들고 온다. 씀바귀, 무장아찌, 콩잎, 호박잎, 간고등어, 딱정배추, 주로 이런 것들이다.

청과시장엘 들러도 아내는 반드시 후지 사과를 산다. 도시 출신이기 때문이려니 하고 아예 간섭하지 않는다. 아내와 별도로 계절에 따라 어렵게 어렵게 홍옥도 사고 국광도 산다. 그러나 요즘은 사과나무도 현대식 품종으로 수종이 개량된 탓인지 질기도록 옛날이 그리운 사람이 먹고 싶은 능금은 웬만큼 큰 청과시장에서도 쉽게 눈에 띄지 않는다. 이럴 때는 고향을 잃어버린 것 같기도 하고, 추억을 오롯이 담아둔 낡은 사진첩을 달리는 열차에 두고 내린 그런 기분이어서 허전하기 그지없다.

동리 입구의 과일가게로 간 막내가 "아버지, 국광이란 사과는 없던데요" 하고 볼멘소리를 하며 빈손으로 돌아올까봐 그저 불안하기만 하다.

안짱다리 암탉

유년의 기억 중에서 좀처럼 지워지지 않는 것이 더러 있다. 그것은 나이가 들고 해가 갈수록 더욱 선하게 피어나 바로 어제 있었던 일처럼 느껴진다. 기억을 찍을 수 있는 사진기가 있다면, 노출과 거리 그리고 구도까지 딱 맞아떨어지는 정말 근사한 흑백사진을 뽑아낼 수 있을 것 같다.

내 기억의 언저리에는 닭 한 마리가 늘 서성이고 있다. 가슴팍에 상처가 나 있는 암탉. 그러면서 새끼 병아리들을 위해 헌신하는 모습의 암탉 한 마리가 지울 수 없는 상像으로 망막 속에서 어른거리고 있다.

그 암탉은 초등학교 삼사학년 때쯤 우리 집에서 기르던 여러 마리 중의 한 마리였다. 꽃샘추위까지 다 물러간 어느 봄날, 암탉은 짚동 사이에 놓여 있던 봉태기 속에 알 몇 개를 낳아 품고 있었다. 닭 한 마리도 재산이었던 시절이니 만큼 "또 닭이 알을 품는구나. 이번 여름에는 식구가 많이 늘어나겠네" 하던 어머니의 음성 속에는 기쁨과 희망이 묻어 있었다.

그러던 어느 날 밤, 알을 품고 있던 암탉이 하늘이 찢어질 듯한 비명을 질러댔다. 어머니는 "구렁이가 알을 집어먹나, 한번 나가 봐라" 하고 말씀하셨다.

잠이 엉겨 붙어 있는 눈을 비비며 부엌 앞 바람막이 짚동이 놓여 있는 곳으로 가니 인기척에 놀란 쥐 한 마리가 봉태기 속을 빠져 나와 쏜살같이 달아나 버렸다. 암탉은 쥐에게 가슴팍 살점을 뜯어 먹히고 있다가 도저히 참지 못할 지경에 이르러 "죽겠다"고 비명을 질러댄 것 같았다.

　한밤중에 응급환자가 생긴 우리 집은 지쳐 널브러져 있는 암탉의 가슴에 머큐롬액을 바르고 다이아진 가루를 뿌리는 등 부산을 떨었다. 다행히 암탉은 죽지 않았다. 봉태기는 그날밤부터 방으로 옮겨졌다. 암탉은 상처의 아픔을 생성중인 생명의 신비로 인내하며, 결국 다섯 마리의 병아리를 알에서 깨워 내는 데 성공했다.

　아마 암탉은 가슴팍을 파고드는 쥐새끼가 알에서 갓 깨어난 병아리인 줄 착각하고 새 생명을 얻었다는 환희 속에 그걸 보듬고 있다가 변을 당했나 보다. 사고를 당한 후 암탉은 걸음걸이가 부자유스러워졌다. 병아리들에게 모이를 찾아 주는 일이 힘에 겨운 듯했다. 그때마다 어머니는 싸래기가 섞인 등겨를 뿌려 주시면서 "우째 니 신세나 내 신세나 똑같노"라며 혼자말로 중얼거리시곤 했다.

　그것은 위로 딸 셋과 아들 둘 중 동생인 막내가 태어난 지 오십팔 일 만에 훌쩍 세상을 떠나 버린 아버지를 간접으로 원망하는 그런 말투였다. 삶 자체가 힘겹고, 세파를 헤쳐 나가는 어려움은 어머니나 암탉이나 마찬가지인 듯했다. 어머니의 자식들 학비 걱정이나 상처 입은 암탉의 모이 걱정은 그게 그거였다. 어머니는 그 암탉을 같은 처지에 있는 측은한 아랫동서쯤으로 여기시는 것 같았다. 주일 낮 어머니가 교회에서 늦게 돌아오면 암탉은 마치 기다리고 있었다는 듯 두 날개로 먼지를 일으키며 무어라 소리를 지르면 "그래, 알았다. 새끼들이 굶었다는 말이구나" 하시며 싸래기를 듬뿍 흩쳐 주셨다.

그때 어머니의 눈에는 암탉 주위에서 "삐약삐약" 하고 돌아다니는 병아리가 단순한 병아리로 보이지 않았을 것이다. 자신이 청상으로서 부양 책임을 지고 있는 다섯 남매의 모습을 아장아장 걷는 병아리들과 동질의 것으로 인식하는 의식 속의 찰라적 착시현상을 일으킨 것이다.

그것은 어쩌면 홍차에 적신 마들렌 과자의 냄새에 이끌려 어린시절로 시간여행을 떠나는 프랑스 작가 마르셀 프루스트의 『잃어버린 시간을 찾아서』란 작품에서 보여주는 '기억의 연결작용'이 어머니를 순간적으로 사로잡은 것이다. 그러니까 암탉 일가의 모습은 바로 가난과 외로움에 떨어야 하는 어머니가 이끄는 우리 가족들의 투영도였다. 그리고 어머니가 암탉 가족에게 바치는 정성과 위로는 자신에 대한 위무이거나 기도가 아니었을까.

암탉의 상처는 죄다 아물었지만 안짱다리 걸음은 고쳐지지 않았다. 그러나 병아리들은 건강했다. 어머니는 여름으로 접어들면서 약병아리로 자라난 새끼들이 대견스러운 듯 "옳지, 그래, 장하다"며 연신 입 부조를 했으며, 그 곁을 서성이는 암탉에겐 "그래, 너는 성공했구나, 성치 못한 몸으로. 너는 일어섰구나" 하시며 부러워하셨다.

긴 장마가 끝나고 불볕더위가 계속되는 어느 날이었다. 어머니는 "더위 먹을라, 조심해래이"란 당부를 나의 등교길 어깨 위에 가볍게 얹어 주셨다. 수업을 마치고 동무들과 강에 나가 멱을 감고 지친 오후와 함께 집으로 돌아오자 어머니는 여느 날과는 달리 반갑게 맞아 주셨다. 그날 어머니의 닭 잡을 계획은 아침부터 준비되어 있었다. 아들의 '더위 먹음'을 미리 막아내기 위해선 안짱다리 암탉의 희생이 불가피했던 것이다.

"콧잔등에 땀 봐라" 하시면서 보릿짚이 순한 연기를 내며 타고 있는 양은솥을 열고 닭 곰국 한 그릇을 퍼다 주셨다. 깐 마늘을 듬뿍 넣고 곤 곰국은 시장이 반찬이 아니라 정말 맛있었다. 똥집과 날개 그리고 닭다리 한 개를 마파람에 게눈 감추듯 먹어 치웠다. 감나무 밑 살평상에 누워 하늘에 구름이 떠 가는 모습을 보고 있을 때였다.

"야야, 그 닭 있제, 그 암탉을 안 잡았나."

그때 말씀 속의 '그 닭'은 어머니에게는 나름대로 의미가 있었겠지만, 나는 듣는 순간 다섯 마리의 새끼 병아리들이 어미를 잃고 우왕좌왕하는 모습이 눈에 아른거려 슬픈 생각이 들었다. 그것은 어머니가 갑자기 돌아가신 후의 바로 우리들의 모습이었다. 어머니가 다섯 마리의 병아리를 보고 느낀 '기억의 연결작용'이 바로 나에게로 전이된 것이다. 어머니는 "한 그릇 더 묵을래"라고 말씀하셨지만 나는 고개를 가로 저었다.

세월이 흘러 내가 어머니의 그때 그 나이쯤 되고 보니 "야야, 그 닭 있제, 그 안짱다리 암탉을 안 잡았나"의 의미를 우리 집 아이들이 알아차릴 것 같아 괜히 쑥스러운 생각이 든다.

아버지의 초상 그리고 어머니

아버지를 뵈온 적이 있지만 기억하지는 못한다. 봤지만 인식하지 못하면 본 게 본 것이 아니다. 아버지는 네 살 때 열반의 바다를 건너 입적하신 무정한 사람이다. 내 남동생이 태어난 지 오십팔 일 만이었다. 나는 '현실 속의 안목'과 '의식의 눈뜸'이 다르다고 믿는 사람이다. 아버지를 의식이 기억할 수 없는 유아기에 만났기 때문에 지금도 꼭 집어 뵈온 적이 있다고 말할 수는 없다. 그래서 아버지는 항상 타인이다.

아버지를 만난 건 순전히 어머니의 말씀 때문이다. 태초의 빛이 하나님의 말씀으로 빚어진 것과 같이 아버지는 어머니의 말씀 속에서만 존재하셨다. 어머니의 험담으로 엮어지는 아버지의 일대기 속의 에피소드는 하나하나가 아름다운 수필이다.

'아버지는 시원찮은 사람'이라는 전제로 시작되는 어머니의 넋두리 비슷한 세뇌교육은 아버지를 '악당'으로 머물게 했을 뿐, 한 번도 의리의 '사부'로 만들어 주지는 못했다. 아버지에 대한 어머니의 저주에 가까운 악담은 다섯 자녀의 양육을 비롯한 고생보따리를 통째로 어머니에게 던져 버리고 저승으로 훌쩍 떠나 버린 데 대한 앙갚음이었다.

어머니는 참외를 좋아하셨다. 좋아하는 이유 또한 유별나다. 어느 여름 장날, 간갈치 몇 마리를 사기 위해 어머니가 장터로 나가셨다. 장터에 볼일 보러 나간 아버지는 참외가게에 앉아 참외를 깎아 먹으면서 어머니가 지나가는데 아는 체를 하지 않았다. 틀림없이 어머니의 장터 나들이를 먼발치로 보았을 터인데 '혹시 들킬세라' 삿갓을 고쳐 써 가며 끝내 모른 체하더라는 것이다.

화가 난 어머니는 장터를 한 바퀴 돌아본 다음, 간갈치 대신 참외 한 아름을 사 와 아버지가 보는 앞에서 아작아작 씹어 먹는 데모를 벌였다고 한다. 그 일이 있고 난 후 어머니는 수시로 참외를 사 와 아버지의 부아를 질렀다는데, 아버지는 보고도 못 본 척 그렇게 버티더라고 했다. 어머니는 참외를 맛으로 먹지 않았다. 생전에도 참외를 잡수실 땐 한恨을 참외 속에 박아 그렇게 잡수시곤 했다. 어머니의 참외 애호 동기는 이렇게 단순하다.

나는 아버지를 뵈온 적이 없지만 설사 있다고 하더라도 차마 묻지를 못한다. "그날 장터에서 참외를 깎아 잡수실 때 정말 어머니를 못 보셨습니까"라고 물으면 뭐라고 대답을 하실까. 역지사지. 내가 혼자 참외를 먹다 들킨 아버지의 입장이 되었을 때 아내가 내 앞에서 참외 한 소쿠리를 깎아 먹어도 나도 아버지처럼 눈만 껌벅거리며 앉아 있었을 것이다.

어머니의 재산 1호는 싱거 미싱이었다. 돌아가시는 순간까지도 변하지 않았다. 그 손재봉틀로 바느질품을 판 적은 없지만 식구들의 옷은 그것 하나로 해결했으니 우리 집에서 농사 다음으로 귀중한 것이었다. 싱거 미싱이 어머니의 손에 들어오게 된 내력도 정말 수필감이다. 찰스 램이나 안톤 슈낙이 읽어도 무릎을 탁 칠 정도의 명편이다.

어느 여름날 저녁, 우물가에서 등목을 치고 난 후 대청에 앉아 설렁설렁 부채질을 하면서 아버지가 어머니께 물었다. "작은 마누라를 하나 얻어 저 아랫채에 살게 하면 어떻겠노." 장터에서의 참외 수모를 아작아작 씹는 것으로 갚아 주던 어머니가 가만히 있을 리 만무였다.

그날 아버지의 의중 시험에 무어라고 대답을 했는지 어머니가 바른 대로 가르쳐 주지 않아 모르긴 해도 아버지가 혼쭐나도록 당했던 것은 유추 짐작으로 알 만하다. 어머니가 하늘에 미리내가 흐르는 여름 별밤에 모깃불을 피워 둔 멍석 위에 누워 우리들에게 들려주는, 아버지가 저지르려다 미수에 그친 '소실 입택 저지사건'은 잔 다르크의 승전보에 질 바 없었다.

어머니가 아버지에게 부린 행패는 보지 못했으니 여기서 말할 수는 없다. 다만 초선이라는 기생, 아버지의 소실로 짐작되는 입택 예정자를 같은 읍내에 살지 못하게

따돌린 그 솜씨랄까 수완은 지금
이 나이에 내가 생각해도 아련할
뿐이다.

어머니는 그런 문제를 돈으로 해
결할 사람도 아니고, 나의 외삼촌
인 당신의 남동생들을 데리고 가
퍼붓고 때리는 완력을 행사할 사
람은 더더욱 아니다. 무엇일까. 기
회가 생길 때마다 비법을 물어 봤
지만 어머니는 웃기만 할 뿐 가르
쳐 주지 않고 산으로 떠나셨다. 나
중 외삼촌에게 들은 "너거 아부
지가 논 팔아 돈을 쥐어 줬으니까

생전의 아버지(오른쪽)

떠났지, 그냥 갈 사람이가"란 이야기조차 진위 여부를 헤아리기 어려워, 이 문제는
지금까지 풀리지 않는 숙제로 남아 있다. 아버지를 저승에서 만나면 한번 물어 볼 참
이다. 그런데 만난 적이 별로 없으니 아비와 자식이 서로 만난다 해도 얼굴을 알아
볼 수 있을지 그게 의문이다.

초선이가 떠난 후, 어머니는 아버지가 그녀에게 사 준 싱거 미싱을 머리에 이고 두
번 쉬고 집으로 가져오셨다. 칠 원 오십 전짜리 영국제 손재봉틀은 아버지의 소실 초
선이 덕에 우리 집으로 왔다. 그 재봉틀은 결국 아버지가 돌아가신 후 어머니의 가
난과 그 인고의 세월을 이겨 내는 반려가 됐으며, 나의 어린 시절을 생각나게 하는
추억의 물건이 되어 지금도 서재 한구석을 지키고 있다. 아버지의 바람과 풍류가 빚
은 결실이다. 어쩌면 초선이는 우리 집 은인이다.

아버지를 뵈온 적이 없다는 것은 순전히 거짓말이다. 참외로 만나고 싱거 미싱을
통해서 만난다. 말 못하는 무생물이라고 해서 말하지 않는 것은 아니다. 말씀이 빛
을 만들 듯 말씀은 온갖 사물을 만든다. 그리고 말씀은 그리운 이의 초상을 만들고
그 초상은 다시 말씀을 만든다. 여름철 땡낮에 깎아 먹는 참외 한 쪽을 통해 어머니

를 만나고, 싱거 미싱 손잡이를 돌리며 아버지와 초선이를 만난다.

아버지와 아들인 내가 눈으로만 만나고 인식으로 만나지 못했다고 하더라도 그건 못 만난 게 아니다. *끈끈이 주걱풀 같은 끈끈하고 질긴 유전자는 먼 선조의 악행까지도 기억한다는데,* 왜 못 알아볼까. 외로움에 지쳐 하루가 온통 비어 있는 날이거나 절집 마당 주위를 혼자 서성일 때 저승에 계신 아버지가 더러 전화를 걸어오신다. 오르막을 기어오르는 산행중일 때는 간혹 문자 메시지도 보내 주신다.

"별일 없제" 대충 그런 내용이지만 이승과 저승은 거리가 너무 멀어 통화는 맑지 못하고 번번이 끊긴다. 문자 메시지는 "오빠, 외로워요"란 성인 음란물과 함께 실려 올 때가 많아 '모두 삭제'로 지워지기가 일쑤다. 아버지가 계시는 저승의 주소를 얼른 알아차리지 못한 나의 실수다.

싱거 미싱 이야기가 나왔으니 말인데, 나는 손재봉틀을 자유자재로 만지고 바느질도 능숙하게 해낼 수 있다. 대학 일학년 때 요 호청을 뜯어 스키 파커식 등산복을 직접 재단하여 만들어 입고 지리산을 종주한 경험이 있다. 일주일 동안 장마 속을 헤매다 저잣거리로 내려오니 등산복에는 곰팡이가 피어 냄새가 지독했다. 덕분에 만원

싱거미싱

열차였지만 아주 넓은 자리를 확보하여 행복한 남도여행을 할 수 있었다. 저승에 계시는 아버지 덕이다. 초선이의 공이다. 그보다는 초선이를 몰아내고 싱거 미싱을 집으로 이고 오신 어머니의 수가守家 덕분이다. 세 분 모두에게 경의와 존경을 드린다.

갑년을 넘기도록 이 세상을 살아오면서 다만 한 가지 미진한 것이 있다면 아버지를 만나지 못했다는 것이다. 내가 어머니나 초선이를 제쳐 두고 아버지와 이야기가 통할 그런 나이까지 당신이 살아 계셨다면 무슨 수를 써서라도 그렇게 비참하게 이승을 뜨진 않았을 것이다. 단언하지만 정말 그랬을 것이다. 무정한 사람. 나는 아버지가 그립다.

부끄러운 얘기지만 아버지는 가진 것 다 잃고 투전판에서 심장마비로 이승을 하직하셨다. 나와는 단 한 번도 만나지 못한 채.

외로움에 대하여

나는 외로워서 글을 쓴다. 내 글은 모두 외로움의 소산이다. 만일 외롭지 않았다면 단언하거니와 절대로 글을 쓰지 않았을 것이다. 남들은 혼자라는 느낌 때문에 외롭다고 말하지만 나는 그렇지 않다. 혼자일 때도 외롭지만 둘이 있을 때도 외롭고, 여럿이 꽃밭의 꽃처럼 모여 있을 때도 역시 외로움을 느낀다.

달포쯤 전에 아내와 둘이서 「패션 오브 크라이스트」란 영화를 보러 갔었다. 대형 화면에 음향도 좋았고 분위기도 그럴 만했다. 캄캄한 객석에서 영화 속으로 빨려 들어가니 내 옆에 앉았던 아내는 간 곳이 없고 나 혼자 갯세마네 동산을 배회하고 있었다.

예수 그리스도가 무수한 채찍질을 당하며 언덕 위 십자가에 못 박혔을 때 당신의 그 쓸쓸함과 외로움이 내 가슴으로 전이되었다. 나는 예수를 십자가에서 내려놓고 대신 내가 십자가에 못 박혀 내 옆에 매달려 있는 바비도의 귀에 들릴 만한 소리로 "엘리 엘리 라마 사박다니(주여, 나를 버리시나이까)"라고 외쳤다. 나는 영화를 보면서도 외로웠고, 아내의 손을 잡고 영화관 밖으로 나와서도 몹시 쓸쓸했다.

사람들은 나름대로 외로움을 이겨 내는 방법을 터득하고 있다. 어떤 이는 시를 쓰고 그림을 그리고, 어떤 이는 노래를 부르고 춤을 추기도 한다. 모든 예술의 탄생은 외로움이 빚어 낸 영근 결실인 셈이다. 아무리 외롭고 외로워도 선천적으로 예술쪽으로 기울지 못하는 사람들은 차선책으로 어리광을 부리게 된다. 어리광은 혼자에서 벗어나는 길이며, 외로움을 이기는 묘약 한 사발이다.

종교는 외로운 사람들이 스스로 만든 서낭당의 돌무지며, 바라보고 두 손 모으는 교회의 종탑이며, 외로운 사람끼리 모여서 빙글빙글 돌아가는 탑돌이 석탑일 뿐 아무것도 아니다. 어쩌면 종교는 모든 중생들이 부리는 어리광을 조직적으로 받아들이는 하나의 장치일 뿐이다. 사람들의 기대고 싶은 어리광이 없었으면 아예 종교는 태어나지 않았을 것이다.

사람은 외로워야 한다. 외롭지 않으면 예술도 없고 종교도 없고, 이 세상에서 가장 빛나는 보석인 사랑도, 우정도 없다. 나는 얼마 전 우리 내외의 품을 떠나 살고 있는 딸아이에게 이런 편지를 썼다.

사랑하는 지은아. 사람이 느낄 수 있는 쓸쓸한 감정은 외로움이 차려 주는 최상의 만찬이다. 너희들도 자주 외롭고 쓸쓸한 감정에 휩싸이기 바란다. 음악을 듣고, 영화를 보고, 시를 읽고, 그림을 보면서 자주 눈물을 흘리기 바란다. 예술적 감수성에서 비롯되는 눈물은 인류를 사랑하게 되고, 또 동물과 식물을 사랑하게 되며, 나아가서 이 세상에 존재하는 모든 삼라를 보듬고 껴안을 수 있는 묘약을 마시는 것과 같은 것이다.

외로움은 민초들만 느끼는 쓸쓸한 감정이 아니다. 임금도, 신하도, 성직자도, 어머니도, 선생님도, 유생들도 그들의 외로움을 붙들어 맬 의지처를 찾지 않으면 안되었다. 옛 선비들의 경우를 보자. 원래 유생들의 삶이란 숲이 없는 들판에 지은 기와집처럼 햇빛을 받아 주는 그늘이 없다. 그들은 햇빛에 노출되어 있는 이끼나 음지 식물처럼 늘 불안해 한다. 그래서 평소 맘속으로 하대하고 있던 뜻이 맑은 스님들을 가까이 끌어당겨 마음을 의탁하는 경우가 왕왕 있었다.

강진으로 귀양 온 다산 정약용이 『주역』과 『기신론』에 빠져든 채 술주정을 하곤 한 백련사 혜장의 번뜩거리는 형안을 기특해 하고, 아들뻘인 그에게서 위안을 얻으려 한 것도 그것이다. 더러운 현실을 바로잡을 수 있는 것은 유학이라고 내세우고 불교의 무와 공을 비판하면서도 혜장과 초의를 가까이하려 한 것은 유현한 그늘을 만들어 그 속에서 햇볕을 피하려는 것이었다. (한승원 소설 『초의』 중에서)

낙향한 회재 이언적도 마찬가지다. 그는 경주 안강 자옥산 기슭, 맑은 물이 흐르는 개울가에 홀로 머물면서 즐길 수 있는 공간 '독락당'을 지었다. 회재는 너무나 외로운 나머지 흘러가는 개울물을 벗하기 위해 시야를 가로막는 담장을 헐고, 그곳에 나무창살을 달아 귀에 들리는 개울물 소리를 눈으로 들었다.

그러는 한편 회재는 독락당 뒤에 있는 정혜사의 스님(역사에 이름이 기록되어 있지 않음)이 마음 놓고 드나들 수 있도록 자신의 독락당 안 계정溪亭을 산내 암자로 비워 주었다. 그래도 스님의 발걸음이 잦지 않자 계정이란 현판 옆에 '양진암養眞庵'이란 현액을 달아 외로운 낙향 선비의 집에 목탁소리와 염불소리를 넘쳐 나게 했다. '억불숭유'란 기치 아래 유불儒佛이 유별한 시대였는데 왜 그랬을까. 외로움과 쓸쓸함을 이겨 내는 한 방편이었으리라.

감옥은 외로운 마음을 진열해 둔 표본실이다. 그곳은 비단 외로움뿐 아니라 그리움, 지겨움, 미움 그리고 황량함까지를 고농축해 둔 전시실이다. 감옥에 수감되어 있는 죄수들은 여럿이 함께 살면서도 그 여럿을 인정하지 않는다. 혼자라고 생각한다. 그러면서 그들은 끊임없이 '바깥세상'을 지향할 뿐 실제 생활하고 있는 '안 세상'은 돌아보지 않는다.

결국 감옥은 외로움의 부피가 커지면서 그리움만 켜켜이 쌓이는 곳이다. 그리움이 만남을 통해 해소되지 않으면 사람의 심성은 황폐해질 수밖에 다른 도리가 없다. 감옥은 그런 곳이다. 감옥 속의 겨울은 서로가 서로의 체온이 필요하여 끌어당기는, 인력이 강하게 작용하는 계절이기에 그런 대로 지내기가 괜찮은 편이다. 그러나 감옥의 여름나기는 그야말로 지옥이다. 서로가 서로를 밀어내고 체온이 체온을 싫어하는 계절이기 때문이다. 그래서 감옥 속의 외로움은 미움으로 변주되어 동료라는 유대감마저 상실하게 된다. 유대감의 상실은 바로 '사람은 사회적 동물'이란 진리를 거부하는 것과 통한다.

연전에 삼십 년 넘게 근무해 오던 회사를 떠나면서 이런 글을 써 사보에 기고한 적이 있다. 재직하고 있을 때에는 일상이 바쁜 탓도 있었겠지만 그렇게 외로움을 많이 타진 않았다. 그때는 외로움이란 단순하게 '수놈이 암놈에게 보내는 연가'의 한 소절이라고 생각했을 뿐인데, 막상 실직이 주는 외로움의 강도는 그게 아니었다.

회사를 떠나던 날, 바다를 연상했습니다. 몇몇 동료들과 같이 뛰어내려 우선은 동아리를

외로움에 대하여

39

지울 수 있으나 결국 혼자가 되는 엄연한 현실 앞에서 망연자실할 수밖에 없었습니다. 하루 이틀 지나면서 바다의 두려움은 파도와 추위가 아니라 외로움이란 걸 느끼게 됩니다. 혼자라는 사실에 익숙해져야 나무와 풀꽃들 그리고 산새들과 바람에게도 얘기를 전할 수 있다고 합니다. 아직 저는 홀로서기가 어렵습니다만 곧 고독 속에 함몰하여 일체를 이룰 수 있을 것 같습니다. 그때가 되면 하늘과 그리고 별들과도 교통할 수 있겠지요.

실직 후 나는 정말 외로웠고 쓸쓸했다. 하늘과 땅이 내 언어를 알아듣지 못했다. 울고 싶지만 눈물조차 나지 않았다. 바람으로 떠도는 생활이 일 년 남짓 계속됐다. 아침 먹고 만나는 산만이 위안이었다. 그래서 「산에서 운다」라는 글 한 편을 쓰면서 산에서 죽어 버릴까 하는 생각도 해보았다. 아이들에게는 "너희들도 자주 외로워하고 쓸쓸한 감정에 휩싸여 눈물을 흘리기 바란다"고 당부하면서도, 정작 자신은 그 외로움을 주체하지 못하고 울고 있다니. 결국 인간은 나약한 존재이고, 외로움을 이길 수 있는 장사는 아무도 없는 법.

그러다가 얼마 지나지 않아 낙향한 선비가 산천을 찾아 나서듯 나는 우리의 아름다운 문화유산들을 찾아 답사라는 길 떠남의 신들메를 조여 맸다. 답사는 외로움을 떨쳐 내는 작업이 아니라 더 외로워지는 길이었다. 나는 이렇게 외로운 작업을 몇 년째 계속하고 있다. 답사에서 건진 이삭들을 글로 쓰고 그림을 그려 내가 봉직했던 신문에 이 년 동안 일백 회를 연재했다. 지난번 연재가 최종회에 이르렀을 때는 마지막 답사지를 고향집으로 정하고 내 외로운 심정을 이렇게 노래했다.

사실 답사를 시작한 건 외로움 때문이었다. 외로움에서 벗어나기 위해선 철저히 외로워지는 방법밖에 다른 도리가 없었다. 그래서 혼자 떠났다가 홀로 돌아왔다. 보아라. 산그림자도 외로워서 하루에 한 번씩 마을로 내려오고, 가진 것 없는 빈 마음들도 저물녘이면 주막 어귀로 모여든다. 사람만 외로움을 타는 것이 아니다. 벌과 개미가 모여 사는 것도, 바람과 구름이 한 곳에 머물지 못하고 흘러가는 것도 모두 외로움 탓이다. 산다는 것은 외로움을 견디는 일이다. 아니다. 살아간다는 것은 혼자 울고 있는 것이다. 어쩌면 산다는 것은 겨울바람에 맞서는 문풍지의 떨림 같은 것이며, 그래도 산다는 것은 눈물로 부르는 슬픈 노래 같은 것이다. 삼라를 주관하는 하나님도 더러 눈물을 흘리시는 까닭도 외로움 때문이란 걸 길 위에서 만나는 인연 때문에 터득했다. 그리고 '유적답사'라는 것도 사실은 자연이란 스승이 불러 주는 '받아쓰기'란 것도 그때 알았다.

이제 다시 길을 떠나게 되면 산부인과 의사인 친구에게 청진기 하나를 빌려 카메라 대신 그걸 메고 답사에 나설 참이다. 바람맞이 언덕에 홀로 서 있는 등 굽은 소나무는 얼마나 외로운지, 해바라기와 달맞이꽃은 무엇이 그렇게 그리워 해와 달을 끊임없이 쫓아다니는지, 나무와 풀꽃들의 상심한 야윈 가슴에 청진기를 대 보고, 또 물어도 볼 것이다. 그래서 나의 외로움이 그들 풀꽃들의 그리움을 능가하는지를 한번 재볼 작정이다.

수덕사 어귀

숲속의 새소리

새소리가 숲을 키운다. 옛날에는 나무와 풀꽃들이 저절로 자라 숲을 이루는 줄로만 알았다. 그런데 그게 아니었다. 과학을 배우고 보니 숲은 가꾸는 이의 손길보다는 하늘에 순응하는 자정 능력으로 스스로 건강을 유지하고 있었다.

봄이 되면 벗은 몸으로 겨울을 인내하던 나무들이 일제히 새순을 피운다. 다시 겨울이 오면 나무들은 지난해에 그랬던 것처럼 무성한 잎새들을 떨궈 내고 알몸으로 의연히 매운바람 앞에 선다. 그래서 저마다 동그라미 하나 나이테를 그린다.

가지치기를 하지 못한 숲은 주거공간을 넓히기 위해 스스로 산불을 일으키고, 나뭇잎을 떨어뜨려 거름이 되게 하고, 버들치를 살리려고 산사태를 나게 하여 계곡을 깊게 판다. 이런 모든 것들이 숲이 하늘을 따르며 살아가는 존재방식인 것을.

문학 공부를 시작하고부터 세상을 보는 눈이 달라졌다. 문학은 보이는 것보다 보이지 않는 것이 상위개념이란 걸 아무도 모르게 가르쳐 주었다. 숲에 대한 이해도 마찬가지. 이런 일련의 과학들이 숲을 살찌우는 것 같지만 사실은 그게 아니었다. 정작 눈으로 보고도 느끼지 못하는 것들이 실제 숲을 가꾸고 있다는 사실이다.

결국 과학은 꼬마 요정을 푸른 숲에서 밀어내고 물의 요정을 강으로부터 떼어 내고, 그늘 짙은 나무 밑에서 꿈꾸는 시인의 여름 꿈을 빼앗아 갈 뿐 숲을 문학적 상태로 두지 않았다.

문학 하는 눈으로 보면 소리가 숲을 지배하고 있음을 금방 알 수 있다. 새소리, 바람소리, 물소리. 하나님의 음성이 변조된 이런 맑은 소리가 곧 숲의 주인이다. 하나님이 너무 바빠서 대신에 어머니를 이 세상에 보냈다고 하지만, 하나님은 아직도 그 바쁨이 풀리지 않아 어머니 대신 새들을 보내 도시의 거리에 패트롤카가 돌아다니듯 숲의 여기저기를 보살피게 하신 것 같다. 그러니까 새들이 숲의 주인이 아니라 사실은 하나님이 주인인 것을.

나는 새소리를 사랑한다. 산행을 하다가도 새소리가 들리면 두 귀를 소리 방향에 고정시켜 모든 잡음을 차단하고 오로지 새소리만 듣는다. 새소리는 내게 있어 육체와 영혼이 동시에 쉴 수 있는 강 같은 평화이며, 그림 속의 여백처럼 넉넉하고 푸근하다.

능선에 오르려면 아직 멀었는데 배낭을 벗고 땀을 훔치면서 듣는 그 새소리의 맑고 푸른 청량감이라니. 바로 하나님의 음성이다. 『구약성서』속의 아브라함이 산양 대신 아들 이삭을 제물로 하나님에게 번제를 드리려 할 때 사자를 통해 들었던 하나님의 음성을 나는 산에 오를 때마다 새소리 통역으로 듣는다.

"산행이 힘들제. 세상 사는 일이 괴롭고 외롭제." 나는 산에서 새소리를 들을 때마다 이삭의 아버지 아브라함이 된다. "괜찮심더, 견딜 만합니더." 하나님이 이삭의 결박을 풀게 하고 대신 뿔이 수풀에 걸려 있는 산양을 제물로 주신 것같이 내게도 곧 무슨 좋은 소식이 있을런지 모르겠다. 한 번도 사본 적 없는 로또복권에 당첨된다거나 삼십 년 전에 사 둔 바닷가 모래땅이 팔린다거나.

힘든 산행길에 자주 듣는 "뿜어 뿜어" 하고 우는 검은등뻐꾸기 소리, 낡은 탈곡기의 벨트 끊긴 소리 같은 딱다구리 소리, 그리고 실직 후 아침 산책길에 동무가 되어 주었던 쩌쩌구새 소리, 동강 제장리 강변에서 밤새도록 '실카장(싫도록'의 고어)' 들었던 "비오 비오" 하며 우는 박새의 가슴 앓는 소리. 나는 그런 소리들을 사랑하며 그리워한다.

동물농장이나 식물을 키우는 농원에서도 그들이 잘 자라나라고 음악을 들려준다고 한다. 그것도 트롯이나 랩 뮤직이 아닌 클래식 음악을. 하나님이 태곳적부터 숲에서 산새들을 길러 나무와 풀꽃들에게 노랫소리를 들려주시던 것을 인간들은 이제 겨우 알아차렸다니 늦은 감이 없지 않다. 숲에는 안토니오 비발디의 바이올린 협주곡 「사계」와 드보르자크의 「신세계」와 같은 멋진 음악들이 어제도 연주되었고,

내일도 변함없이 공연될 것이다.

　내 고향집 개울 건너 진자산 틈 밑에는 소쩍새 한 쌍이 살고 있었다. 어머니가 항상 걱정하시던 논에 물이 떨어지는 한더위 때 이들 부부는 더 애닯게 울어댔다. 어린 내 귀에는 소쩍새의 "소쩍 소쩍" 하고 우는 소리가 "홋또 홋또" 하고 우는 것처럼 들렸다.

　자규의 피를 말리는 "소쩍" 소리가 서른 초반에 청상이 된 어머니의 외로운 가슴에 피멍을 맺게 했을 것이다. 여름밤에 소쩍새 우는 소리가 들리면 어머니는 "저 놈의 새가 우리 논에 물을 말리네"라고 중얼거리셨다. 표현이야 '우리 논에 물'이었지만, 알고 보면 지아비 없는 설움이 불러내는 '내 눈의 눈물'이 아니었을까. 오, 가련한 어머니.

　초등학교 시절 하루는 어머니 가슴에 못을 박는 소쩍새를 잡으러 친구 여럿과 틈으로 갔다. 틈은 직벽이었으나 늘어진 나뭇가지를 잡고 중간까지는 무난히 내려갈 수 있었다. 아무리 찾아봐도 소쩍새의 둥지는 찾을 수가 없었고, 올라올 길은 막연했다. 버둥거리며 풀을 잡고 한 발 올라서면 풀뿌리가 뽑혀 곧장 낭떠러지로 떨어질 것 같았다. 앞이 캄캄하여 '살려 달라'고 소리소리 질렀더니 같이 간 친구들이 바로 옆 외딴집에서 지게에 묶인 밧줄을 풀어 와 내려 주는 바람에 가까스로 기어 올

경주 삼릉 2011

라온 아찔한 추억이 아련하다.

그 일이 있고 난 후 나는 소쩍새를 싫어했다. 소쩍새는 괜히 우리 논의 물을 말릴 것 같았고, 어머니 눈에 눈물을 흘리게 만들 것 같았기 때문이다. 그러다 구십년대 초 가족을 떠나 혼자 이 년 동안 안동에서 근무를 할 때였다. 퇴근 후 안동호에서 밤낚시를 자주 했다. 안동호는 소쩍새 울음소리의 천국이었다. 낚시를 하는 재미보다 어머니의 새인 소쩍새 우는 소리가 너무 좋아 꼬박 밤을 새운 적도 있다. 여러 마리가 부르는 '소쩍 합창'은 논의 물을 말리지도 않았고, 돌아가신 어머니의 눈물샘을 더 이상 자극하지도 않았다.

소쩍새 우는 소리가 막연하게 그립던 참에 지난 여름 '참길 소록 봉사대'를 따라 소록도에서 며칠을 보낸 적이 있다. 소록도에 살고 있는 환자들은 소쩍새가 울면 누군가가 죽어 나간다고 믿고 있었다. 소록도 소쩍새는 하룻밤도 울지 않는 날이 없었으며, 구북리 화장터엔 하루도 흰 연기가 하늘로 올라가지 않는 날이 없었다.

숲을 키우는 소쩍새가 소록도 사람들의 상심한 영혼까지 관리하고 있다는 사실을 소록에 가서 비로소 알았다. 소록도 소쩍새 소리는 하나님의 음성을 그대로 전하는 구내방송이었다.

우리가 살고 있는 앞산과 뒷산에는 하나님의 음성이 각기 다른 새들의 새소리로 변성되어 숲을 지키고 있다. 숲은 정말 새소리가 가꾼다.

우리들의 사춘기

득남이는 고향집 아랫채에 세 들어 살던 또래 친구의 이름이다. 내가 대학 이 학년 무렵이었으니 세월이 오래되어 성씨도 얼굴도 기억할 수가 없다. 내가 살고 있는 이 도시의 골목길에서나 아니면 어느 목로집 나무의자에 앉아 있는 그를 만난다 해도 그가 먼저 아는 체하며 말을 걸어오지 않는다면 영 낯선 사람으로 지낼 수밖에 없는 그런 형편이다.

그래도 언젠가는 그가 갑상선염을 앓은 목 주변의 흉터를 내보이며 "내가 득남이 아이가!" 하고 반색을 하며 손을 내미는 그런 순간을 상상해 본다. 득남이가 어디에서 살다 우리 집으로 이사를 왔는지 어느 학교를 다녔는지 나는 전혀 알지 못한다.

득남이는 우리 집 아랫채 큰방 한 개를 세 얻어 부모와 함께 이사를 왔다. 그 옆 방이 내 공부방이었다. 그는 자주 내 방으로 놀러 와 들고 온 만화책을 읽곤 했는데, 공부에는 영 관심이 없어 보였다. 내가 영어책을 읽고 있으면 신기하다는 듯 들여다보다가 "내가 영어 이야기책을 좀 구해 줄까"하고 나의 의향을 물었다. 나는 그 말을 믿을 수가 없어 그냥 웃기만 했다.

득남이네는 일정한 수입이 없는데도 잘 살았다. 아버지, 어머니는 고령이어서 놀았고, 득남이는 직업이 없으니까 놀았다. 그런데도 옷만큼은 모두 외제로 고향사람들이 알아줄 정도로 사치스럽게 입고 다녔다. 득남이가 남색 세무 구두를 신고 노란색 프란넬 바지 위에 멋진 남방셔츠를 받쳐 입고 나서면 『스크린』이란 영화잡지 표지에 나오는 배우 같았다. 박인환 시인은 시 「목마와 숙녀」에서 "인생은 외롭지도 않고 거저 잡지의 표지처럼 통속하거늘…" 하며 읊었지만, 득남이는 별로 배운 게 없어도 화려한 의상이 그 통속함을 덮어 주고도 남았다.

나는 매일 아침 여섯 시 반 하양역을 출발하는 통근열차를 타고 대구에 있는 학교에 갔다가 저녁 늦게 집으로 돌아왔다. 그렇기 때문에 득남이가 하루 낮이란 그 긴 시간을 무엇으로 소일하는지 몰랐다. 주말에 그를 만나 "뭘하며 지냈느냐"고 물으면 "그냥 동네 여기저기를 돌아다니다가 강가에도 나가고 그랬다"는 게 전부였다.

득남이네 가계는 누나가 책임지고 있었다. 누나는 미군과 결혼(?)을 한 여성으로, 친정의 생활비와 옷이랑 군것질거리까지 온통 미제로 대주는 것 같았다. 득남이네 방에 가지런히 걸려 있는 옷가지는 족히 스무 벌이 넘었다. 갈아입을 옷이 만만찮았던 당시 내 처지에 비하면 득남이는 부러움을 넘어서 미움의 대상이었다. 오죽했으면 나도 키 큰 미국 군인을 보고 "자형요" 하고 단 한 번만이라도 불러 봤으면 하는 그런 요망한 생각을 했을까.

득남이는 우리 집 마당에서 놀고 있는, 암탉을 여럿 거느린 잘생긴 수탉과 같았다. 벼슬은 붉고 날개의 깃털은 화려찬란한 그런 수탉이었다. 어머니가 교회에 가실 적마다 낟알이 섞인 쌀겨를 한 움큼 뿌려 주시면 수탉은 "꾸꾸구우" 하며 암컷들을 불러모아 모이를 먹었다. 수탉은 날개의 한쪽 끝을 땅에 끌면서 구애의 춤을 춘 후, 암탉의 등 위로 올라가 생명을 창조하는 아름다운 몸짓을 보여주었다.

나는 암탉의 등 위에 웅크리고 있는 수탉의 모습을 보면 득남이가 연상되었다. 내가 학교에 간 사이 동네 여기저기를 돌아다니며 저지르고 다닐 득남이의 수상한 행적이 자꾸 그런 방향으로 몰고 갔다. 수탉의 행위 위에 득남이의 모습이 오버랩될 때마다 나는 그를 미워하고 질투했다. 나도 멋진 옷을 입은 수탉이 되고 싶었다. 그의 누나가 부러웠다.

득남이는 연애대장이었다. "동네 여기저기를 돌아다닌다"는 그의 말은 바로 끼 많은 동네 처녀들을 낚기 위한 사냥질이었다. 어쨌든 득남이는 스무 살 전후의 고향 처녀들에게 인기가 있었고, 그 소문은 동네에 파다했다.

하루는 아침 통근열차를 타러 바쁘게 뛰어나가면서 어머니에게 "내일은 시험이 있어서 오늘밤에는 친구네 집에서 자고 올 것 같아요"라고 말했다. 책 한 권 없이 학교에 다니고 있는 사정을 누구보다 잘 알고 계시는 어머니는 "오냐"란 대답 대신 한숨을 섞어 고개만 끄덕이셨다. 그러나 책을 얻어 보며 하룻밤 신세질 친구네를 물색하기가 만만치 않아 늦은 밤 기차를 타고 집으로 돌아왔다.

내 방의 문을 열자 문이 안으로 잠겨 있었다. 밖엔 신발 한 짝 없는데 방문은 열리지 않았다. 안에서 인기척이 느껴졌다. 득남이가 "활아, 내다" 하며 기어들어 가는 소리를 냈다. 그래도 문은 열리지 않았다. "올라가서 밥 묵어라. 순자하고 이야기 좀 한다." 득남이는 내가 어머니에게 드린 아침 인사를 재빠르게 가로채 나의 빈방에 이웃집 순자를 불러들여 구애의 춤판을 벌이고 있었던 것이다.

배는 고픈데도 밥이 목구멍으로 넘어가질 않았다. 더위 먹은 사람처럼 코에서 단내가 났다. 어머니에게 내색할 수도 없고 물만 들이켰다. 윗채 마루에 걸터앉아 아랫채 내 방을 내려다보니 불은 켜져 있는데 문은 좀처럼 열리지 않았다. 마당으로 내려서 괜히 감나무를 흔들다가 우물가로 나가 두레박을 처박듯이 던져 넣어 길어 올린 찬물을 벌컥벌컥 마셨다. 그래도 분은 풀리지 않았다. 득남이가 미웠고, 그의 누나가 부러웠다. 순자도 미웠다.

나는 그날밤 내내 안달하며 지낸 기억밖에 없다. 순자가 몇 시에 내 방을 나갔는지 득남이가 내게 뭐라고 사과를 했는지 생각나는 게 전혀 없다. 그날밤 우물가에서 두레박을 내동댕이치면서 "내일 장에 가서 자물쇠를 사서 내 방을 잠그리라"고 굳게 맹세했다. 그러나 그 계획은 실천에 옮겨지지 않았다.

당시 나는 폴란드 작가 마렉 플레스코의 『제8요일』을 읽고 있었다. 자물쇠를 걸지 않은 이유 중의 하나가 이 소설 때문인지도 모르겠다. 주인공 피에드레크와 아그네시카는 만난 지 얼마 되지 않아 서로가 서로를 원하는 사이가 되었다. 그들은 목요일 낮부터 일요일 밤까지 나흘 동안 삼면만이라도 벽으로 둘러져 있는 그런 방을 찾았지만 공산 치하의 바르샤바에는 사랑하는 사람들이 함께할 그런 공간은 아무데도 없었다. 아그네시카는 "우리에게 세 개의 벽만 있는 방을 달라"고 외쳐 보지만 연인들의 꿈은 이 세상에는 존재하지 않는 '제8요일'에나 가능했을 뿐, 그들의 외침은 공허한 메아리였다.

그 일이 있고 난 후에도 나는 방문을 잠그지 않았다. 내가 학교에 간 사이 『제8요일』의 주인공인 득남이는 내 방을 들락거렸다. 그래도 싫은 기색을 내지 않았다. 어쩌면 나는 사랑하고 있는 연인들에게 섹스할 수 있는 공간을 제공해 주는, 다시 말하면 이 세상에는 존재하지 않는 '제8요일'을 소유하면서 관리하고 있는, 어쩌면 하나님 다음가는 존재 같은 자부심이 느껴진 것은 아닐까. 창세기 때 엿새 동안 천지를 창조하신 후 이레째 푹 쉬었던 하

나님도 인간들이 서로 사랑할 수 있도록 모든 문이란 문에 빗장을 지르지 않았던 것처럼.

득남이를 한 번쯤 만나고 싶다. 그가 살아 있다면 생애가 끝나기 전에 도시의 어느 목로주점 나무의자에 앉아 피곤해 쉬고 있는 그를 만날 것 같은 예감이 든다. 정말이다. 목의 흉터를 확인하고 "니가 득남이 아이가!" 하고 크게 소리를 지르고 싶다. 그를 만나면 그날밤 내 방을 뺏긴 후 우물가의 두레박을 찌그러뜨린 우리들의 사춘기를 이야기하고 싶다. 순자의 소식도 묻고 싶다. 아마 그 이야기는 밤새도록 해도 모자랄 것 같다.

소금광산에서 만난 소녀

동유럽 여행 사흘째 되는 날, 폴란드 비엘리츠카 소금광산 앞에서 한 소녀를 만났다. 소녀는 주말을 맞아 소풍과 견학을 겸해 이곳에 온 것 같았다. 또래들이 이십여 명쯤 되었고, 인솔교사 두엇이 아이들의 엇길 행동을 막으면서 광산 입장 수속을 밟고 있었다.

유네스코 세계문화유산으로 지정된 소금광산은 그 규모와 명성이 세상에 알려지면서 관광객들이 넘쳐 나 주말에는 평균 두 시간은 족히 기다려야 입장할 수 있다. 기다림의 시간은 항상 지루하고 초조한 법. 의자에 앉아 책을 읽고 있는데, 햇빛을 막아 서는 검은 실루엣이 책장 위에 장막을 친 것처럼 갑자기 어두워졌다. 소녀의 작은 몸집이 태양을 가린 것이다. 치어다보니 소녀의 얼굴은 역광 속에서 흐릿했지만, 햇살을 받아 옅은 황금색으로 빛나는 갈색 머리카락은 눈이 부셨다.

소녀는 말없이 내 발 밑을 손가락으로 가리켰다. 아주 작은 폴란드 동전 한 닢이 떼구르르 굴러 와 신발 옆에 떨어져 있었다. '내가 떨어뜨린 동전을 주워 갔으면 좋겠는데 혹시 실례가 되지 않을까요'란 뜻을 손가락을 시켜 그렇게 말하고 있었다.

"수화는 농아들끼리의 전용 언어인 줄 알았는데 이방인들 사이의 대화 수단으로 이렇게 유용한 것이구나" 생각하며 동전을 집어 주며 연한 미소를 흘렸다. 소녀는 궁중의 인사법인, 무릎을 약간 꾸부리며 고개를 까딱하는 웃음으로 화답했다. 그러곤 저희들끼리 동전 뺏기 놀이에 온 정신을 팔고 있었다.

소녀는 값비싼 옷을 입지도, 유명 브랜드 신발을 신지도 않았으며, 머리 모양도 평범하고 단순했다. 그러나 얼굴 중에서 특히 눈매에서 뿜어 나오는 신선한 기운은 사람을 끌어들이는 묘한 매력을 발산하고 있었다.

그러니까 아까 동전을 집어 줄 때 소녀가 보여주었던 중세 유럽식 배꼽인사는 산뜻한 용모에 사람됨이 플러스 알파로 작용하여 후한 점수를 따고 있었다. 나는 나도 모르는 사이에 소녀를 왕족 내지 귀족의 반열에 올려놓고 있었다.

소녀와의 예기치 않았던 조우의 순간부터 나는 턱없는 상상의 나래를 폈다. 소녀의 청순한 이미지를 오드리 헵번에 견주어 보았다. 「녹색의 장원」이란 영화 속의 주인공으로 가상 출연시켜 보니 이곳은 소금광산일 뿐 숲속이 아니기 때문에 배역이 걸맞지 않았다. 생각을 고쳐 먹고 로마 거리 여기저기를 쏘다니는 「로마의 휴일」이란 영화의 주연배우로 발탁해 머릿속에서 신나게 돌아가는 필름 속에 살짝 밀어 넣어 보았다. 소녀는 어느 왕국의 공주로 분한 영락없는 오드리 헵번이었다. 소녀를 앤 공주로 만들고 나니 나는 자동적으로 특종기사를 찾아 다니는 아메리칸 신문의 조 브래들리 기자(그레고리 펙)가 되어 있었다.

그러한 잠시 소녀는 동전을 빼앗기지 않으려고 안간힘을 쓰다 다른 아이가 힘껏 밀치는 바람에 내가 앉아 있는 곳까지 떠밀려 와 엉덩방아를 찧었다. 소녀는 내 손을 잡고 일어나면서 어색한 웃음을 웃었다. 나는 폴란드어가 아닌 영어로 몇 살이냐고 물었다. 이심전심은 쉽게 통하는 법. 소녀는 내 말을 얼른 알아듣고 양쪽 손가락 열 개를 활짝 펼쳐 보였다.

소녀의 그러는 모습이 하도 천진하고 난만스러워 친근의 표시로 무엇을 주고 싶었다. 호주머니에 손을 넣어 보니 줄 것이라곤 아무것도 없었다. 그들의 동전놀이에 도움이 될까 싶어 1유로짜리 동전 한 개(우리 돈 1,500원 정도)를 또래들이 눈치채지 못하도록 손 안에 꼭 쥐어 주었다. 그

폴란드 소녀 카체

러고 나서 메모를 위해 갖고 다니던 파커 볼펜을 윗저고리 포켓에 꽂아 주니 영화 속 트레비 분수 앞에서 보여주던 오드리 헵번의 해맑은 미소가 소녀의 얼굴에서 금새 피어올랐다.

소녀 일행의 광산 입장은 우리보다 빨랐다. 인솔교사가 무어라고 큰소리로 말하자 놀이에 빠져 있던 아이들이 두 줄로 늘어서기 시작했다. 소녀는 선생님에게 무어라고 속삭이더니 약간의 말미를 얻어 내 곁으로 뛰어왔다. 소녀는 나의 메모수첩을 빼앗듯이 받아 들고 빈 종이에 방금 받은 볼펜으로 카테Kathe라고 썼다. 내가 아주 낮은 목소리로 "카테가 네 이름이니? 카테야…" 하고 불렀더니 생긋이 웃으며 고개를 끄덕였다.

소녀는 우리의 '짧은 만남'에 이은 '빠른 헤어짐'을 아쉬워하듯 힐끗 한 번 돌아보고는 소금광산 안으로 뛰어 들어갔다. 이삼십 분 뒤 우리 차례가 왔다. 376개의 통나무 계단을 걸어 지하 64미터까지 내려가니 소금광산의 갱도가 서서히 모습을 드러내고 있었다.

2.5킬로미터나 되는 코스를 도는 중에 1493년에 이곳을 방문한 지동설의 주창자인 니콜라우스 코페르니쿠스가 지구의를 들고 있는 소금덩이 조각상을 만날 수 있었다. 그리고 이곳 광산의 인부로 일하던 아마추어 조각가들이 조성한 대성당에 들어서자 나도 모르게 감탄사 대신 기도가 터져 나왔다. "오, 하나님 아버지. 당신의 천지창조 이후 인간이 만든 새로운 천지가 대성당으로 태어나 여기 펼쳐져 있습니다. 아멘."

소금광산 관광이 거의 끝나갈 무렵에 간이식당과 매점이 줄지어 늘어서 있는 넓은 광장이 나타났다. 나는 그동안 구경에 정신이 팔려 나보다 앞서 들어간 소녀를 까맣게 잊고 있었다. 이곳에 들어서니 영화 「로마의 휴일」에서 보았던 광장 끝에 있는 '거짓말하는 사람이 손을 넣으면 손이 빠지지 않는다'는 '진실의 입'이란 입을 크게 벌리고 있는 부조상이 생각났다.

혹시나 싶어 사방을 두리번거리며 돌아보았다. 텔레파시 비슷한 어떤 강렬한 에너지가 나의 뒷덜미를 강하게 끌어당기는 것 같았다. 아니나 다를까 한갓진 구석에서 소녀 일행이 우리나라의 컵라면 비슷한 음식들을 먹고 있었다. 나는 우리 일행의 줄에서 빠져 나와 조심스럽게 소녀의 꼬마 친구들이 있는 쪽으로 가 보았다.

'카테'가 국수를 건져 먹다가 나를 발견한 모양이었다. 처음에는 포크를 쥔 손으로 아는 체를 하더니 안 되겠다 싶었던지 그걸 테이블 위에 놓고 나에게 뛰어와 내 오른손을 잡고 뭐라뭐라 폴란드 말로 지껄였다. 나는 알아듣지는 못했지만 머리를 쓰다듬어 주는 것으로 대답을 대신했다. "오냐 오냐, 그래 그래."

'소망의 벽' 앞에서 "사랑을 하기엔 하루는 너무 짧아요"라며 아쉬워하던 영화 속 공주가 생각났다. 이어 영화의 끝장면이 떠올랐다. 기자는 이렇게 물었다. "이번 여행중 가장 인상깊었던 곳은 어디였습니까?" 앤 공주가 대답했다. "로마였습니다. 아마 죽는 날까지 잊지 못할 겁니다."

호수 소년 '타아'

그는 호수 소년이다. 호수 위에 떠 있는 판잣집 움막에 살고 있다. 소년의 직업은 호수를 구경하러 오는 관광객을 싣고 다니는 유람선의 키잡이이다.

나는 그가 열네 살 때인 2003년 가을, 호수의 수평선이 너무나 선명한 금을 긋고 있는 햇빛 밝은 날 오후에 처음 만났다. 그는 능숙한 솜씨로 유람선 뱃머리가 다른 배들을 들이박지 않도록 긴 나무장대로 키질을 했다. 그리고 배가 선회할 때마다 따가운 햇살을 막아 주는 차단막을 내리고 올리는 일을 계속하고 있었다.

배가 달리는 동안에는 할 일이 없는지 내가 앉아 있는 앞자리 문턱에 엉덩이를 붙이고 앉아 흘러가는 구름에 마음을 실어 보내는 것 같았다. 맨발에 아무렇게나 걸쳐 입은 옷매무새하며 미지를 향해 꿈을 꾸는 듯한, 그러면서도 뭔가 그리움에 젖어 있는 멍한 표정이 내 어릴 적 모습을 빼쏘아 놓은 것 같았다.

나는 카메라를 꺼내 그의 옆얼굴을 스케치하기 시작했다. 알맞게 가무잡잡한 피부와 쌍꺼풀진 맑은 눈을 찍어 '포트레이트'란 제목을 붙이고 싶었다.

"너 몇 살이니?" 영어로 물었다. 소년은 "포오틴"이란 대답과 동시에 검지를 손바닥 안으로 구겨 넣고 나머지 손가락 네 개를 펼쳐 보였다. 아마 열 살은 생략한 모양이다. 소년은 캄보디아 말로 뭐라뭐라 지껄였지만 나는 한 마디도 알아듣지 못했다. 그가 혹시 민망해 할까봐 "오냐 오냐, 그래 그래"를 연발하면서 연신 고개를 끄덕이며 알아듣는 척했다.

나는 소년에게 1달러짜리 지폐 한 장을 주었다. 그러면서 수화하듯 내가 다시 이 호수로 돌아오면 오늘 찍은 사진을 너에게 주겠다는 시늉을 했다. 화제가 궁한 나머지 일방적으로 약속은 했지만 그것이 지켜질 가능성은 전혀 없었다. 소년도 배에서 내리는 나를 향해 두 손을 모아 작별인사를 했지만 나의 약속이 지켜지리라고는 생각하지 않는 그런 덤덤한 표정이었다.

캄보디아 앙코르와트 여행에서 돌아왔다. 세계 7대 불가사의 중 하나라는 앙코르와트 사원에 대한 기억보다 톤레샵 호수에서 만난 그 소년에 대한 짧은 추억이 짠하게 머릿속에 남아, 내 마음은 오랜 날을 수상족들이 살고 있는 그 호수 주변을 맴돌고 있었다.

영혼이 컬컬하여 막걸리나 한 잔 마시고 싶은 그런 날 오후엔 곧잘 톤레샵 호수로 날아간다. 비행기를 타지 않고 그냥 앉아서 날아간다. 가선 유람선을 타고 키질을 하는 호수 소년 '타야'를 만난다. 그럴 때마다 나는 소년과 통하지 않는 많은 이야기들을 통역없이 나눈 다음 여러 장의 사진을 찍고 돌아온다.

이 년이 지난 어느 날, '타야'에게 일방적으로 지껄인 약속을 지킬 수 있는 날이 왔다. 대학 동기 모임에서 캄보디아 투어에 나선다는 것이다. 일정표를 보니 출발 다음날 톤레샵 호수에 들르기로 되어 있었다.

우선 '타야'의 사진부터 챙겼다. 그리고 손목시계와 우산, 치약, 비누, 수건 등 갖가지 생활용품을 작은 여행용 가방에 두둑하게 넣었다. 캄보디아의 1인당 GNP가 삼백 달러 정도라니 이런 선물도 '타야'에겐 약간의 도움이 될 것 같았다.

톤레샵 호수에 도착만 하면 단번에 만날 것 같던 '타야'는 그곳에 없었다. "기우가 곧 현실"이라더니 '머피의 법칙'이 따로 없었다. 우리가 탄 유람선 선장은 "오늘은 타야가 학교에 가는 날이어서 근무를 하지 않는다"고 했다. "학교가 어디냐"니까 선장은 호수 복판의 수상마을을 가리켰다. "학교에 나를 데려다 줄 수 있느냐"고 물으니 선장은 대답 대신 부르릉하고 시동을 걸었다.

나는 그 엔진소리가 마치 '우리 논 물꼬에 물 넘어 들어가는 소리'처럼 하도 듣기가 좋아 내가 차고 있던 손목시계를 끌러 채워 주니 열일곱 살 난 '타야'의 친구인 듯한 선장은 씨익 웃는다.

학교는 수상마을 한 귀퉁이에 있었다. 한국 정부의 지원으로 지어진 '타야'의 학교는 태극기와 캄보디아 국기를 양 어깨에 메고 있었다. 수업이 끝나 수상마을 뒤편

호수 소년 타아

의 호숫가 축구장에 몇몇 소년들이 공을 차고 있었지만 '타아'의 모습은 보이지 않았다. 선장은 지나가는 동리 사람들에게 "타아를 못 봤느냐"고 고함을 질렀지만 모두가 고개를 저었다.

우리 일행은 예정에 없던 수상마을 곳곳을 구경할 수 있었다. 호수 위에 마켓이 있고 주유소도 있고 선박수리소까지 있었지만 '타아'는 아무데도 없었다. 갑자기 '타아'가 보고 싶고 그리운 연인처럼 느껴졌다. 그런 연인을 만나지 못하고 있으니 장맛비를 맞은 타락한 사랑처럼 내 마음은 계속 허물어져 내리고 있었다.

선착장으로 돌아와 '타아'의 선주를 만나 사진과 선물을 내려놓았다. 선물 중의 일부를 '타아'의 친구들에게도 나눠 주라고 부탁했다. 톤레샵 호수를 벗어나 호텔로 돌아오는 버스 안에서 "오늘 타아를 만나지 못한 것이 오히려 잘 됐다"며 내 스스로를 위로했다.

젊은 연인들이 어떤 연유로 수십 년 동안 헤어져 있다가 반백의 주름투성이 얼굴로 만났을 때의 그 환멸감을 맛보느니 차라리 그리움을 속으로 삭이며 아름다웠던 사랑의 기억을 무덤까지 안고 가는 게 나을 거라는 생각이 스쳐 지나갔다.

나는 늘 '타아'가 톤레샵 호수를 맴도는 유람선의 키잡이로만 머물지 말고 꿈을 키워 "호수 밖 메콩 강을 내왕하는 증기 여객선의 선장이 되어 달라"고 기도해 왔다. 오늘 내가 '타아'를 만나지 못한 것은 내 기도의 중단을 원치 않는 하나님의 계시거나 섭리의 한 토막이 은근하게 작용한 것이 아닌지 모르겠다.

그러나 섭리가 그렇다 해도 "타아를 만났더라면…" 하는 나의 작은 바람은 마음 한구석에 지워지지 않는 섭섭함으로 영원히 남게 될 것이다.

 고향집 앞에서

능금나무 불꽃

지난 초겨울 일이다. 사과농사를 짓는 후배가 능금나무 장작 한 짐을 승용차 트렁크에 싣고 찾아왔다. "형, 이 능금나무 장작으로 불을 지피면 불꽃이 정말로 아름답습니다. 언제 시간이 나는 대로 불꽃 구경 한 번 해보세요." "미룰 것 없네. 내 친김에 바로 산장으로 가서 장작불에 닭이나 한 마리 고아 먹어 보세." 그 길로 팔공산 허리춤에 있는 친구 몇이서 공동으로 마련한 참샘골 산막으로 올라갔다.

조금 전까지만 해도 울긋불긋 화려한 깃털의 수탉에게 총애를 받던 씨암탉이 옷을 벗고 자궁이랑 내장까지 깡그리 쏟아 버린, 그야말로 빈 몸으로 대소쿠리에 담겨 아궁이 옆에 도착했다. 무쇠솥에는 벌써 물이 끓고 있었다. 불쏘시개에서 옮겨 붙은 능금나무 장작은 활활 잘도 타올랐다. "저 불꽃 좀 보세요. 세상에, 이렇게 아름답고 멋진 불꽃은 좀처럼 구경하기 어려울 겁니다." 그러고 보니 정말 불꽃의 색깔은 찬란했다.

불붙은 황토 아궁이에서는 '보남파초노주빨'로밖에 표현할 수 없는 오만 색깔의 불꽃이 미국 라스베이거스 벨라지오 호텔 연못 분수에서 음악에 맞춰 물줄기가 솟아오르듯 신나는 소리를 질러 가며 튀어나온다. 장관이었다. 닭 한 마리를 고음하는 아궁이가 능금나무 불꽃 때문에 관객 두 사람을 초대한 공연장으로 변하다니. 아궁이 속에서 불꽃들의 다양한 전개와 붉은색에서 푸른색과 보라색으로 바뀌는 빠른 변환은 대규모 오케스트라를 거느린 볼쇼이 발레 공연 같았다.

타는 불꽃에 몰입하다 보니 아궁이는 더 이상 아궁이가 아니었다. 엄청나게 큰 공연장의 무대였다. 후배와 나는 몽당비 하나와 장작개비 한 개가 의자로 놓여져 있는 아궁이 앞 객석에 앉아 불꽃 공연을 즐기고 있었다. 구들장 밑으로 파고들어 가는 불꽃은 오케스트라를 어렴풋이 비추는 조명이며, 노랑과 초록 그리고 빨강 꽃불이 내미는 날름거리는 혀는 빛이 아니라 내 귀에만 들리는 음을 따라 출렁거리는 율동이었다. 난생 처음 보는 불꽃 춤사위는 그야말로 감동이었다.

불꽃 향연. 황토 아궁이 속에서 이뤄지고 있는 백조의 군무를 이렇게 이름 붙이고 나니 더욱 근사했다. 아궁이 속의 불꽃들이 치열하게 웅성거리면 무쇠솥은 수레에 짐을 잔뜩 실은 황소가 언덕길을 올라가면서 내뿜는 콧김 같은 것을 연방 뿜어낸다. 이윽고 불길의 기운이 잦아지면 오케스트라의 선율도 가늘어진다. 화려한 불꽃들이 숯불로 이글거릴 때쯤 오데트와 오딜 역을 맡은 백조 두 마리가 왼쪽 무대 끝에서 발 끝 걸음으로 종종거리고 나와 공중에서 서너 바퀴를 도는 고난도의 푸에테 동작을 화려하게 구사하면서 지그프리트 왕자를 찾아 나선다. 연기를 내면서 타고 있던 능금나무 옹이가 마지막 힘을 모아 불꽃을 뿜어 올리는 모양새는 타악기들이 지휘자의 지휘봉 끝을 향해 터지는 팡파레에 맞춘 듯하다. 이와 때를 같이한 금발의 러시아 백조들은 긴 팔과 다리를 평행으로 펼치며 날아오르기도 하고, 불꽃이 이글거리는 수면 위에서 튀어 오르며 포말 비슷한 꽃재를 날리고 있다.

「백조의 호수」가 끝나자 나도 모르게 일어나 박수를 쳤다. "휘익휘익, 짝짝 짝 짝 짝." 공연은 「호두까기 인형」으로 다시 이어진다. 내 귀에는 악기에서 울려 나오는 선율들이 온갖 풀들을 바람보다 먼저 눕히는 파장처럼 밀려오고, 밀려온 음들은 뒤따라오는 다른 음에 제자리를 내주고 빠져 나간다. 그러면 사랑의 후원자들이 보내 온 선물들을 원생들에게 나눠 주지 않고 벽장 속에 감춰 버린 몹쓸 고아원 원장의 음흉한 얼굴이 클로즈업된다. 원장의 눈을 피해 벽장에서 나온 호두까기 인형은 이탈리아 대리석 바닥에 구슬이 떨어져 똑똑똑 굴러가는 소리를 내면서 주인공 클라라를 환상의 세계로 데려간다. 이럴 땐 능금나무 장작도 "탁탁탁!" 하고 불꽃을 날리며 맹렬한 기세로 타오른다.

2막이 시작되어 봉봉 왕자와 슈가 공주가 사탕과자 나라에서 멋진 발레를 선보이고 있는데, 느닷없이 "불길이 이만하면 내장하고 통집은 익었겠지요. 소금하고 참

소주는 이리 갖고 올까요"라고 소리친다. 얼떨결에 "그러지 뭐"라고 대답하는 순간 공연장의 더 넓은 무대는 사라지고 황토 아궁이는 열기에 터져 버린 언청이 입술 같은 아궁이로 돌아와 있었다. 능금나무 장작이 타는 아궁이 앞에서 볼쇼이 발레를 구경한 것은 시간적으로는 찰나라고 해도 좋을 일순이었지만, 그 감동이 오래 유지되고 있는 걸 보면 느낌의 시간을 현실의 시간으로 계산할 수는 없을 것 같다.

참샘 산막의 부엌

"이젠 그만 때세요." 능금나무 불꽃 공연이 너무나 좋은데다 금방 익혀낸 똥집과 내장 안주가 또한 일품이었다. 두 관객은 아궁이 앞에 펑퍼져 앉아 닭 한 마리를 다 꺼내 먹을 때까지 소주잔을 주고받았다. 그런데도 별로 취하지 않았다. 공연은 대성공이었다.

실고 간 능금나무 장작이 혹시 없어질까봐 온갖 허드레 물건을 넣어 두는 장 속에도 일부 숨겨 두고 바깥 비밀장소에 꽁꽁 감춰 두었다. 그러나 아무리 아껴도 한 해 겨울을 버티지 못했다. 비싼 공연 보러 가다 길거리에서 티켓을 잃어버린 것 같이 허전하고 섭섭했다. 후배에게 "능금나무 장작 불꽃이 근사하던데 그걸 좀더 구할 수 없겠느냐"고 통사정해도 "고목은 모두 베어 버려 이젠 구할 수가 없는데요"라는 대답뿐이었다.

그날 이후 나는 작은 꿈 하나를 키우고 있다. 언젠가, 아니 언젠가가 아니라 그리 멀지 않은 장래에 내가 살고 있는 이 도시에서 가까운 곳에 내 소유의 단독 주거 공간을 마련하는 것이 바로 그것이다. 주택의 형태야 아무래도 상관이 없지만 다만 거실에는 아궁이를 개조한 벽난로라도 좋고, 그 벽난로가 황토 아궁이 모양을 하고 있어도 나는 전혀 개의치 않을 작정이다.

그래서 청도, 창녕, 청송 등 과수원이 폐원으로 변한 곳을 수소문하여 능금나무 장작을 확보하는 일을 서두를 것이다. 정말이지 능금나무 장작 한 트럭 정도만 추녀 밑에 쌓아 놓을 수만 있다면 이 세상에 아무것도 부러울 게 없이 행복해질 수 있을 텐데….

　능금나무 장작이 불꽃으로 활활 타고 있는 황토 아궁이 앞에서 나는 보리라. 그리고 즐기리라. 평생을 기다리며 그리움에 젖어 몸을 떨고 살아왔던 내 저리고 아팠던 생애를 보리라. 그러면서 그 취한 눈과 귀로 불꽃 향연에 어울리는 차이코프스키의 음악을 듣고 볼쇼이 발레를 보면서 머지않아 닥쳐올 황혼을 정중히 맞으리라. 오, 정말. 그렇게 취할 수만 있다면….

신발에 관한 명상

취직이 되어 서울로 떠난 막내의 신발을 정리했다. 운동화와 농구화, 목이 긴 가죽구두에 예비군 군화까지 종류도 다양하고 숫자가 많기도 하다. 그 중에는 아직 몇 달 더 신어도 끄떡없을 구두도 끼어 있었다. 낡은 테니스화와 찢어진 농구화는 과감하게 쓰레기통으로 던져 버리고 다시 점검을 한다. 목이 긴 가죽구두는 나들이 때 신을 수 있을 것 같아 한쪽으로 젖혀 두고, 단화 몇 켤레를 이리저리 살펴보니 낡긴 했어도 버리기는 아까운 것들이었다.

신발 정리를 할 땐 과감하게 버릴 것을 전제하고 시작했는데, 막상 달려들고 보니 손이 오그라져 버릴 것이 없어졌다. 다시 한 번 찬찬히 살펴보고 활용방안을 연구하기 시작한다. 거죽은 멀쩡한데 밑창이 낡은 것은 창을 갈기로 하고, 접착제로 때울 것은 때우고, 끈을 갈아야 할 것은 끈을 갈기로 했다. 그리고 보니 세 켤레의 신발이 당장 신을 수 있을 것 같았다.

막내의 신발 중 아마 호주 어학연수 기간중에 사 신었던 것으로 짐작되는 'BALLY'라는 외국제 상표가 선명한 갈색 단화는 밑창이 터졌을 뿐 정말 거죽은 멀쩡하다 못해 일급 모델이 신어도 손색이 없을 정도로 멋진 것이었다. 나는 아직 신어 본 적이 없는 그 버려진 구두를 보자 미국의 강철왕 카네기 일가의 일화가 떠올랐다.

아버지 카네기는 다른 지방으로 출장을 가면 가장 싸구려 호텔 방에 묵었지만, 아들 카네기는 아버지가 묵고 간 호텔에서도 가장 비싼 방을 예약하곤 했다. 그러면서 그는 호텔 보이가 전해 주는 "어젯밤 아버지는 가장 값싼 방에서 묵었다"는 소식을 듣고도 한쪽 귀로 흘려 버리고 "나의 아버지는 나처럼 돈 많은 아버지가 없었기 때문"이라고 했다지 않는가.

초겨울 햇볕이 남쪽 창을 데워 오는 시간. 서울로 떠나 버린 막내의 신발들을 뒤적거리고 있자니 잠시 떨어져 나간 시간의 편린을 타고 내 의식은 과거로 과거로 머나먼 여행을 떠나는 것이었다. 이날의 여행은 거의 '신발에 관한 명상'이라 해도 좋을 만큼 신발에 연루된 의식들이 동아리를 이뤄 무슨 이야기들을 밑도 끝도 없이 풀어내는 것이었다.

의식은 연대순으로 진행되지는 않는다. 연대의 역순, 그러니까 가까운 어제부터 먼 어제로 진행되다가도 때론 그것조차 흐뜨린다. 이런 진행은 결국 '잊지 못할 기억'의 가장 강도가 높은 것에서 강도가 낮은 것으로 서서히 흘러가기 위한 예행연습에 불과한 것이리라.

사춘기의 절정인 대학 삼학년 때였던가. 신발은 낡아 해졌는데 돈이 없었다. 어머니께 몇 번 말씀드렸지만 "몰라, 닭 한 마리가 하루에 달걀 열 개씩 낳는다면 다음 달에나 살 수 있을는지"라는 대답이었다. 어머니는 항상 불가능의 대답을 이렇게 얼버무림으로써 가난과 질곡의 세월을 유머와 위트로 대체해 나가셨다. 그러면서 어머니는 사과밭을 경영하는, 가깝지도 멀지도 않은 형뻘되는 이의 집에 돈을 빌리러 나를 보냈지만 불행하게도 그 형은 돈을 빌려 주지 않았다. 솔직히 말하자면 나는 그때의 수모랄까 사무치는 원한을 지금까지도 잊지 못하고 있다.

그 뒤 몇십 년이 지나 그 형네 집의 가세가 기울고, 형수도 무슨 암에 걸려 그 집 아이들이 내게 병원 치료비를 빌리러 온 적이 있었다. 물론 봉급쟁이라 여유 돈도 없었지만, 설사 돈이 있었다 해도 빌려 주지 않았을 것이다. 왜냐하면 그날 신발 살 돈을 빌리러 갔다가 머리를 긁으며 뒤돌아섰을 때 눈물이 앞을 가려 사과나무 가지에 이마를 찍힌 슬픈 기억을 도저히 지워 버릴 수 없었기 때문이다.

어머니는 빈손으로 돌아온 내게 "없다카더나"라고 물으시더니 휭한 걸음으로 금융조합으로 나가셔서 기성화 한 켤레를 살 돈을 마련해 주셨다. 이튿날 하교길에 양키시장에 들러 그 당시 유행하던 '갈치구두'를 사 신었는데 그게 말썽이었다. 어렵게 산 신발인데도 실용성을 배제하고 겉멋에만 치중했기 때문에 볼이 좁았던 것이다. 길들인다고 며칠 신고 다녔기 때문에 신발가게에서도 사이즈 큰 걸로 바꿔 줄 리는 만무했다. 할수없이 칼로 구두의 복판 부분을 찢고 구멍을 뚫어 얼기설키 붙들어 매 신고 다닐 수밖에 없었다. 나는 그해 가을과 겨울을 볼 좁은 찢어진 기성화로 버텨 냈는데, 이듬해 봄이 되고 여름이 지나도록 발톱 밑을 검게 물들인 멍자국은 좀처럼 회복되지 않았다.

신발 얘기가 나왔으니 나는 지금도 초등학교 시절을 선명하게 기억해 낼 수 있다. 장날에 사 신었던 검정고무신을 큰물이 진 다음날 등교길에 거랑의 나풀대는 물결 속에 떠내려보냈던 악몽과도 같은 그 순간을 잊을 수가 없다. 그 당시는 내남없이 모두가 가난한 시절이어서 웬만한 부잣집이 아니면 운동화의 대명사인 '와싱톤'을 신어 볼 염은 내지도 못했다. 검정고무신에 흠이 들어오지 않으면 다행이었다. 물 속에 떠내려보낸 그 고무신도 조르기 시작한 지 몇 장날이 지난 후에 근근히 사 신은 것이었으니 애통한 마음은 말할 수 없거니와, 어머니께 들을 꾸지람을 생각하면 천

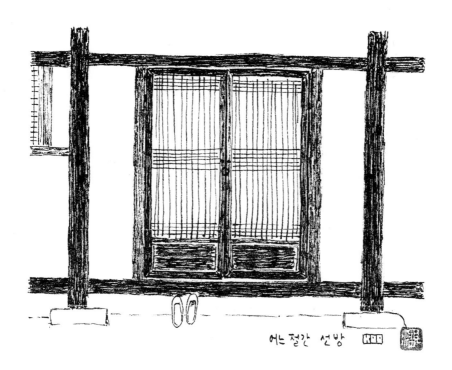

어느 절간 선방

지가 캄캄하고 하늘이 무너지는 것과 하나도 다를 바 없었다. 나는 그것이 죄 밑이 되어 와싱톤을 신고 싶다는 말을 입 밖에 내지 못했으며, 따라서 초등학교를 졸업할 때까지 단 한 번도 와싱톤을 신지 못하는 불행한 아이로 자랄 수밖에 없었다.

나는 지금도 가장 신고 싶은 신발을 말하라면 서슴없이 '홍콩제 농구화'라고 말할 수 있다. 물론 그 홍콩제 농구화는 신어 본 적도 없고, 신을 수도 없었던 환상의 신발이지만, 이 순간에도 그것을 신고 싶다는 욕망은 떨쳐 버릴 수가 없다. 홍콩제 농구화는 흰색과 감청색 두 가지 색상이 있었는데, 때가 좀 자주 타도 흰색이 훨씬 돋보였다.

그 당시 우리들의 우상 중의 한 사람이었던 미국 배우 앤소니 퍼킨스가 어느 영화 잡지에 블루진 차림으로 홍콩제 농구화를 신고 나왔다. 앤소니 퍼킨스는 오드리 헵번과 「녹색의 장원」이란 영화에서 청순한 이미지를 보여주었고, 이어 그리스의 여배우 메리나 메리쿠리와 「죽어도 좋아」라는 작품에서 아버지의 애인을 사랑하는 청년 역을 맡아 좋은 연기를 보여주고 있었다. 때문에 앤소니 퍼킨스의 일거수일투족은 물론 그의 의상을 신앙과 맞먹을 정도로 흠모하고 숭상하던 그런 시기였다. 그것을 보는 순간 나는 무슨 짓을 해서라도 대학 졸업 전까지 홍콩제 농구화를 한 번 신어 보는 것이 가까운 목표였었는데, 결국 목표 달성은 못하고 흘러흘러 오늘에 이르고 말았다. 그동안 신발산업도 나날이 발전하여 희한한 것이 다 나왔지만, 나는 아직도 홍콩제 농구화를 신고 싶은 미련과 충동은 떨쳐 버릴 수가 없다. 그리고 지금 이 순간에도 다른 어떤 신발도 내 눈에 차지 않는 건 부끄럽지만 사실이다.

시장 어귀에 있는 신발 수선집에서 갈색 단화의 밑창을 갈았다. 갈고 보니 정말 근사했다. "썩어도 준치"라더니 비싼 게 그곳에 있는 것 같았다. 그러니까 아들 카네기나 우리 집 막내도 아버지들이 감지하지 못하고 있는 그 무엇을 미리 알고 그렇게 비싼 방과 비싼 신발을 택했던 것일까. 나는 밑창을 간 갈색 단화의 끈을 죄면서 잠시 네 살 때 이 세상을 하직하신 나의 아버지를 추상했다.

이 세상의 모든 아버지들은 대물림하기를 좋아한다. 그들의 씨Seed인 아이들 자체가 대물림의 소산이지만, 그 외에도 재산은 물론 가업이나 버릇까지도 빼다 박은 듯이 대물림하고 나면 그것을 그렇게 시원하게 생각하는 것이 일반적인 관례다. 내 주변에서도 아이들의 덩치가 아버지를 따라오거나 능가할 경우 옷이며 신발이며 무엇 하나 남아 나는 게 없다는 불평을 자랑삼아 말하는 이들이 숱하다. 그러나 그들의 불평은 행복에 겨운 말씀과 표정일 뿐 다른 아무것도 아니다.

나는 아버지로부터 몸과 성씨와 또 '바람'이라 표현하면 딱 알맞는 끼밖에 물려받은 게 없는 가난뱅이지만, 오늘 이렇게 막내아들로부터 신다 버린 갈색 구두 한 켤레를 대물림이 아닌 대올림을 받고 보니 아버지 카네기가 정말 눈 아래 저만치로 보인다. 정말.

강가에 핀 백만 송이 장미

이틀째 고향 강가에 서 있다. 한 해의 마지막을 이 강에서 배웅하고 싶었다. 그러나 어제는 날씨가 흐려 강물빛이 예전 같지 않았다. 동에서 서로 흐르는 강물 위로 서에서 동으로 바람이 불면, 강은 축복의 은비늘로 날을 세우는 법인데 그러질 못했다. 바람도 자고 햇볕도 겨울강을 데워 주지 못하자 산그림자조차 강물 속으로 내려오지 않았다. 쓸쓸하고 황량했다.

오후 들면서 날이 맑아지길래 다시 고향으로 내려와 어제 섰던 그자리에 서서 강을 내려다본다. 강은 언제나 그렇듯 말이 없다. 등 뒤에서 달려온 매운바람이 햇빛을 뚫고 강물 위로 내달리니 강은 소름이 돋는지 몸을 떨며 돌아눕는다. 그래, 저렇게 하는 시늉이 내가 어릴 적부터 보아 왔던 그 강의 본 모습이야. 정말 그렇구나. 나는 바람 부는 강가에 마냥 그렇게 서 있다.

참으로 이상한 일이다. 나는 정신이 말짱한데 눈앞에는 몽유병 환자가 흔히 겪는다는 환영 비슷한 것이 나타났다간 없어지고 없어졌다 싶으면 다시 나타난다. 어쩌면 환청과 환시가 서로 교차하는 것 같기도 하고, 서로 어울려 화음을 이루기도 한다. 그리고 보니 아까 집에서 출발하여 이곳 고향으로 내려오면서 반복해서 들었던 음악이 강이라는 풍경과 결합하여 뮤직 비디오를 보는 것과 같은 효과를 내고 있는 것 같다.

강가에는 장미가 송이송이 피었다가 사라지기도 하고, 무리지어 피어 있는 장미꽃밭이 컴퓨터의 영상기법처럼 갑자기 페이드 아웃되기도 한다. 강 이쪽 저쪽으로 수십만 송이, 아니 수백만 송이의 장미가 피기도 하고 지기도 한다. 이럴 때마다 귀에서는 나나 무스쿠리가 부른 「알라 푸가초바(백만 송이 장미)」란 노래가 서럽고 우울하게 이어진다.

달랑 집 한 채뿐인 독신 화가는 꽃을 좋아하는 여배우를 사랑했다네. 집과 그림과 그것도 모자라 피까지 판 돈을 다 털어 바다만큼의 장미를 샀다네. 아침에 일어난 여배우가 창가에 서니 광장은 꽃으로 가득 찼다네. 창 밑에 서 있는 가난한 화가는 보지도 않고 어느 부자가 이런 짓을 했을까고 궁금해 했다네. 만남은 너무 짧았고 밤 기차로 그녀는 떠나 버렸네. 하지만 그녀의 삶에는 황홀한 장미의 노래가 함께했다네. 화가도 불행이 가득한 삶을 살았지만 꽃이 가득한 광장이 함께 했다네. 사랑에 빠진 가난한 화가의 생애를 꽃과 바꾼 백만 송이의 장미를 창가에 서 있는 그대는 보고 있느뇨.

연상작용은 참 묘한 것이다. 차 안에서 줄곧 들어 왔던 「백만 송이 장미」라는 노래가 이곳 고향 강가에 깔리자 강변은 온통 수백만 송이의 장미가 피어나더니 이제는 내 의식도 그 장미 꽃밭 속으로 함몰하여 옛 이야기 하나를 기억해 낸다. 기억이란 이렇게 연상작용을 통해 온갖 곳으로 스며들어 동굴을 탐험하듯, 아니면 보물찾기를 하듯 꽁꽁 숨어 있는 비밀까지도 들춰내니 정말 희한한 일이다.

기억은 사십여 년 전으로 거슬러올라간다. 고향 강가에는 젖 짜는 염소 두 마리를 몰고 하루종일 강변을 서성이는 청년이 있었다. 초등학교 일 년 후배로 이름은 순철이. 그는 가정형편 때문에 대학 진학을 포기한 절망감과 혼자라는 외로움에서 헤어나지 못하고 있었다. 엎친 데 덮친 격으로 성당에서 만난 나의 초등학교 동기인 연상의 여인을 짝사랑하고 있었다. 그는 염소를 먹이면서 강돌을 주워 '사랑'이란 글자를 새길 정도였지만, 그 사랑은 마음속에서 이글거리는 잉걸불이었을 뿐 찬란한 불꽃으로 타오르진 못했다.

순철은 가난한 화가가 사랑하는 여배우의 창가에서 내려다보이는 광장을 피를 판 돈으로 산 백만 송이의 장미로 가득 메우듯 강변에 흩어져 있는 돌멩이로 사랑하는 이의 이름인 '정자'를 수도 없이 새기고 지우기를 반복했다. 여름날의 지겹고 긴 하루도 돌멩이로 이름 쓰기 작업에 매달리니 그렇게 지루하지 않았다. 고향 강변은 순철이가 염소 두 마리를 데리고 들어온 날부터 남미 페루의 나즈카 평원에 그려진 〈신의 지문〉이란 신비의 그림과 비슷한 돌 글자가 새겨지기 시작했다. 그러나 외로움에 지친 슬픈 영혼은 하늘도 땅도 거둬 주지 못했고 강물만 무심하게 흘러갔다.

가을이 가고, 이윽고 강가에도 찬바람이 불기 시작했다. 마지막을 예감한 순철은 아침부터 서둘렀다. 강가에 염소들을 풀어놓고 길고도 짧은 편지 두 통을 썼다. 한 통은 검은 뿔테 안경을 쓰고 철학자 같은 걸음을 걸었던 아버지에게, 나머지 한 통은 '정자에게'라고 겉봉에 썼다. 편지를 집으로 돌아가자고 졸라대는 염소의 방울이 달린 목줄에 단단히 붙들어 맸다. 강물이 너울을 둘러쓰기 시작하는 해질녘이었다. 회초리를 들고 엉덩이를 세차기 때리니 염소는 "음메에" 하고 외마디로 울고는 집으로 달아나 버렸다. 다음날 아침 '정자'라는 이름이 새겨진 돌무덤 옆에 농약병이 놓여 있었다.

장미가 광장에 덮이던 날 아침 정작 놀란 것은 여배우가 아니라 산책객들이었다. 가난한 화가의 순진무구한 사랑이 백만 송이 장미로 피어 있는 것을 보고 어떤 이는 탄성을 또 어떤 이는 기도를 그리고 어떤 이는 눈물을 흘렸으리라.

그러나 순철이가 강변에서 저지른 소식을 전해 들은 고향 사람들은 강가로 몰려나와 "아아…" 하는 안타까운 비명만 지를 뿐이었다. 강둑에서 내려다보이는 돌멩이로 쓴 글씨는 농약을 마신 후의 마지막 발작으로 많이 이지러졌지만, 사랑이 가득한 마음의 눈으로 보면 나즈카의 불가사의 그림보다 오히려 더 선명했을지도 모른다. 그래서 이 이야기는 고향 사람들의 가슴속에 영원히 남아 요즘도 가끔씩 그때의 상황이 회자되곤 한다.

순철의 마지막 편지가 염소의 목덜미에 실려 왔다는 소식은 충격이었다. 정자는 성모 마리아상 앞에서 몇 날 며칠을 기도했지만 순철이가 겪은 아픔을 들어줄 수는 없었다. 사실 정자도 비슷한 처지였다. 한 번도 급장 자리를 놓쳐 본 적이 없는 또래 여자 아이들의 리더였던 정자도 중학교만 겨우 졸업하고 여고에 진학하지 못한 서러움을 오로지 천주님께 의지하고 있던 터였다.

정자의 방황도 한 달을 넘지 못했다. 섣달의 칼바람이 강물을 몰아쳐 물갈퀴를 세우던 날 그녀는 강변에 섰다. 순철이가 자신의 이름을 돌 글씨로 새긴 후 떠나 간 그 자리를 오래오래 내려다보았다. "사랑한다"는 말 한 마디 못하고 떠난 맑은 영혼의 흔적은 히말라야의 케룬처럼 돌무지로 남아 있을 뿐이었다. 정자는 나직하게 아주 나직하게 "순철아…" 하고 불러 보았다. 전기줄에 받힌 바람이 "애앵" 하고 대답을 대신했다.

집으로 돌아온 정자는 방문을 안으로 걸어잠그고 이 세상에 남아 있는 사랑하는 사람들에게 편지를 썼다. 정자의 시신은 다음날 아침 양호교사인 나의 셋째 누님이 수습했고, 그녀는 성당 옆 뒷동산에 묻혔다.

읍사무소 앞에서 대서소를 하는 초등학교 친구를 찾아가 허전한 마음을 달랠 술이나 한 잔 하려다가 그만두었다. 돌아오는 차 안에선 차마 「알라 푸가초바」를 틀 수 없었다. 음악이 없어도 강변에 핀 백만 송이의 장미가 흐려지는 눈앞에 계속 어른거려 와이퍼로 유리창을 자주 닦아야 했다.

강변 소묘

그림을 그린다. 스케치북을 펼쳐 들고 생각을 가다듬는다. 4B 연필 하나는 뭉툭하게, 또 하나는 뾰족하게 깎는다. 동쪽에서 서쪽으로 흘러가는 고향의 강을 그린다. 도화지의 왼편을 동쪽이라 하고 오른쪽을 서쪽이라 정한다. 강의 상류가 되는 동쪽 상단에서 서쪽 하단으로 강의 피안을 그린다. 강을 굽이쳐 흘려 보낸다. 강폭은 강심을 짐작하기 어렵도록 넉넉하게 그린다. 차안까지 완성됐다. 강은 말없이 흘러간다.

이제 그림을 그려선 안 된다. 이야기를 그림 속에 심어야 한다. 이번 그림은 사실적 풍경화가 아닌, 장욱진 화백이 즐겨 그린 천진난만한 그런 그림이 되겠구나. 그는 평생을 해와 달, 꽃과 별, 집과 아이들만을 그리지 않았던가. 피카소도 만년에는 아이들이 그린 듯한 그림을 그리고는 누가 핀잔을 하면 "나는 이런 그림을 그리는데 평생이 걸렸다"고 말했다지 아마.

시인 박재삼이 피를 쏟듯 토해 낸 「울음이 타는 가을 강」은 재주 없는 내 솜씨로는 그릴 수가 없다. 다만 어릴 적부터 보아 왔고, 지금까지 생각해 온 주저앉아 울고 있는 그런 강을 그리면 된다. 고향 강은 한 번도 일어나 앉아 본 적 없이 누워서 몸만 뒤척여 왔다. 그래도 강은 아침에 해가 뜨면 '하루가 시작됐다'는 기쁨에 불그레한 홍조를 띠고, 노을 지는 저녁답에는 마지막 햇살로 은비늘을 토해 내는 한마당 푸닥거리도 멋지게 베풀 줄 안다.

어쩌면 강은 천년의 세월 동안 가부좌를 풀지 않고 연화대좌 위에 앉아 있는 부처님처럼 항마촉지인을 하고 다시 천년의 무게로 버틸 기세다. 세상이 어지러울 때마다 아녀자들이 절간을 찾아가듯, 나는 마음속 응어리가 삭지 않거나 가슴을 누르는 어혈이 풀리지 않을 때면 나보다 더 큰 슬픔으로 펑퍼져 앉아 울고 있는 고향 강을 찾아간다. 그때마다 강은 내 어깨를 두드려 주며 "그래 그래, 산다는 건 우연으로 가장한 필연이란 운명에 끌려 다니는 거야. 자, 일어나 다시 시작해 봐"라고 속삭여 주었다. 고향 강은 위안이었다. 오늘의 작업은 그 위안의 강이 품고 있는 이야기들을 그림으로 옮기는 것이다.

상류 강변 듬 밑에 정자 하나를 그린다. 정자 밑 강은 수심도 깊고 수초가 적당하게 어우러져 있어 이름난 붕어 낚시터다. 고향의 원희 아버지와 영필이 아버지, 이 두 사람은 낚시의 달인이었다. 해마다 여름철 해거름엔 미늘 없는 파리 낚시로 여흘에서 피라미를 낚았으며, 봄가을엔 강심 깊은 곳에서 붕어 낚시를 즐겼다. 어느 날 두 사람이 이곳 정자 밑 낚시터에서 만나 많이 잡기 내기를 했다고 한다. 시합 도중에 낚시가 서로 얽히는 바람에 시비가 붙어 둘 다 잡았던 고기를 다래끼 채로 버리고 왔다는데 누구의 과실이 더 큰지는 알려지지 않았다. 고향의 달인 두 분은 지난해 앞서거니 뒤서거니 이승을 떴다. 안타깝게도 영필이 아버지는 교통사고로 부인과 함께 운명하여 고향 사람들의 마음을 아프게 했다.

고향 강의 지류인 초내 거랑을 동북쪽에서 흘러 들게 그려 넣는다. 내 가슴속에 묻혀 있는 초내 거랑에 관한 이야기는 이곳을 지키고 서 있는 미루나무의 숫자보다 오히려 많다. 고향의 어느 한량이 낮잠을 자면서 잠시 꿈을 꾸었다. 무대는 초내 거랑. 맑은 물이 알맞게 흘러가는 강변에는 술판이 벌어졌고 풍물놀이가 한창이었다. 그런데 상쇠잡이의 솜씨가 시원치 않았던 모양이었다. 풍물꾼 중 어느 누가 "아무 동에 사는 모야가 꽹과리를 잘 치는데 그를 불러다 같이 놀자"라고 말하자 모두가 "좋다"라고 소리치는 바람에 잠이 깼다고 한다. 꿈속의 사람들은 모두 저승에 살고 있는 이른바 귀신들이었다.

그래서 한량은 상쇠잡이네 집으로 달려가 가족들에게 낮에 꾼 꿈 이야기를 하고 그를 방안에 가둬 두라고 단단히 일러두었다. 상쇠잡이는 영문도 모른 채 갇힌 몸이 되어 저녁상을 받았다. 초내 거랑에서 놀던 귀신 여럿이 찾아와 상쇠잡이의 코를 숭늉 그릇에 처박게 하여 쥐도 새도 모르게 저승으로 데려가 버렸다. 집으로 돌아온 한

량은 안심하고 잠을 잤다. 그러나 꿈에 다시 초내 거랑이 보이고 낮에는 보이지 않던 상쇠잡이가 배뱅이 고깔모자까지 쓰고 나와 신나게 꽹과리를 치고 있더라나. 꿈이 하도 괴이하여 이른 아침에 상쇠네 집으로 달려가니 초상이 나 곡소리가 요란하더란다. 이 이야기는 지금은 돌아가신 어머니가 별빛이 밝은 여름밤 멍석 위에서 들려준 이야기다.

강 피안의 모래톱. 강물은 햇살만큼이나 맑고 그 속에서 뛰노는 피라미들은 싱그럽고 청정하다. 모래톱에 길게 성을 쌓아 배때기에 간지럼 먹이러 찾아 들어온 피라미들을 버드나무 회초리 다발로 두들겨 패 잡는 우리들의 유희. 아! 그리운 날들의 아름다운 모습들을 모두 도화지에 담을 수는 없는가. 강물 속에 보일 듯 말 듯 피라미 몇 마리를 그려 넣는다. 팔딱팔딱 뛰는 피라미의 모습은 나의 초상이자 천 날 만 날 귀향을 모색하는 내 꿈의 형상이다.

그림의 한복판 약간 오른쪽에는 우리가 '공굴'이라 불렀던 다리를 그린다. 그리고 사과밭 속에 집 한 채도 그려 넣는다. 초등학교 동창인 여자 아이의 오빠가 간암으로 세상을 떠난 친구의 갈 곳 없는 동거녀를 데려와 사과밭 속에 움막을 짓고 한 해 겨울을 난 집이 바로 그 집이다. 그림보다 아름답고 서러운 이야기. 다리 밑 움막에는 영어사전을 줄줄 왼다는 명석이란 거지 왕초가 보쌈질로 얻어 온 여인과 함께 살고 있었다. 여자 아이의 오빠는 늦은 밤 술에 취해 집으로 돌아가다 말고 자칭 교하인橋下人인 왕초네 움막에 들러 그가 병째로 내미는 투명한 소주를 얻어 마신다. 안주는 아침에 얻어 온 깡통에 담겨 있는 무짠지뿐이다. 공굴 밑 움막을 그리고, 사과밭 속 집 한 채를 그리고 나니 괜히 눈물이 난다.

내게는 강물 같은 사람이 있다네 / 푸른 강물로 흐르는 얼굴이 있다네 / 세상의 험한 모퉁이 굽이굽이 돌아와 / 모든 것들을 껴안고 흐르는 / 내게는 강물 같은 사랑이 있다네 / 노을빛 물결치는 저 강물에 / 얼굴을 씻고 이제는 천천히 돌아오는 / 그대의 뒷모습은 / 오늘 얼마나 아름다운가 / 내게는 그런 강물 같은 사람이 있다네 / 까치놀 저무는 강가에 앉아 / 그대 끝내 잊지 못하는 / 먼 기다림의 사람은 누구이던가요 / 오늘 강물의 추억으로 물결치는 / 그립고 서러운 얼굴은 누구이던가요 / 이제 비로소 / 저무는 강물에 마음을 씻고 / 모든 것 다 버리고 나서야 / 마침내 넉넉해지는 / 내 푸른 강물의 사랑이 있다네 / 내게는 강물 같은 사람이 있다네. (정안면의 시 「내게는 강물 같은 사람이 있다네」)

오후 서너 시에 시작한 그림 그리기는 땅거미가 지기 시작할 무렵 끝이 났다. 서쪽에서 동쪽으로 불어오는 바람에 강물은 몸을 일으켜 크게 한 번 몸부림을 치고 난 연후엔 꼼짝 않고 누워 있다. 도화지의 서북쪽 맨 하단에 나도 강물같이 그리운 사람의 이름을 쓰고 그 사람에게 바친다고 쓴다. 그리고 04/12/31 '활'이라고 사인을 한다.

곰국 한 그릇

닷새 장이 서는 장날, 고향에 간다. 4일과 9일. 내 고향 하양 장날이다. 거랑川 옆 적당한 곳에 차를 세우고 둑길을 따라 천천히 걸어 들어간다. 둑길 양쪽에는 오만가지들이 지즐앉아 늘비하다. 봄이면 남새밭에서 갓 나온 푸새들이 입맛을 돋우고, 가을이면 호박우거리, 무말랭이와 고추튀각 그리고 찐쌀까지. 보기만 해도 부자가 된 느낌이다.

신나는 눈요기거리는 붉은 고무통들이 삼렬횡대로 줄지어 있는 민물고기 가게. 마치 내가 잡은 것들을 펼쳐 놓은 것처럼 저절로 신이 난다. 그런데 자세히 살펴보면 강이나 도랑에서 잡아 온 자연산 물고기가 아니라 사료로 키운 양식이어서 눈으로만 즐길 수밖에 없다. 세월이 흘러 시속이 바뀌었으니 어쩔 도리가 없다.

태어난 강을 죽을 때 찾아가는 연어 같다는 생각이 든다. 장날, 고향 장터를 찾아갈 때마다 그런 생각이 든다. 실향민을 생각하면 고향이 가깝다는 것이 얼마나 큰 기쁨이고 행복인지, 정말 다행스럽다. 내 어깨를 스치고 지나가는 촌로들에게 "장에 나오셨습니까" 하고 머리 숙여 인사라도 하고 싶고, 어디 주막으로 모시고 가 막걸리라도 한 잔 대접하고 싶다. 그래, 정말이지 고향만큼 좋은 게 또 있을라고.

어물전 맨 끝집 돔배기(상어 고기)를 전문으로 파는 가게로 간다. "어르신 그동안 잘 지내셨습니까." "어서 오소. 오랜만에 나오셨네." 이렇게 대충 인사를 나누고 영감님이 이것저것 골라 준 것들을 사 들고 돌아선다. 우리 집은 제사를 모시지 않기 때문에 돔배기를 살 때도 제수용으로 팔려 나가고 남은 허드레 고기만을 골라 산다. 돔배기 중에서도 '양제기'라고 부르는 귀상어가 색깔은 좀 검어도 맛은 일품이다. 운좋게 '양제기'의 뱃살 부분을 헐값에 사는 날은 그야말로 횡재한 기분이다. 「고향의 봄」이 휘파람으로 저절로 나오는 날이다.

이렇게 장터를 한 바퀴 돌면 한두 시간은 후딱 지나간다. 이것저것 허드레 잡동사니 물건들의 무게가 허기를 재는 저울의 눈금인지 뱃속에서 쪼르륵 소리가 난다. 고향 장터에 오면 으레 요기를 하는 곰국집이 저만치 기다리고 있다. '할매 곰국집.' 허리를 구십 도쯤 숙여 들어가면 땟국이 자르르 흐르는 기역자 목판이 펼쳐져 있다. 다섯 사람만 쪼그리고 앉아도 만원이다.

곰국에 국수를 말아 주면 3천 원, 밥을 별도로 주면 4천 원. "잘 오소." 할매는 누구에게나 "오소"다. 정이 담겨 있는 구수한 반말이 국맛을 낸다. 나같이 키 큰 사람이 키대로 일어서다가 양철 천장을 받기라도 한다면 덕지덕지 붙어 있는 그을음이 한 움큼 떨어질 판이다. 몸집이 뚱뚱한 할매는 걷는 법이 없다. 앉아서 엉덩이로 밀고 다닌다. "하양장하고 금호장하고 이틀 장만 보는데, 이것도 되서 몬해 묵겠다." 일흔 중반을 넘긴 할매의 푸념을 듣고 있노라니 옛생각나게 하는 곰국집도 문 닫을 날이 멀지 않은 것 같아 갑자기 처연해진다.

나는 이곳에서 태어나 중학교 시험을 보기 위해 처음으로 대구라는 도시에 나가 보았다. 그날 농사일을 잠시 덮어두고 옥양목 치마저고리를 곱게 차려 입은 어머니도 함께 따라 나섰다. 경쟁이 심한 1차 시험이었다. 답안지에 답을 쓴 품으로 보아 도저히 합격될 것 같지 않았다. 어머니에게 미안하고 자신에게 부끄러웠다.

시험을 마치고 방천 둑길을 따라 오다가 어머니는 방천시장 안의 곰국집으로 나를 데려갔다. 두 모자가 달랑 곰국 한 그릇만 시켰다. 어머니는 곰국 그릇을 내 앞으로 밀쳐 주셨고, 당신은 맨밥 몇 술을 뜨다 말고 숟가락을 놓았다. 답안도 잘 쓰지 못한 주제에 밥맛이 있을 리 없었다. 곰국을 반쯤 먹다 나도 숟가락을 놓고 말았다. "아이구, 효자데이. 어미 밥걱정을 해서 반도 안 먹고 숟가락을 놓네." 곰국집 주인은 곰국에 밥을 한 술 더 말아 어머니에게 내밀며 "효자났구마"라는 말로 어머니의 가난을 위로해 주었다.

나는 가난이 싫었고 남루가 싫었다. 돈이 없으면 차라리 굶을 일이지 둘이서 밥 한 그릇만 시키는 궁상도 싫었고, 국물에 밥을 말아 주는 곰국집 주인의 호의도 싫었다. 자존심 상하는 일이었다. 중학교 진학도 싫었고 도시도 싫었고 곰국도 싫었다. 모두가 싫었다. 죽고 싶었다. 그러나 어쩔 수 없었다.

어머니의 보신 일순위는 곰국이었다. 집에서 닭을 키운 것도 우리 다섯 남매의 몸보신을 위한 것이었다. 키우던 개도 잡아 고음을 했으며, 모든 동물은 고음 솥에 넣어 삶아야 직성이 풀리는 어머니였다. 어머니의 그런 극성이 영양실조를 면하게 해 주는 최선책이었으리라. 어머니와 함께 방천시장에서 곰국을 먹고 온 다음날 나는 심한 설사를 했다. 시험을 잘못 치른 불안감과 일인분을 시킨 궁상 그리고 자존심의 훼손 등이 복합적으로 배탈을 일으킨 것 같았다. 나는 그 일이 있고 난 다음부터 곰국은 먹지 않았다. 곰국은 생각만 해도 그때의 가난이 떠올라 진저리치게 싫었다.

사람은 참으로 간사하다. 어렵사리 대학을 졸업한 후 군복무를 마치고 직장을 얻었다. 언론계라는 것이 별로 생산적이진 못해도 먹고 마시는 것 하나는 어느 직업보다 푸짐한 동네다. 동료들과 어울려 도가니탕이니 꼬리곰탕이니 우랑탕집 등을 다니다 보니 그게 모두 곰국의 변형이었다. 진저리를 냈던 곰국집을 제 발로 찾아다니는 꼴이 됐다.

그쯤 되고 보니 옛날 어머니와 둘이서 일인분을 시켜 기역자 목판 앞에서 쪼그리고 먹던 그 곰국이 먹고 싶었다. 퇴근길에 방천시장엘 가 보았지만 차일을 치고 목판을 벌여 놓은 곰국집은 어디에도 없었다. 시골로 취재를 갈 땐 저만치 장터 풍경이 보이기만 하면 그냥 지나치지 않았다. 때가 조금 일러도 곰국을 시켜 먹었고, 점심을 먹었어도 새참 삼아 먹기도 했다. 그러나 그것도 옛일. 시골 장터의 목판 곰국집들은 하나둘씩 사라져 지금은 찾아볼 수가 없다. 그러니 고향에 덩그러니 홀로 남은 그을음투성이의 할매 곰국집이 내겐 얼마나 소중한 추억의 집이랴.

어머니와 함께 고향 장터의 곰국집에 가 보고 싶다. 그날 방천시장에서의 남루와 궁상을 이야기하면서 눈물 한 줄금 흘리고 싶다. 그러나 어머니는 산으로 올라가신 후 아무 소식이 없다. 설이 오기 전에 어머니의 산소에 가 '곰국 한 그릇' 얘기를 하면서 한바탕 웃겨 드려야겠다.

나를 울려 주는 봄비

봄비가 내리면 괜히 눈물이 난다. 봄비라는 이미지를 문자文字의 기호로 풀어 보면 춥고 을씨년스러웠던 삼동의 기운들을 마감할 때 찍는 마침표 같다. 한편으로는 봄비의 방울방울들은 하늘나라에서 귀히 쓰이고 있는 축복이니 자비니 찬사니 하는 그런 아름다운 낱말들이 대지 위에 떨어질 때 하늘의 주인이신 하나님 같은 이들이 스스로 찬탄해 마지않으면서 무수히 찍어대는 느낌표 같기도 하다.

봄비가 내리면 생명이란 생명들은 새순이란 작은 단서를 통해 환희로 벙글기 시작한다. 그 징표로 얼었던 땅은 서서히 녹고, 지각은 시시각각으로 움직여 지상에는 푸른 꿈이 피어난다. 꽃을 보고 꽃이 예쁘다고 말하는 사람은 지극히 정직하고 건강하다. 그러나 시인이나 작가는 될 수 없을 것 같다. 셈이 정확한 상인쯤은 몰라도.

연초록의 여린 새순을 보고 "눈물나게 고맙더라"고 말할 수 있으면 그는 이미 시인이다. 시집 한 권 상재하지 못했더라도 시인의 자격은 충분하다. 또 새순의 탄생을 두고 '껍질을 찢는 아픔 뒤에 이어 온 신비로움'으로 이해한다면 계관시인으로까지 승격해야 할 일이다.

기존 녹음 위에 갓 피어난 새순들의 연한 푸름은 꽃의 붉음보다 아름답다. 진초록 위의 연초록이란 청순한 이미지는 화가들조차 잘 그려 낼 수 없는 그린색의 난해함이자 우리들 가슴속 깊은 곳을 처연하게 만들어 주는 청량제이다. 그것은 장 콕도의 "내 귀는 소라껍질, 바다소리를 그리워한다"는 단시이거나 시인 박목월의 "술 익는 마을마다 타는 저녁 놀" 같은 명시편과 다름없다. 이런 일들은 누가 시키지 않

어머니(앞줄 왼쪽에서 두번째)와 친구들

아도 아무도 모르게 봄비가 하고 있다는 걸 나는 안다.

이런 봄비인데도 봄비가 내리면 나는 울고 싶다. 해마다 봄이 오기도 전에 봄을 예비하고 봄비가 내리기라도 하는 날이면 옥상 텃밭에 씨앗을 뿌릴 준비를 하시는 어머니가 도저히 일어날 가망없이 몸져누워 계시기 때문이다.

여든여덟. 이삼 년 전부터 엷은 치매 기운을 보이시며 "당신은 누군기요"를 연발하여 주위 사람들을 웃기셨다. 그러다가 급기야는 당신의 장손, 우리 집 큰아들이 장가가는 날, 치마를 입지 않으시고 속치마 위에 두루마기를 걸치시고 혼인예식에 참석하는 촌극을 빚기도 하셨다.

최근엔 몸은 말을 듣지 않는데도 마음만 화급하여 길가에서 세 번이나 넘어지셔서 그만 골반뼈가 부러지는 바람에 딸과 며느리들이 돌아가면서 당번을 하고 있는 중이다.

치매가 빚는 주제랄까 레퍼토리는 하루가 다르게 바뀐다. 이범선의 소설 「오발탄」에 나오는 주인공의 어머니가 떠나 온 북쪽 고향을 잊지 못해 온종일 "가자 가자, 우리 고향에 가자"고 했듯이, 어머니도 "가자 가자, 고향인 하양에 가자"가 입버릇이다.

아무도 어머니를 고향에 데려다 주지 못하자 어머니는 혼자 누워서 고향에 다녀오시는 모양이다.

"조선네는 죽었고, 부채곡집 할마씨는 살아 있더라. 나를 갱빈(강변)에라도 내삐리뿌마(내버려 버리면) 기가도(기어 가도) 우리 집에 갈끼다."

어머니의 귀향 보고는 얼추 반 시간은 지나야 끝이 난다.

"하양교회 이광우 목사님은 목회일을 잘 보고 계시고, 너거 외삼촌 학상이는 아직도 아편을 맞는지 어렵게 살고 있고, 감나무집 까치들은 새끼를 쳤고, 감자밭에는 감자꽃이 하얗게 핏더레이…." 고향 소식을 전하는 어머니의 얼굴은 병색이 아닌 화기가 돌면서 마음은 기쁨으로 충만하다. 이때 어머니의 나이는 열 살 전후이다.

창 밖의 플라타너스 가지들이 봄비가 준 선물인 영롱한 구슬을 물고 있다. 어머니 옆에서 이 글을 쓰고 있는 내 두 눈에도 봄비의 이슬이 번지고 있다.

"오빠, 오빠 오줌마렵데이…."

병간호에 골몰하고 있는 둘째 누님이 어머니의 친정어머니로 바뀐 지 오래더니 아들인 내가 이젠 어머니의 오라비로 보이는지 부르는 소리가 너무 애절하다.

어머니가 작년 추수를 끝내고 챙겨 두신 상추와 쑥갓 씨앗을 들고 혼자 옥상 텃밭으로 올라간다. 대여섯 평 남짓한 남새밭은 혼자서 모진 겨울바람을 이겨 내느라 을씨년스러웠지만 흙은 촉촉하게 젖어 있다. 어머니께서 비료로 쓰기 위해 모아 두신 음식쓰레기통은 뚜껑을 닫지 않아 봄비가 괴어 비 그친 하늘의 구름조각들을 헝겊처럼 덮고 있다.

해마다 이맘때쯤이면 봄 씨앗을 뿌린다는 그 사실 하나만으로도 감사와 흡족으로 충일하던 어머니께서 "애비야, 이것은 이렇게 저것은 저렇게…" 하시며 작업 지시하시기에 바빴을 터인데, 치매라는 병마에 발목을 잡혀 누워서 고향 왕래만 하고 계시니 안타깝기만 하다.

올해는 봄비가 내려도 즐겁지 않다. 아무도 거들어 주지 않는 채마밭 들일을 다음 번 봄비가 내릴 때로 연기하고 아래층으로 내려오니 이젠 마음까지 텅 빈듯 좀처럼 봄비조차 내리지 않을 것 같은 불길한 예감에 사로잡힌다.

어머니와 함께 옥상 텃밭에서 씨앗을 뿌릴 땐 하루 빨리 봄 햇살이 도타워져 여린 잎을 한 움큼 얹은 상추쌈이 먹고 싶었고, 아욱씨를 뿌릴 땐 미끌미끌하면서도 감칠맛 나는 아욱국을 먹고 싶었는데, 이젠 그것조차 입맛이 당기지 않는다.

지금 형편으로 봐선 어머니가 소생할 희망은 거의 없다. 정말 어머니마저 먼 길을 떠나시고 나면 봄비가 내린들, 그 비를 맞고 상추와 실파가 자란들 무슨 소용이 있으랴. 봄비. 나를 울려 주는 봄비.

다시 텃밭 앞에서

다시는 이 텃밭에 서지 않으리라. 어머니를 땅속에 묻고 온 날 늦은 오후, 옥상 채마밭에 올라가니 흰 광목치마의 한 자락 같기도 한 어머니의 환영이 한 줄기 일렁이는 바람을 타고 이웃 지붕을 넘어 하늘로 올라가는 것을 보았다. 순간적으로 무서운 생각과 그리운 정이 한데 뒤섞여 그자리에 주저앉아 버렸다.

물론 내 의식이 빚은 오류였다. 그날 어머니의 희미한 뒷모습을 본 후 더 이상 그리움에 연연해 하거나 기억의 흔적을 털어 버리지 못하면 안 될 것 같아 애써 떨쳐 버리기로 작정했다. 이승에 계실 때 가장 소중히 생각했던 옥상 텃밭은 어머니의 일꾼으로 자주 동원되던 내 발걸음이 뜸해지자 하루가 다르게 묵밭으로 변해 갔다.

사람도 그렇지만 동물과 식물까지도 사랑의 손길로 돌보지 않으면 빠른 속도로 버려진다. 특히 식물은 햇볕과 물과 거름이 사랑이라는 이름으로 주어질 때 비로소 자양분으로 전환되는 것이지만 사랑없이는 결코 결실로 영글지 못한다. 우리 집 텃밭은 어머니가 떠나신 후 잡풀이 무성해지기 시작하더니 이내 폐원으로 변하고 말았다. 계절이 바뀌어 김장배추를 심어야 하는 팔월이 와도 나는 손 하나 까딱하지 않았다. 어쩌면 저승으로 떠나 버린 어머니와 정을 끊는 방법은 당신이 애지중지했던 이 채마밭을 거들떠보지 않는 것이 최상의 방법일지도 모른다.

옥상 텃밭은 어머니의 소박한 소원이 이룬 낙원이었다. 이 집을 지을 때 "옥상에 한 트럭의 흙만 올려 주면 채송화와 맨드라미 그리고 접시꽃을 심고 싶다"던 간절한 기도가 끝내 여섯 트럭의 흙으로 올려져 꿈에 그리던 텃밭이 어머니의 소유가 된 것이다. 서른넷에 남편을 잃고 청상이 된 어머니는 한평생을 농사일에 매달려 오다 장남인 나의 직장을 따라 도시로 옮겨 오신 지가 수십 년이 지났지만 애환 서린 노동의 추억을 잊지 못하셨다.

어머니는 눈비가 오거나 바람이 불고 서리가 내리는 날씨의 변화를 모두 당신이 겪었던 농사일에 결부시켜 말씀을 하셨다. "아이구, 우리 논에 물이 철철 넘칠 만큼 비가 오는구나." 유리창에 성에가 끼는 겨울 아침에는 "두엄더미에 김이 무럭무럭 나겠구나"라는 등 모든 현상을 고향에서 있었던 계절의 바뀜과 잊혀지지 않는 사건에 대입시켰다. 그러니까 어머니가 홀몸으로 해내기 가장 어려웠던 '논에 물대기'와 '거름 퍼내기' 등 기억의 우물 속에 용해되어 있는 추억들을 이야기의 양철 두레박으로 수시로 퍼 올려 아린 상처를 어루만져 주는 치료제로 사용하시는 것 같았다.

텃밭에 심는 채소는 순전히 어머니의 결정에 의해 선별되었다. 아무리 소득이 높은 고급 작물이라 하더라도 어머니의 손으로 가꿔 본 적이 없는 것들은 가차없이 제외되었다. 어머니는 어린 다섯 남매를 키우며 가난 속에서 고난을 함께 했던 추억의 채소들만 고집했다. 이른바 상추, 배추, 쑥갓, 실파, 가지, 아욱, 부추, 호박, 오이, 감자 등이 그것이다.

녹즙식물인 케일이 한창 유행하던 시절, 씨앗을 얻어 와 겨울 창가에서 싹을 틔우면서 어머니가 알아들을 수 있도록 여러 번 설명을 드린 적이 있다. "어머니, 케일은 즙을 짜서 먹어도 좋고, 여린 잎은 쌈을 싸 먹어도 아주 좋아요. 값도 케일이 상추보다는 몇 배 비싸요." 어머니는 마음이 내키지 않는 어투로 "그래에…" 하시곤 좀처럼 인정할 수 없다는 눈치였다.

케일을 심어 놓고도 마음이 놓이지 않던 어느 일요일 아침, 늦잠의 유혹을 하품으로 뿌리치며 텃밭으로 올라갔다. 아니나 다를까. 감자 잎에 그늘을 드리웠던 죄로 케일은 무참하게 뽑혀져 뿌리가 하늘을 향하는 물구나무서기 벌을 서고 있었다. "기우는 닥쳐올 미래의 현실"이라더니 "그래에…" 하시던 말씀 속에 케일의 벌서기는 예고되어 있었다. 그후로 나는 어머니의 확고한 동의없이는 세상에 종말이 올 때도 심는다는 스피노자의 사과나무 한 포기도 심지 않았다.

텃밭이 만들어진 초창기엔 꽃을 심는 화단의 비율이 꽤 높았다. 그러나 날이 갈수록 꽃밭이 잠식당해 나중에는 채소가 꽃들의 점령군으로 변해 있었다. 그러니까 먹거리 걱정으로 요약될 수 있는 어머니의 잃어버린 청춘이 도시의 텃밭이란 꿈의 영토로 재생되어 날로 사위어 가는 추억의 불씨를 꽃불로 되살리는 것 같았다.

어머니의 욕심은 쉽게 자제되지 않았다. 아욱과 근대를 심었던 밭이 어느 날 갑자기 감자밭으로 변해 있었다. 아욱 같은 추억의 작물을 심자니 실리에 미치지 못하자 어머니는 옛 기억을 더듬어 찬거리겸 식량 대용으로 충분했던 감자를 심기로 작정하신 것 같다. 이백 평이 족히 되는 고향집 바깥 마당을 감자밭으로 일궈 수확한 감자를 헛간의 잿더미 옆에 쌓아 두고 긴 겨울의 점심을 삶은 감자로 대신하던 그 인고의 나날을 떠올린 게 분명하다. 이렇듯 어머니는 옥상 텃밭에 심은 감자를 보며 가난했던 시절의 쓰린 상처를 감추기보다는 오히려 드러냄으로써 보상받으려는 일종의 보상심리가 작용하지 않았을까.

나 자신도 감자밭에 얽힌 추억은 너무 많다. 어머니를 도와 꼬마 친구들을 불러 온종일 밭을 일구고 난 뒤 몸살로 몸져누웠던 일, 흰감자 자주감자를 추수하여 가마니에 퍼 담을 때의 즐거움, 어머니가 교회를 가시고 나면 친구들을 불러 솔가지에 불을 지펴 감자를 구워 먹던 짜릿한 모험. 이쪽저쪽에서 활쏘기 놀이를 하다 화살을 찾는다며 감자밭을 망쳐 놓아 어머니에게 회초리로 종아리를 맞던 아름다웠던 시간 저편의 기억들.

돌아갈 수 없는 시간의 그림자는 그늘조차 드리우지 않는다. 끈끈하게 달라붙는 그리운 정을 떨쳐 버리기 위해 텃밭 농사를 포기한 지 몇 년이 지났지만 인연의 끈은 질기고 모져 나를 붙잡고 놓아주지 않는다. 인연은 매복과 기습에 능하다더니, 나는 인연과 맞서다가 번번이 앞무릎치기를 당해 넘어지는 경우가 부지기수다.

어머니와의 정은 끊는다고 끊어지는 게 아니었다. 어머니 또한 떠나 보낸다고 해서 쉽게 떠나는 그런 여인은 아니었다. 나는 떠나 보내고 그리워하느니 어머니를 마음속에 모시고 함께 살기로 결심했다. 그래서 올 초부터 텃밭 농사를 재개했다. 어머니가 생전에 하시던 대로 상추와 쑥갓과 실파를 심고 아욱씨도 뿌렸다. 그러고는 묘소 부근의 흙 한 줌을 퍼 와 텃밭 복판에 서 있는 석류나무 밑에 뿌려 주었다. 이제 어머니는 우리 집 옥상 텃밭에도 살고 내 가슴속에도 살고 있다.

하늘나라 편지

어머니. 간밤 꿈에 어느 공동묘지로 풀 뽑고 흙 덮는 작업을 하러 갔었습니다. 그런데 내가 가꾸고 보살펴야 할 어머니의 묘소는 정작 보이지 않았습니다. 꿈속에서 너무나 안타까워 여기저기를 뛰어다니며 "엄마는 어데 가고 안 보이노"라고 소리치는 바람에 잠에서 깨어나고 말았습니다. 새벽 2시 28분. 마루로 나가 어머니방의 문을 열어 보니 하얀 요 한 뙈기만 깔려 있는 휑뎅그렁한 빈방에 달빛 한 조각이 몰래 들어와 놀고 있었습니다.

그리운 정은 눈물로 분해되는 모양입니다. 훌쩍이는 소리가 자고 있는 아내의 귀에 들릴까봐 텔레비전을 켰습니다. "찌지지익" 하는 소리 속에 울음이 숨어 버리자 그동안 참았던 눈물이 흘러내렸습니다. "울지 말자"던 내가 내게 한 약속이 순간에 깨어지고 말았습니다.

어머니가 하늘나라로 떠나신 지 오늘로 한 달째 되는 날입니다. 이렇게 글월 올리는 까닭은 그리운 정 때문이기도 하지만, 어머니께서 정신이 혼미하셨던 치매 기간과 장례 전후의 이승 사정을 알려 드리기 위함입니다. 먼저 저승으로 떠난 내 친구들은 간혹 먼 곳에서 달려와 이승에서 미진했던 인연의 끈들을 대신 풀어 달라거나 놓아 달라고 부탁하고 떠나가곤 했습니다. 그런데 어머니는 "이 세상에서 가장 소중한 보물이 있다면 아들인 바로 너…"란 말씀도 순전히 거짓말인지, 왜 꿈속에서라도 만나 뵐 수가 없나요.

몰라. 영靈은 장례기간중인 3-7일 동안 육신 근처에서 머문다 하고, 혼魂은 탈상

시까지 보통 1~3년까지, 백魄은 4대 봉제사가 모셔지는 1백여 년 동안 피붙이들의 인연 부근에서 머문다고 합니다. 어머니는 천국이나 극락으로 표현되는 영계로 완전히 떠나시지 못하고, 이곳 이승 어디쯤에서 서성이고 계시기 때문에 꿈속에도 오시지 못하나요. "내가 너와 함께 있는데 무슨 오고 가야 할 필요가 있겠느냐"는 그런 뜻입니까. 그래도 나는 어머니가 그립습니다.

"긴 병에 효자 없다"고 했습니다. 치매가 심해지셔서 넘어져 다친 불편한 다리를 끌고 고향으로 가신다며 떼를 쓸 때나 몹쓸 병의 특유 증상인 옷타령, 밥타령, 똥타령을 늘어놓으시며 가족들의 설득을 거부하실 때는 저도 어머니가 미웠습니다.

어머니가 마음속으로 사랑하고 계셨던 유수네, 조선네, 서사리 아지매, 반야월 아지매, 북경 아제, 하부인, 월화, 김정애 권사, 현인봉 아지매 등도 모두 10여 년 전에 세상을 떠나 버려 어머니 혼자 이 세상에 남아 있다고 말씀드려도 "야가 무슨 소리 하노"라고 일축했습니다. 치매에 발목이 잡힌 후론 열 살 전후의 기억으로만 살고 계셨기 때문에 사랑하는 이들의 죽음을 도저히 이해하지 못하셨겠지요.

어머니께서는 서기 1999년 5월 27일 새벽 2시 미수米壽를 일기로 이승의 인연을 다했습니다. 돌아가시기 3일 전 곡기를 끊으시면서 아내에게 이렇게 말했습니다.

"내가 너를 너무 많은 고생을 시켰구나. 너에게 빚만 지고 떠나는 것 같네."

아내는 그 말씀의 뜻을 새겨 듣지 못하고 울기만 했습니다. 어머니께서는 저승으로 떠나는 시각, 즉 계절과 요일 그리고 시간을 정확하게 잡음으로써 마음의 빚을 훌훌 털어 버리고 떠났습니다. 부연 설명을 드리자면, 계절은 춥지도 덥지도 않은 5월이었고 27일은 목요일이어서 신문의 부음란이 기별꾼 역할을 톡톡히 해냈습니다. 또한 비 온 다음날 돌아가셔서 장례를 마치고 3일 뒤 다시 비가 왔으니, 상주들이 빗속에서 시신을 묻는 슬픔을 당하지 않았습니다.

한 가지 미진한 것이 있습니다. 어머니께서 평소 소원하시던 대로 우리 집에서 장례를 치르지 못한 것입니다. 장례식장 문제는 요즘 시속을 따랐습니다. 어머니께서는 이 집을 지을 때 당신의 장례를 염두에 두시고 이건 이렇게 저건 저렇게 용도상의 설계를 직접 하셨지만, 그렇게 어머니의 뜻을 따르지는 못했습니다.

경북대 부속병원의 2층 넓은 방을 장례식장으로 잡았습니다. 많은 조문객들이 찾아 주셨고, 조화도 곳곳에서 많이도 보내 주었습니다. 그러나 국화 꽃송이 속에 파묻혀 있는 영정, 어머니의 생전 모습이 너무 외로워 보였습니다. 조문객들이 모두 돌아간 밤에는 산에서 덮고 자던 슬리핑백을 갖고 와 어머니의 영가 앞에서 잠시 눈을 붙였습니다. 서울에서 문상 온 친구 이범수 선생도 빈소에서 하룻밤을 같이 보냈습니다. 참으로 고마운 일이지요.

어머니께서 지하 냉동창고 속에 차디찬 시신으로 누워 계시지 않고 혹시 문상객 자격으로 당신의 장례식에 오실 수 있었다면, 아니 오셨더라면 "그래 참 잘했다. 우리 집보다 훨씬 낫구나"라며 그렇게 조치한 아들을 칭찬했을 것입니다.

어머니의 맏딸인 상주 큰누님은 관절염으로 입원중이었기 때문에 장례식장에 오질 못했습니다. 치매기간중 심심찮게 불러댔던 어머니의 남동생인 학상 외삼촌의 아들 삼형제는 오후에 왔다가 밤늦게 부산으로 내려갔습니다. 고종형인 목인牧人 전상열 시인은 장례기간중 매일 오셔서 소주에 취해 울고 가셨습니다. 아마 상배喪配 직후의 슬픔이 겹쳐 그랬었나 봅니다. 장지에 오셔서도 "이제 외숙모님도 돌아가셨

아버지·어머니(가운데)와 친구들

으니 내 갈 날도 멀지 않구나"라며 「서풍西風에게」를 노래한 영국의 시인 셸리처럼 "겨울이 오면 봄도 그리 멀지 않으리"란 시구를 읊조리는 듯했습니다.

　어머니. 살아 계실 땐 몰랐는데 날이 갈수록 온 세상이 허전하고 모든 것이 텅텅 비어 가고 있는 느낌입니다. 장례 후 조문객들 앞으로 고마웠던 마음을 이렇게 적어 편지를 냈습니다.

　어머님의 장례를 치르고 삼가 머리 숙여 인사 올립니다. 장지는 일어서면 태어난 고향 마을이 아스라이 보이는 경산공원 묘원의 빛 밝은 언덕으로 정해 그렇게 모셨습니다. 마침 산소 옆에는 어릴 적 같이 자랐던 어머님의 친구분이 오 년 전에 미리 오셔서 자리를 잡고 계셨기 때문에 한결 위안이 되었습니다. 삼우제가 끝난 오늘 어머님은 집을 나가셔서 산에서 주무신 지 이틀밖에 되지 않았지만 몇삼 년이 지난 것처럼 그리운 정이 켜켜로 쌓여만 갑니다. 모든 장례 절차가 끝나고 친척들마저 떠나 버린 지금, 어머님의 빈방 빈자리는 고요가 적막을 이뤄 허전하기가 이루 말할 수 없습니다. 여러가지 바쁘신 데도 불구하시고 조문해 주셔서 저희들에겐 큰 위안이 되었습니다. 다시 한 번 감사드립니다.

　어머니. 저승도 살 만한 곳입니까. 거지로 살아도 이승이 낫다는데 왜 한 번 다녀가시지도 않으십니까. 꿈으로 오십시오, 오늘밤. 바쁘시면 이 여름 다 지나가고 가을에 오셔도 저는 괜찮습니다. 치매 떨쳐 버린 건강한 모습으로 웃으며 오십시오.

　저 역시 어머니 심부름으로 이 세상에 왔지만, 아직은 일이 끝나지 않아 바로 돌아가지는 못합니다. 어머니가 시키신 심부름을 끝내고 돌아가 인사드릴게요. 하늘나라 어머니가 그립고 보고 싶은 아들 활 올림.

움막에서의 한 해 겨울

마음의 눈으로 고향을 들여다보면 오만것들이 다 보인다. 아이들이 요지경을 들여다보듯 주먹으로 안경을 만들어 눈앞에 갖다대면, 주먹은 금새 줌렌즈가 되어 지나온 날들이 추억으로 확대되어 옛날로 펼쳐진다. 주먹 안경 속에 비치는 고향 풍경에는 비 오는 법이 없다. 항상 쨍쨍한 밝은 햇살이 고향 산천을 맑게 비추고 있다. 고향은 내 마음속에 너무나 아름답게 간수되어 있기 때문이다.

마음의 눈에 비치는 고향 풍경은 시간과 공간까지도 그 품이 넉넉하여, 떠나 있어도 머물러 있는 것 같고 나이를 먹었어도 소년으로 남아 있으니 이 얼마나 멋진 일인가. 이젠 고향에 가지 않아도 된다. 구태여 갈 필요가 없다. 주먹 안경을 끼고 마음의 눈만 크게 뜨면 그리운 산천을 뛰어다닐 수도 있고, 아무개네 툇마루에 걸터앉아 막걸리잔도 마음껏 기울일 수 있다. 주먹 안경의 조리개를 조였다 풀었다 하면 어느 일가—家의 집안 내력이 활동사진 돌아가듯 훤하고 숨은 이야기까지 사운사운 연한 배를 씹는 듯 아름답게 들린다.

두봉이. 나의 초등학교 2년 선배이자 동창 여자 아이의 오빠다. 그는 서울의 H대 서양화과를 다니다 말고 낙향하여 여기저기를 허정거리며 돌아다녔다. 나는 그의 예술을 향한 열정과 티없이 맑은 순수가 하도 좋아 그를 따랐고 항상 멋진 사람이라고 생각했다. 그의 집은 금호 강변 사과밭 속의 외딴집이었다. 집의 위치나 규모는 예술가인 두봉이에게는 아주 걸맞게 어울려 그의 끼를 불태우기엔 안성맞춤이었다.

원래 게으름은 아침 늦잠에서 기초가 닦여지고 부지런함은 새벽을 깨우는 데서 출발한다. 이 등식에 대입하면 두봉이의 기초는 어느 누구보다도 튼튼했다. 그는 일찍 일어나야 할 이유가 없었고, 따라서 그의 생애는 애초부터 게으름이란 밑그림 위에 채색되어 있었다.

두봉이의 친구로는 중림 공굴 밑 거적 움막 속에 살고 있는 영어사전을 줄줄 왼다고 소문나 있던 거지 왕초와 기생오라비처럼 예쁘게 생긴 또래 삼문이가 있었다. 삼문이는 집안 형편도 고만고만한데다 해맑게 생긴 얼굴값을 하느라 이십대 중반에 다방 아가씨와 살림을 차려 소꿉놀이를 하고 있었다.

두봉이의 일과는 캔버스에 매달려 자신도 알 수 없는 추상화를 그리는 것이었지만, 육십년대 초반 국전에 단 한 번 입선을 한 후 붓을 던져 버린 듯했다. 그후 두봉이는 삼문이랑 어울려 하양 읍내에서 대구를 오르내리며 영화구경과 음악감상을 즐기고 있었다. 그러나 두봉이는 귀가길에 반드시 공굴 밑 움막에 들러, 거지들이 동냥한 돈으로 마련해 둔 술 몇 모금을 얻어 마신 후 사과밭 속 외딴집을 훔치듯 기어 들어가 지친 몸을 눕히곤 했다.

이 같은 생활이 한두 해 계속되고 있을 무렵, 그간 몹쓸 병을 앓고 있던 친구 삼문이가 간경화증으로 덜컥 목숨을 놓아 버렸다. 삼문이의 여자와 두봉이. 그러니까 아가씨와 건달만 달랑 남게 된 셈이다. 삼문이를 화장한 후 재를 금호강에 뿌리고 온 날 밤 두봉이는 그녀에게 이렇게 물었다.

"갈 데는 있나. 돈은 좀 있나." "없어요." "부모는 있나. 고향은 어데고." "충청도 부여요." "그라믄 집에 가면 되겠네." "집 나온 지가 언젠데 어떻게 집엘 가요."

고민은 이때부터 시작됐다. 부리나케 집으로 돌아와 홀어머니에게 삼문이가 저승으로 떠났다는 사실을 알렸다. 그리고 삼문이가 데리고 살던 동거녀가 갈 곳도 의지할 곳도 없어 할수없이 집으로 데려와야겠다는 뜻을 아울러 전했다. 홀어머니의 대답은 "미친 놈, 지랄하네"였다. 어머니의 반대가 거셌지만 물러설 두봉이가 아니었다. 그녀를 무작정 떠나 보내기가 애처로웠고, 다시 다방으로 밀어내기에는 미모가 아까웠다.

두봉이는 그날로 사과밭 한 귀퉁이에 깊숙하게 구덩이를 파고 사과 저장고와 비슷한 움막을 지었다. 짚으로 엮은 거적을 둘러쳐 바람을 막았으며, 사과나무 공굿대로

얼키설키 하늘을 덮었다. 움막의 출입문은 그리다만 캔버스를 붙들어 매니 제격이었다. 움막이 완성되자 삼문이가 남기고 떠난 동거녀를 불러들여 옹색한 살림을 시작했다.

죽어 버린 친구의 동거녀와 동거를 하게 되었으니 동거 자체가 몹시 혼란스러웠다. 그날밤 두봉이는 공굴 밑 거지 왕초네 움막으로 찾아가 자초지종을 이야기했다. 친구인 거지 왕초는 "두봉아. 이런 일은 하나님이나 그의 아들 예수 그리스도가 할 일인데 니가 해냈다니 장하다. 니가 바로 예수다" 하고 치켜세웠다.

사과밭 속 움막에서 보낼 수밖에 없는 두봉이의 그해 겨울은 저리고 아픈 나날의 연속이었다. 개나리가 샛노랗게 눈뜨는 이른 봄에 동거녀는 기지개라도 켜듯 짐을 꾸렸다. 두봉이의 하품이 묻어 있는 게으름에 그녀의 청춘을 걸기가 아깝다고 생각한 듯했다.

그녀를 떠나 보낸 후 심한 황폐증에 시달리던 두봉이는 밤마다 공굴 밑 거지 왕초네 움막에서 투명한 소주를 마시며 헝가리 작곡가 레조 세레스의 「글루미 선데이」란 영화의 주제가를 끝도 없이 흥얼거렸다. 영화 속의 여주인공인 일로나가 동거남자보, 독일인 한스, 우울한 연주자인 안드라스 등에 둘러싸여 삼각 내지 사각관계의 애정행각을 벌이듯, 두봉이도 숨진 친구 삼문이와 겨울 움막에서 동거를 시작한 아가씨와의 삼각관계에서 빚어진 정신적 갈등이 영화 속으로 투영되어 「글루미 선데이」라는 노래를 흥얼거리며 심한 자살충동을 느꼈으리라.

두봉이는 소주에 지친 그해 가을 사과밭을 처분하고 새로운 시작을 위해 도시로 떠났다. 두봉이가 떠나 버린 강변은 쓸쓸하고 황량했다. 그는 모진 추억이 움막 속에 흥건하게 젖어 있는 금호 강변으로 다시는 돌아오지 않았다. 「글루미 선데이」의 흥얼거림도 강바람을 타고 하늘 멀리로 날아가 버렸다.

도시로 진출한 두봉이는 허무를 이겨 내고 인테리어 디자이너로 입신하여 명성과 부를 얻었지만 타고난 게으름은 떨쳐 버리지 못했다. 쉰에 이르도록 독신으로 버티다 어느 해 봄날 모델 출신 미녀와 지각결혼을 했다. 두봉이는 강변 움막을 떠난 후 오랜만에 새로운 가정에 안주하는 듯했으나 불과 몇 년 만에 파경을 맞고 말았다.

두봉이는 겨울 강변에서 있었던 그 안타까운 사랑을, 그 움막 속 추위와 함께 보듬어 왔던 절절한 사랑의 기억들을 잊지 못하는 듯했다. 두봉이는 허무의 남루를 다시 걸치고 새로운 방랑의 길을 떠나고 말았다.

강이 꽁꽁 얼어붙는 겨울, 모처럼 고향을 찾아 두봉이가 「우울한 일요일」을 흥얼거리며 움막으로 돌아오던 그 강변길을 걷고 있으니 '세엥' 하고 스쳐 가는 매운 바람 속에 그 노랫소리가 어렴풋이 들리는 듯했다.

청풍명월에게 써 준 임대계약서

여행을 자주 하거나 수집에 남다른 열정을 갖고 있는 이는 행복해 보인다. 자기만의 세계를 향유하고 그걸 즐기고 있기 때문이다. 요즘은 시속이 각박해진 탓인지 그런 아름다운 소우주를 소유하고 있는 친구나 친지의 비밀스런 세계를 엿볼 수 있는 기회가 적어졌다.

연치가 염치를 안다더니, 설사 술이 거나해져 어느 누가 "우리 집에 가자" 하고 소리질러도 친구네 집의 야간방문만은 되도록 삼가고 있는 터이다. 그런데 월여 전 산을 좋아하는 산쟁이 몇몇이서 술판을 벌이다 본의아니게 실수를 저지른 적이 있다.

장건웅張建雄. 그를 설명하기 전에 내가 만나는 산악인들 사이엔 "이름 중간 자에 건建자나, 끝 자에 웅雄자가 들어간 친구들을 조심하라"는 말이 떠돈 적이 있었다. 김건섭, 이대웅, 박수웅 등등. 그들은 위대한 산꾼에 걸맞게 주사 또한 범상치 않아 그런 유행어가 퍼진 듯하다.

이 글의 주인공인 '무슈 장'은 건 자와 웅 자를 모두 갖췄으니 불문가지. 그는 산과 동굴 탐험에 일가를 이룬 괴짜다. 한때는 스쿠버 다이빙과 래프팅에 심취해 있더니 연전에는 패러글라이딩을 즐기다 착지를 잘못하여 허리 골절상을 입고 지금껏 고생하고 있는 장본인이다.

그와 나는 자연 속에서 살기를 열망하는 동시대인으로, 그동안 중국의 황산, 태산, 장백산, 장강삼협, 장가계, 계림을 비롯하여 제주도, 울릉도, 백도, 선유도, 욕지도,

'무슈 장' 장건웅 선생

우도, 연화도 등 수많은 산과 바다를 함께 헤맨 악우다. 그런 그가 강원도 정선의 아우라지를 끼고 있는 동강 주변 산들을 함께 등반하고, 또 급류타기를 통한 탐사계획을 성공적으로 끝마친 동지애를 앞세워 "2차 주회는 자기집으로 정했다"는 부드러운 유혹을 도저히 뿌리칠 수 없었다.

그의 집은 앞산 밑, 정확히 말하면 대구 경마장 앞 앞산순환도로에서 눈 오는 날 스키를 타고 내려오면 일 분도 채 걸리지 않는 소방도로 십자로의 남서향에 위치하고 있었다. 길가 이층 건물로 일층 점포는 구멍가게에 세 준 듯하고, 이층을 주택으로 사용하고 있었다.

건물의 구조는 남북이 긴 직사각형으로 규모는 크지 않았으나 공간과 벽면을 효율성 있게 이용하여 좁다는 느낌이 들지 않았다. 거실이라기엔 다소 협소하나 통로라기엔 넓은 공간의 한쪽 벽에는 퇴역 장군들이 훈장과 전리품을 전시해 두듯 룩색과 피켈 등 소소한 낡은 산악 장비들이 무질서의 질서로 걸려 있었다. 또다른 벽면에는 그 동안 모아 두었던 깃발과 페넌트들이 바람이 불지 않는데도 소리 없는 아우성을 치고 있었으며, 천장에는 모진 눈바람 속을 뚫고 온 고어텍스 제품인 오버 트로우즈가 핀에 꽂힌 채 잠시 쉬고 있었다.

이 세상에서 가장 작은 박물관. 그러나 그 속에 있는 소중한 산 살림들은 산과 강, 즉 자연에 연해져 있거나 향하고 있었으며 그것들은 자연의 일부로 다시 회귀하기 위해 잠시 휴식을 취하고 있는 듯했다.

정선의 아우라지도 송천과 골지천이 만나 서로 '어우러져' 강이 됐다고 해서 '아우라지'로 불리듯 이곳 또한 자연으로 향하는 간절한 뜻이 오롯이 쌓여 있는 도시의 아우라지라 해도 크게 틀린 말은 아닐 성싶다.

남으로 작은 창이 나 있는 주인의 방으로 들어서니 아무런 가구 하나 없는데도 육척 장신인 나는 다리 뻗치고 누울 수가 없고, 단구인 주인 '무슈 쟝'은 "얼마나 넓냐"며 덕수를 넘는 시늉을 한다. 방 안에 허세로 치장된 건 아무것도 없다. 인터넷으로 세계를 들여다볼 수 있는 컴퓨터와 일기예보를 들을 수 있는 라디오 한 대 그리고 책 몇 권. 작은 책꽂이 옆면에는 퇴직 후 최근 몇 개월 동안 읽었던 팔십여 권에 달하는 책이름들이 씌어진 쪽지가 장식의 전부였다.

"그래 맞다. 단순과 소박이 바로 이것이구나." 갑자기 옛 시조 한 수가 흥얼거려진다.

십 년을 경영하여 초가삼간 지어 내니 나 한 칸에 청풍 한 칸 맡겨 두고 강산은 들일 데 없으니 둘러 두고 보리라.

안주인이 내온 소박한 주안상에는 소주가 아닌 포도주가 정갈하게 얹혀 있었다. 참으로 놀랄 일이다. '무슈 쟝'은 맹렬 소주파로 소주병과 오징어 문양을 자신의 로고로 삼고 있는데다 등산 조끼에는 '주아독존酒我獨尊'이란 신조어를 매직펜으로 써 붙이고 다닐 정도인데 소주가 아닌 프랑스제 와인을 내놓다니.

"웬 포도주람."

"손님마다 어울리는 술이 다른 법."

질문과 대답 또한 간결했다. 그것은 그가 부릴 수 있는 멋의 극치였으며, 내가 받을 수 있는 대접의 극상이었다. 이날밤 우리의 이벤트는 포도주 한 병으로 충분하게 행복할 수 있었다.

그런데 나는 갑자기 부끄러워지기 시작했다. 이 집 주인보다 좀더 넓은 공간과 한두 개 더 많은 방을 갖고 있는 나는 항상 비좁아 했고, 평생을 통해 산과 물이 있는 곳에 나의 새로운 거처를 마련하기 위해 노심초사해 왔으니 말이다. 그래서 오늘까지 달에게도 바람에게도 방 한 칸 선뜻 내주지 못한 채 산과 강까지 내 방으로 끌어들이려 했으니 이 얼마나 우매한 짓인가.

나는 내 안에 숲을 품지 못했으며 내 마음속에 깊은 호수와 높은 산을 갖지 못했다. 나는 반성한다. 수묵화 여백의 넉넉함과 여유로움은 즐길 줄 알면서도 내 자신의 삶은 비우지 못한 채 항상 채우려고만 들었으니 이 얼마나 멍텅구리 짓인가. 일출과 일몰, 동틈과 해짐의 장관은 깨어서 기다릴 때만 보이고 느껴질 뿐 보려고 하지 않는 이에겐 절대로 보이지 않는다.

'태양이 떠오르는 것을 돕지는 못할망정 마중은 해야지 않을까' 하는 마음가짐 하나로 새벽을 일으켜 세우듯 비우고 비우고 또 비워서 남들이 눈치채지 못하는 그 무엇을 채울 일이다.

내일쯤 청풍과 명월이 어깨동무하고 찾아와 "방 있소" 하고 물으면 이 방 저 방 다 내주고 임대계약서의 만기 날짜는 아예 적어 두지 않을 작정이다.

3

산에서 운다

직장을 잃은 지 벌써 칠 개월이다. IMF시대의 이직은 퇴직이라 하지 않고 퇴출이라 부른다. 퇴직 중에서도 정년퇴직이 아닌 명예퇴직까지도 타의적 요소가 전혀 없는 건 아니다. 그러나 퇴출이라 일컫는 정리해고는 타인의 강제로 저질러지는 것으로서, 당하는 사람의 입장에서 보면 가당치도 않는 날벼락인 셈이다.

그러니까 일 년 반 전 명퇴제도가 도입되면서 많은 동료들이 숨쉴 여유없이 잘려나갈 때 "겨울이 오면 봄이 멀지 않으리"란 시구의 상징성으로 이해하고, 나의 목숨도 '불원'이란 단어 속에 함축되어 있음을 직감할 수 있었다. 그러나 막상 내게도 퇴출 결정이 내려지자 그저 멍해질 뿐 도대체 뭐가 뭔지 실감할 수 없었다.

삼십일 년 이 개월. 결코 짧은 세월은 아니다. 대학과 군복무를 마치고 수습기자로 시작한 언론계 생활이 이렇게 켜켜이 쌓인 나이테를 이루다니 내가 뒤돌아봐도 놀랍고 아득하다. 그러나 다만 한 가지 평생의 업으로 생각해 온 이 직업을 타의로 물러나야 하는 현실이 안타까울 뿐이다.

실직 후의 나날은 괴로움 속에서도 빠르게 지나갔다. 아침에 일어나도 갈 곳이 없는 그야말로 '놀고 먹는' 무의미의 일상은 힘들 정도로 생소했다. 퇴출을 위로하는 어느 술자리에서 수습기자 동기인 S형을 만났다. 내향적 성격이 짙은 그는 벌써 십여 년 전에 언론계를 떠나 외국생활, 특히 아프리카쪽을 동경하는 헤르만 헤세 소설의 주인공 크눌프와 같은 삶을 살고 있었다. 그는 '배가본드'였다.

"활아, 직장을 떠나면 결국 혼자가 된데이. 홀로 산행을 이 년쯤 하고 나니 그때

서야 나무와 산새들과 이야기를 할 수 있겠더라." S형의 고독한 경험담은 취기 속에서도 두 눈 사이로 파고드는 비수를 보는 듯한 섬뜩함을 느끼게 했다. "활아, 니는 성격도 활달하고 외향적이니까 홀로서기에는 오랜 세월이 걸릴 끼다. 외로움에 지치고 지쳐야 … 우짜겠노. 다른 방법이 없는 기라." 얼굴을 물들이던 취기가 가시기 시작했다. 나는 긍정도 부정도 아닌 "그래에…?"라는 다소 뜨악한 말대꾸를 해주었다.

세월이 흘러갈수록 '혼자'라는 의미는 점차 외로움쪽으로 기울기 시작했다. 퇴출이 통고되던 날, 나는 폭풍우가 치고 있는 바다를 연상했다. 우선은 같이 뛰어내린 몇몇 동료들과 '퇴직금'이란 작은 널빤지를 부둥켜안고 동아리를 이루고 있으니 그래도 위안은 되었다. 그러나 바다의 두려움은 키를 넘는 파도나 살을 에는 추위가 아니라 하나씩 둘씩 동료들이 내 주변에서 멀어져 가는 외로움이란 걸 금방 깨닫게 되었다. 아직은 숲속의 풀꽃들과 지저귀는 산새들과 능선을 타고 흐르는 바람이나 구름들에게 말을 걸 수가 없고, 혼자라는 현실도 익숙하지는 못하다.

나는 여전히 외롭고 눈물나도록 고독하다. S형의 말대로 이 년의 두 배나 아니면 그보다 몇 배의 시간이 지나도 숲속에 떨어져 있는 햇볕 조각들과 한 마디 얘기를 못 나눌지도 모른다. 아마 영원히 외로움의 올가미에서 벗어날 수 없을지도 모른다. 그래도 어쩌랴. 나는 참을 것이다. 인내로 이겨 낼 수 없다면 울음으로써 그 빚을 갚을 것이다.

하찮은 미물인 개미나 개구리 등도 날씨가 음산하고 주위가 어지러워지면 장마가 질 걸 알고 만반의 준비를 한다. 그러나 만물의 영장인 사람은 불확실한 미래에 대한 막연한 기대 때문에 그 대비에는 번번이 실패하는 경우가 많다. 나 또한 명퇴든 해고든 어떤 형태의 떠남이라도 반드시 겪어야 한다는 걸 예견하지 않은 건 아니지만, 막상 결정적 순간에 이르고 보니 나약해질 수밖에 없는 인간이라는 사실은 부인하지 못한다.

은퇴에 따르는 필수적인 준비는 물론 여러가지가 있으나 우선 경제력과 건강 그리고 친구를 꼽을 수 있다. 나 역시 걱정을 앞세운 준비를 한다고 했지만 막상 당하고 보니 현실은 절벽이거나 벼랑이었다. 모든 것이 미진하다. 요즘은 '미물만도 못한 인간'이란 질책을 스스로에게 하곤 한다.

눈뜨면 산에 오를 준비를 한다. 아침에 일어나면 일터로 향하던 정열을 산으로 돌린 것이다. 산은 아늑하고 넉넉하여 마음이 편하기 때문에 외로움을 느끼는 사람이 갈 만한 곳으론 제격이다. 나는 고독 속에 함몰하여 무아가 일체를 이루지는 못했지만, 머잖아 낮달과 보이지 않는 별들과도 교통할 수 있는 그런 아름다운 시간이 오리라고 믿는다.

즐겨 오르는 산 능선에는 나를 항상 기쁘게 맞아 주는 산새 한 쌍이 있다. 내가 능선의 삼분의 이쯤 오를 때면 '앞산 듀엣'이라 명명한 '쩌쩌구 새(?)'가 소나무 가지를 옮겨 다니며 노래를 부른다. "쩌쩌구 쩌쩌구 쩌쩌구, 어쩌구 쩌쩌구 까르르." 수놈으로 보이는 새가 힘찬 테너로 선창을 하면 "어쩌구 쩌쩌구 어쩌구, 쩌쩌구 쩌쩌구 까르르." 암놈이 알토로 화답을 한다.

나는 이마의 땀을 훔치면서 쩌쩌구 새들에게 말을 걸어 보지만 그들은 내 얘기는 받아 주지 않는다. 쩌쩌구 새는 그들의 놀이에만 열중하다가 어디론가 날아가 버리고 만다. 나는 아직 멀었구나. 역시 이방인이구나. 풀꽃들과 대화하고 산새들과 친구가 되려면 이 년은 더 걸린다더니 그게 정말이구나. 나는 쩌쩌구 새들을 뒤로 하고 힘겹게 산 능선을 오른다. 머릿속에는 '통하지 않는 대화'에 대한 의문뿐이다.

앞산

그래. 나는 도시의 때를 씻지 못했으며 모든 것에 대한 미련을 떨쳐 버리지 못했다.

그러니까 자연 속에 있으면서 자연 속으로 빠져들어 가지 못하고 있다. 그날은 언제 올 것인가. 혼자 있어도 혼자라는 걸 느끼지 못하는 그날이 언제 올 것인가. 철저히 외로워졌을 때 바람과 구름에게도 내 마음을 띄워 보내고 풀꽃과 산새들로부터 위안을 받을 수 있는 그날은 언제 올 것인가.

아마 나는 불가능할 것이다. 사람은 부대끼며 살아야 하는 사회적 동물이기에 더욱 그러하리라. 불가능의 끝에서 할 수 있는 유일한 일은 울어 버리는 것밖에 없다는 것을 나는 안다. 나는 산에 갈 것이다. 그리고 산에서 울 것이다. 울다가 울다가 고독의 심연 속에서 헤어나지 못하면 산에서 죽어 버릴 것이다.

가을 운동회

날씨는 너무 맑았다. '쾌청'이란 낱말이 오늘 같은 날 때문에 생겨난 것 같다. 연한 푸른색 하늘에 높이 떠 있는 태양은 구름 한 조각 걸치지 않은 누드로 햇살을 뿜어내고 있었다. 그것은 마치 전라의 여인이 온몸으로 분출하는 정염의 불꽃과 같은 것. 눈을 똑바로 뜨고는 쳐다볼 수가 없다. 눈이 부시게 푸르른 날이다. 그리운 사람이 정말로 그리운 푸른 날이다.

오늘은 초등학교 일학년인 손자녀석의 가을 운동회날. 녀석은 며칠 전부터 "할머니, 할아버지가 응원하러 와야 달리기에서 일등을 할 수 있다"면서 전화를 해댔다. 며느리는 집에서 출발할 때 전화를 하더니 도착해서는 "곧 개회식이 시작된다"는 연락을 하는 것으로 보아 빨리 운동장으로 나와 줬으면 하는 신호임이 분명하다.

몇 년 전 시집을 가 양 손에 두 아이의 손을 잡고 추석 쇠러 친정에 온 딸아이와 앞서거니뒤서거니 하며 교문을 들어섰다. 우리는 함께 걸었지만 서로의 의식은 제각각 유년의 추억을 찾아 초등학교 교정에서 펼쳐지고 있는 가을 운동회장으로 뜀박질로 달려가고 있었다.

교문을 들어서다 말고 딸이 "여긴 만국기가 없네"라며 의아하다는 투로 한 마디 던지자 아내도 "확성기에서 나오는 노래도 동요가 아니네"라고 보탰다. 그러니까 '가을 운동회'란 추억의 오솔길을 오랜만에 걸어 들어왔는데도 옛날의 기억이 원형대로 보존되어 있지 않음에 대한 불만이 이렇게 터져 나온 것이다.

아니나 다를까. 교문에는 노랑 풍선이 두어 개 매달려 있을 뿐, 어릴 적 운동장의 하늘을 덮었던 만국기는 어디에서도 찾아볼 수 없었다. 아이들의 함성으로 가득 찬 운동장에는 "술이 되리라. 찰랑찰랑대는 술이 되리라"는 어느 가수가 부른 유행가요의 경음악이 만국기를 대신하여 찰랑대고 있었다.

강당 앞에 미리 펴 둔 비닐자리 위에는 가방과 아이스박스 등이 어지럽게 널려 있었다. 녀석은 옛날 그의 할아버지가 그랬던 것처럼 머리에 백띠를 두르고 일학년 일반 선수들과 함께 운동장 복판에 서 있었다. 녀석의 아버지와 한때 달리기 선수였던 고모까지 릴레이 경주 선수가 되어 백넘버를 붙이거나 아니면 운동화 끈을 죄고 있었다.

녀석의 할머니는 딸이 넘겨준 디지털 카메라를 어떻게 찍어야 하는지를 즉석에서 연구하느라 달리기 선수들보다 더 바쁘게 움직였다. 나는 짐 키퍼가 되어 붉은 벽돌 벽에 등을 기대고 빛 밝은 하늘을 눈이 부시게 쳐다보고 있었다. 그랬더니 나는 나대로 고향의 공설운동장에서 달리기를 준비하는 백군 선수가 되어 있었다.

의식은 눈을 뻔히 뜨고 있는데도 가뭇없이 사라지기도 하고 잎새가 미풍에 흔들리는 것을 보고 제자리에 돌아오기도 한다. 나는 고향의 공설운동장 흙바닥에 앉아 내가 뛸 차례를 기다리며 가늘게 꼰 새끼줄로 검정고무신이 벗겨지지 않도록 동여매고 있는데 "준범이가 곧 출발해요!" 하고 아내가 소리를 지르는 바람에 이 도시의 한복판에 있는 녀석의 초등학교 운동장 구석으로 돌아올 수밖에 없었다.

녀석은 백 미터 달리기를 다섯이서 뛰어 일등으로 들어왔다. 긴 다리 덕분이다. 녀석의 피속에 흐르는 큰 키 유전인자는 걸어 들어와도 꼴찌는 면할 것 같아 이 기회에 선조들에게 감사하다는 인사를 녀석을 대신하여 내가 전해야 겠다. "고맙구먼유."

조금 있다 벌어진 사백 미터 계주는 학생 넷, 학부모 넷 등 여덟 사람이 한 팀이 되어 달렸다. 팀에는 아버지와 고모가 중간 선수로, 녀석은 최종주자로 뛰었다. 이등과는 거리 차이가 너무 많이 나 환호와 야유가 동시에 터져 나왔다. 역시 긴 다리의 공로였다.

나는 가을 운동회 달리기에서 일등을 해 본 기억이 별로 없다. 삼학년 때였던가. 그날은 운수가 좋아 반에서 키가 가장 작은 아이들과 함께 달렸다. 충분히 일등으로 들어올 수 있었는데, 고무신이 벗겨져 골인 지점 불과 몇 발자국 앞에서 넘어지는 바람에 실패했던 억울한 기억을 갖고 있다. 그 일이 있고 난 후 초등학교를 졸업할 때까지 달리기를 할 땐 가는 새끼줄이나 튼튼한 끈을 준비해 뒀다가 고무신이 벗겨지지 않도록 꽁꽁 묶고 뛰곤 했다. 요즘도 등산화를 신고도 그 위에 가는 새끼줄을 한 번 동여매면 훨씬 더 든든할 것 같다는 생각을 하기도 한다.

화약 총 터지는 소리가 들릴 때마다 아이들의 함성은 자지러진다. 교정 화단 가에 서 있는 플라타너스 잎새와 반 고흐가 즐겨 그렸던 무성한 측백나무도 "오늘은 더 이상 꼿꼿하게 서 있지만은 못하겠다"는 듯 바람이 불 때마다 몸을 흔들며 신나게 응원하고 있다. "백군 이겨라. 청군 이겨라." 하늘은 푸르고 마음도 푸르고 아이들의 웃음도 푸르다.

괜히 운동장을 한 바퀴 돌고 싶어졌다. 펼쳐 둔 이웃들의 자리마다엔 어릴 적 가을 운동회의 단골 메뉴인 삶은 밤과 땅콩이 더러 보이긴 했으나 대부분 피자와 치킨이 복판을 차지하고 있었고 김밥은 한갓진 곳으로 밀려나 있었다. 세월이 변해도 많이 변했구나.

다시 걷는다. 동쪽 담 밑에 이르자 삼사학년쯤으로 보이는 남자 아이가 백띠를 두르고 할머니와 함께 밥을 먹고 있었다. 흔한 닭다리 튀김 한 조각 없는 간소한 점심도 그러려니와 그것보다는 엄마, 아빠의 모습이 보이지 않아 밥상 주변은 썰렁하고 쓸쓸해 보였다. 직업이 없는 아빠 때문에 엄마가 혹시 가출해 버린 것은 아닐까. 아니면 아빠는 없고 엄마가 파출부나 막노동을 나갔기 때문에 이렇게 할머니가 손자 녀석의 뒷바라지를 하기 위해 따라온 것일까.

생각이 여기에 미치자 나는 나도 모르는 새 다시 고향으로 돌아가 있었다. 그때 운동회 음식으론 삶은 달걀과 밤 그리고 과자와 사이다가 최고였는데, 나는 그런 호사는 별로 누려 보지 못하고 초등학교를 졸업했다. 그러니까 담 밑에 앉아 할머니와 함께 속으로 훌쩍이며 서러운 밥을 먹던 그 아이가 어쩌면 고향의 공설운동장에서 한없이 외로웠던 나의 자화상인지도 모르겠다. 손자녀석의 가을 운동회 구경 왔다가 이렇게 느닷없이 어릴 적 나를 만나다니.

녀석이 선수로 뛰는 더 이상의 게임이 없다기에 나 먼저 집으로 돌아왔다. 댓잎에 미풍이 스칠 때마다 옛얘기하듯 사분거리는 죽농 선생의 풍죽 그림 밑에 누워 낮잠을 청하고 있으니 아까 운동장에서 잠시 행하던 어린 시절로의 시간여행은 무엇이 미진했던지 꿈속에서도 계속된다.

기억의 꼬리는 상당히 긴 모양이다. 그것들이 꼬리에 꼬리를 물고 달리다 보면 나는 어느새 손자 녀석의 나이와 비슷한 아이가 되고, 고향이란 그 동구밖을 헤어나 지 못하게 된다. 고향의 산천은 언제나 아늑하고 지친 영혼까지도 넉넉하고 푸근하게 감싸 안아 주지만 생각만으로 행하는 기억여행은 돌아올 때쯤이면 항상 피곤하다.

녀석의 가을 운동회가 고향을 그리워하며 살고 있는 할아버지를 모처럼 고향으로 초대한 모양이다. 이번 가을에는 한나절 동안에 두 군데 가을 운동회에 참석하느라 몹시 분주하고 바빴다. 이제 곧 운동회를 마치고 일등상으로 연필과 공책을 탄 가족들이 녀석을 앞세우고 왁자한 웃음과 함께 집으로 돌아오겠지. 오늘은 정말 눈이 부시게 푸르른 날이다.

살아 있음에

살아 있음에 감사한다. "너희는 서로 사랑하라. 범사에 감사하라"는 성경 말씀이 한때는 강요처럼 들렸다. 용서할 수 없는 사람과 사랑할 수 없는 사람을 어떻게 용서하고 사랑할 수 있을까. 그러나 곰곰 생각해 보면 사랑과 용서는 이승을 떠난 사람은 할 수 없는 것이기에 성서의 가르침을 순순히 받아들여야 할 것 같다. 살아 있기 때문에.

나라와 겨레와 같은 거창한 언어로 얽어매지 않아도 나는 이 민족의 일원이 된 것을 자랑스럽게 생각한다. 그리고 경제적으로 풍족하진 않지만 이 가문에서 태어난 것을 감사하게 생각한다. 프랑스 같은 부유한 나라의 명문집안에서 태어나 콧소리 나는 프랑스 말로 사랑을 속삭이며 윗대 어른들이 쌓아 올린 명성과 부를 이어받아 평생을 불편하지 않게 사는 것도 좋겠지만 탄생은 선택이 아니기 때문에 애초부터 불가능한 것임을 나는 안다. 다만 살아 있다는 그 한 가지 사실이 고마울 뿐이다.

사고하고 행동하는 데 불편을 느끼지 않는 육신을 주신 데 대해 무한 감사한다. 초로의 나이에 중풍에 걸려 걷기와 말하기가 불편한 친구들이 "이렇게 사는 것보다 차라리 죽는 게 낫겠다"고 말하는 것을 들을 때마다 건강하게 사는 것이 송구스럽게 느껴지는 것도 하늘이 준 복이 아니고 무엇이랴. 이 살아 있음이 얼마나 다행한 일인가.

나는 이성보다는 감성이 지배하는 삶을 살고 있다. 공부하고 있는 문학도 왼쪽 뇌가 더 많이 작동하여 감성이 앞장서 걷는 그런 학문이다. 무엇을 만들거나 무엇을 팔아야 하거나 아니면 등짐을 져야 하는 그런 육체적인 노동에 몸을 맡기지 않고 글을 만지는 작업에 평생 동안 종사하도록 해준 '보이지 않는 손'의 섭리랄까 은혜에 감사한다. 글을 쓰는 작업이 다른 직업에 비해 부와 풍족에 이르는 지름길은 아니지만, 그 일이 더러는 기쁨이 넘칠 때도 있으니 어찌 마다하겠는가. 살아 있는 기쁨에 글 쓰는 즐거움까지 덤으로 주시다니.

하늘에 있는 해와 달 그리고 별들을 사랑한다. 구름 한 점 없는 빛 밝은 날에는 색안경을 끼고 바닷가를 거닐고 싶고 달빛이 교교한 밤에는 사랑을 하고 싶다. 그리고 별똥별들이 무더기로 춤추는 그런 밤에는 벽난로 앞에서 술병에 별이 떨어지는 소리를 들으며 아름다운 시를 읽고 싶다.

그렇다고 밝고 맑은 날만을 좋아하는 것은 아니다. 구름과 바람, 비와 눈을 사랑한다. 비가 온다고 산행을 포기하지 않으며, 눈이 온다고 예정된 여행을 취소하지 않는다. 나에겐 궂은 날이 없다. 궂은 날이 오히려 좋은 날이다. 비가 오면 양철지붕에 떨어지는 빗소리를 들으며 비를 주제로 한 노래를 듣고 싶다. 그리고 눈이 오면 아이젠을 찾아 륙색에 찔러 넣고 산을 향해 떠나고 싶다. 모두가 살아 있기 때문이다.

숲속의 나무와 풀들을 좋아한다. 죽은 사람들은 무덤 속에 가만히 누워 있을 것 같지만 그들도 밤이 되면 숲길을 거닌다. 귀신과 도깨비가 덤불 속에서 뛰쳐나오는 이유가 바로 거기에 있다.

숲의 나무들을 쳐다보고 있으면 모두가 팔을 하늘로 향해 뻗어 간절한 기도를 드리고 있음을 금방 알 수 있다. 어떤 나무들은 그것도 모자라 치마를 넓게 펴서 하늘의 축복을 온통 저 혼자 받으려는 듯 포즈를 취하기도 하고, 어떤 것들은 하늘의 미움을 사 벼락을 맞아 가지가 찢어지는 상처를 입을 때도 있다. 살아 있는 나무들이 하는 짓이다.

그러나 죽은 나무들은 하늘을 향해 기도할 용기조차 잃은 채 나뭇꾼의 도끼에 발등이 찍혀 토막이 나거나 다른 살아 있는 나무들의 자양분이 되기 위해 넘어져 흙으로 돌아간다.

숲속에 날짐승과 길짐승이 없다면 너무 적막하다. 나이 많은 노인들은 "병마보다는 고독이 더 무섭다"고 한다. 고독하다는 것은 사랑을 받아들일 준비가 완료되어 있는 상태라고 하지만 찾아오는 사랑의 손길이 없을 땐 허전할 수밖에 없다. 숲에도 지저귀는 새들과 울음 우는 짐승들이 없다면 나무와 풀들도 지겨워서 모두가 말라 죽었을 것이다. 숲속 계곡 물만이 감로수가 아니라 이들 새소리와 짐승들의 울음소리가 숲을 살찌우게 하는 생명의 소리인 것이다.

살아 있는 것들은 살아 있는 것들만 동무할 뿐 죽은 것들에게는 제대로 눈길 한 번 주지 않는다. 그래서 죽은 것들은 죽은 것들끼리 다만 누워 있을 뿐이다. 살아 있다는 게 얼마나 중요한 것인가. 나는 살아 있음으로 행복하고 모든 살아 있는 것들에게 존경을 드린다.

나는 여인을 사랑한다. 하나님은 내게 세 사람의 여인을 보내 주셨다. 어머니와 아내 그리고 딸이 그들이다. 어머니는 미수의 나이로 다섯 해 전에 돌아가셨고 딸은 먼 도시에 살고 있어 자주 만날 수 없다.

내 곁에 남은 사람은 아내뿐이다. 우리 집으로 들어온 후 너무 많은 고생을 하여 그 고생이 싫어서라도 다시 태어나면 두 번 다시 내게로 시집오는 그런 일은 저지르지 않을 것이다. 그렇다고 그게 대순가. 죽은 후 다시 태어나는 일이 어찌 쉬운 일이며 설사 윤회를 믿는다 해도 억만 겁 중의 한 인연이 어찌 닿을 것인가. 그러니 살아 있는 기쁨을 노래해야지 죽은 후의 막연한 기대는 과감히 버릴 일이다.

나는 한 끼의 식사를 중시하고 하룻밤 단잠에 큰 의미를 둔다. 그리고 '늦은 가을 속에 서서 겨울을 건너뛰어 찬란한 봄을 생각하는' 그 계절의 한 자락을 선승의 화두처럼 매우 귀히 여긴다. 까닭은 내가 살아 있기 때문이다.

한 끼의 밥을 거르고 나면 그 한 끼는 생애 중에 다시는 찾아 먹을 수 없다. 내가 식은 밥을 싫어하고 무박이일의 여행 스케줄을 별로 달가워하지 않는 것도 그런 연유에서이다.

어제 산행중에 치어다본 하늘은 잉크색으로 푸르렀고, 능선을 휘감는 바람 속에는 겨울을 예고하는 비수가 품어져 있었다. 내 생애 동안 국화 향기 은은한 이 가을을 몇 번 맞을 것이며, 긴 겨울에 이어 올 봄을 몇 번이나 내다볼 수 있을 것인가. 살아 있음에, 모든 살아 있는 것들을 사랑해야지. 정말이지 사랑하고 용서해야지.

그런데, 아 그런데, 죽고 난 다음엔 나는 어딜 가서 무얼 하지.

백 밤 살기

오늘은 김장을 담그는 날이다. 우리 집에서 명절 상차리기를 제외하고 가장 큰 행사일이 바로 오늘이다. 시골 출신인 나는 원래 김장김치를 좋아하여 한여름에도 땅속에 묻어 둔 김치만 있으면 다른 반찬이 필요없을 정도이다.

고향을 떠나 온 후 김칫독을 묻을 만한 땅은 없었지만 그래도 포기하지 않았다. 김장과 된장만은 집에서 담가야지 농협이나 백화점에 상품으로 나와 있는 것을 사 먹는다는 것은 생각조차 할 수 없었다. 아내가 마음을 돌려 먹지 않도록 이런 제안을 했다. "무, 배추는 함께 시장에 가서 사기로 하고, 다듬고 써는 일은 내가 한다. 당신은 절이는 작업만 전담하며, 양념을 버무리는 일은 며느리를 불러 공동작업을 하기로 한다." 이렇게 의견일치를 보았다.

오늘은 양념을 버무리는 날. 아침부터 시끌벅적하다. 며느리와 함께 여섯 살 난 손자와 세살박이 손녀도 왔다. 나는 본의아니게 유치원 선생이 되었다. 아이들은 할아버지 선생님의 말씀을 전혀 듣지 않았다. 큰놈을 위해선 컴퓨터 게임을, 둘째에겐 '텔레토비'를 틀어 주었다. 그러고 나니 마침 졸음이 찾아왔다.

나는 꿈을 꾸었다. 고향의 다리 밑이었다. 친구들은 반두를 들고 피라미를 잡느라 야단들이었고, 다른 친구들은 주워 온 나뭇가지를 불속으로 밀어 넣어 연기를 내고 있었다. 또래 여자 아이들은 강둑에서 이쁜 풀꽃을 꺾고 있었다. 다리 밑은 부산했다. 여자 아이들은 괜히 좋으면서 새침을 떨었다. 졸음에 겨운 내 영혼은 고향산천을 헤매고 있었다.

이윽고 "타악!" 하는 소리가 들리더니 삭정이에서 불티가 튀어 내 눈 속으로 들어왔다. 깜짝 놀라 꿈에서 깨어났다. 혼자 하는 컴퓨터 게임에 싫증을 느낀 손자녀석이 할아버지 배 위로 다이빙을 하면서 손가락으로 눈을 찔렀다. 녀석은 잠자지 말라는 신호를 그렇게 해 온 것이다. 나는 "준범이 미워!"라고 소리친 후 이불을 뒤집어쓰고 눈을 비볐다.

약간 겸연쩍은 몸짓으로 이불 속으로 기어 들어와 내 팔을 베고 누운 준범이는 이렇게 말했다. "할아버지, 할아버지는 앞으로 몇 밤을 더 살 수 있을까요. 오늘밤을 포함해서 말이예요." "글쎄, 몇 밤을 더 살지 잘 모르겠네." 원체 황당한 질문을 받고 보니 눈이 환하게 밝아지기 시작했다. 나는 준범이가 묻는 대로 과연 몇 밤을 더 살 수 있을까.

준범이는 다시 말했다. "할아버지는 백 밤은 더 살 수 있겠지요. 나는 할아버지가 백 밤은 더 살았으면 좋겠어요." 점입가경이었다. 그 소리를 듣고 나니 준범이가 말한 '백 밤'을 현실적인 숫자 단위로도 생각해 보고, 유치원에서 '무엇을 포함해서…'라는 숙어를 처음 배운 여섯 살짜리가 느끼는 무한수에 가까운 '백 밤'의 상징성에 의미를 실어 보기도 했다.

어릴 적 나는 '사랑한다'는 말을 할 땐 두 팔을 벌렸다. 두 팔을 벌린 실제적 길이는 칠십 센티미터가 넘지 않았겠지만 그때 두 팔의 길이는 무한이었다. 고향집 앞 운동장을 매서운 칼바람을 맞으며 가로지를 땐 그렇게 멀더니 겨우 두 채의 아파트가 들어선 그곳을 요즘 가 보면 참말로 손바닥만한 것을. 지금도 '사랑한다'는 말을 할 땐 두 팔 벌려 표현하고 싶다.

우리 집 손자 녀석인 준범이를 통해 나는 정말 귀한 화두 하나를 얻었다. '백 밤 살기'. 이 화두는 절집에서 흔한 '무無자' 화두나 '이 뭐꼬?' '시심마'보다 분명 한 수 위다. 나는 앞으로 준범이가 말한 '백 밤 살기'를 현실성과 상징성으로 나눠 실천해야 겠다.

우선 '백 밤밖에 살지 못한다'는 시한부의 잣대를 들고 게으름피지 말고 하루하루를 치열하게 살아야 겠다. 그리고 두번째는 '백 밤'이 상징하는 그 영원성을 향해 내 정신과 육체 그리고 문학이 따르도록 부단한 노력해야 겠다. 준범이는 나의 큰 스님이다.

여름 바다의 기억

달마 스님

서가 한쪽 귀퉁이에는 달마대사의 모습을 하고 있는 앙증맞은 돌 한 점이 놓여 있다. 그동안 산천에서 주어 온 돌들 중에서 수석 반열에 끼지 못하는 것들은 옥상 채마밭 밭둑 옆으로 옮겨 가고, 그래도 버리기 아까운 것들은 종이상자에 담겨져 창고 구석에 처박혀 있다. 그런데 유독 이 돌 한 점만은 눈길이 자주 머무는 곳에 두고 보는 까닭은 그만한 사연이 있기 때문이다.

'달마 스님'은 높이 십이 센티미터, 너비 팔 센티미터밖에 되지 않는 아주 작은 검은 차돌이다. 선명한 콧날 위에 두 눈이 붙어 있어야 할 움푹 파인 자리에는 하얀 색 조개 두 개가 강력한 접착제로 붙여 놓은 듯 아주 단단하게 붙어 있다. "스님…"하고 부르면 한쪽 눈을 찡긋거리며 "왜…"라고 대답하는 것 같아 빈 시간에 자주 스님을 부른다.

스님은 거제도 구조라 해수욕장 옆 바닷속 어느 사찰에 주지 스님으로 계셨는지 아니면 행자 스님으로 계셨는지 잘 알 수가 없다. 하도 천진난만한 얼굴이어서 연륜과 전력을 짐작할 수가 없다. 중광 스님이 그린 동자상보다 더 순진무구하게 보인다. 그런데 어느 빛 좋은 날 황혼녘 파도에 밀려 뭍으로 올라온 잠시, 마침 바닷가를 거닐던 나를 만나 손을 잡고 우리 집에 오셨다가 그대로 눌러 사신 지가 벌써 이십 년이 지났다. 스님은 견성성불하신 지가 워낙 오래되어 가도 감이 없고 와도 옴이 없는 그런 무념무상의 세계에 살고 계시기 때문에 서가 한쪽 구석의 비좁은 자리에 주석하고 있어도 투정 한 번 부리지 않으셨다.

작은 인연

올해 서른넷인 맏아들이 초등학교 육학년, 밑으로 쌍둥이 남매가 사학년이던 그해 여름, 고교 동창 친구 네 가족이 남쪽바다로 여름여행을 떠났다. 각자 먹을거리, 놀거리, 잘거리를 가득 담은 배낭을 짊어지고 장거리 시외버스를 타고 그렇게 떠났다. 통영에서는 정원 팔십 명인 여객선이 삼백 명을 태워 물속에 가라앉기 직전에 비진도에 닿았다. 또 비진도에서는 캠프 사이트를 구하지 못해 공중변소 앞에 텐트를 쳤지만 젊음은 즐거웠고 여름은 신이 났다. 우린 희미한 랜턴을 켜고 밤늦게까지 노래를 불렀다. 아이들도 도시의 기억들을 까맣게 잊어버리고 태양의 아들들로 다시 태어났다.

우린 다시 짐짝 취급을 당하며 모든 사람들이 멀미를 느끼는 작은 여객선을 타고 아름다운 다도해를 겨우 빠져 나왔다. 거제도 구조라 해수욕장 주변에서는 다행스럽게도 고풍미가 넘치는 청이끼가 끼어 있는 어느 골기왓집을 민박집으로 잡았다. 그동안 부대끼며 살아온 일상을 게으른 하품 같은 휴식으로 패대기칠 수 있었다. 휴식

은 힘의 원천이라더니 참말이구나. 하나님도 요즘 사람들처럼 근력이 약해 피곤을 자주 느끼셨다면 한 삼 일쯤 일하고 하루를 쉬는 이른바 '월화수토일'의 주 삼 일 근무제를 택하셨을텐데, 엿새를 일하고 하루를 쉬는 그 강건한 체력과 깊은 뜻을 이제야 알 것 같구나.

한 집에 둘셋씩 모두 열 명으로 구성되어 있는 꼬마부대는 골기왓집 대청의 조각마루에서 온갖 수다를 늘어놓는 엄마들과 그 옆에서 고스톱판을 벌이고 있는 아빠들을 그냥 두지 않는다. 바닷가 모래판에서 벌이는 그들의 재주와 묘기를 직접 봐 달라며 팔을 잡아 끈다. 끓는 쇳물의 붉은 빛깔로 서쪽 하늘을 서서히 물들이는 노을의 놀라운 역사는 정말 장관이었다. 청춘의 힘, 젊음의 에너지. 하늘과 바다는 하나님처럼 역시 젊구나.

젖은 모래가 발바닥에 간지럼을 먹이는 기분좋은 감촉을 앞세우고 바닷가를 걷는다. 파도는 지칠 줄 모르는 정력 좋은 사내처럼 끊임없이 뭔가를 밀어 올리고, 시인은 "파도야 어쩌란 말이냐, 파도야 어쩌란 말이냐" 하며 자탄에 한숨을 섞는다. 입술 끝에는 나도 모르는 새 '해변의 길손'이 휘파람으로 새어 나온다. "스트랜저 온 더 쇼어…"

아이들의 모래알 유희가 저 멀리 실루엣으로 보이는 거리까지 걸어왔다. 이제 땅거미가 검은 장막으로 드리워지기 전에 아이들 곁으로 돌아가야 한다. 내가 어머니의 치맛자락을 잡고 성장했듯이 아이들도 엄마, 아빠인 우리를 믿으리라. 서둘러 걸음을 재촉할 즈음 발끝에 돌 하나가 걸어차였다. 예사 돌이 아니었다. 새까만 얼굴에 두 눈만 하얗게 빠끔한 달마대사였다. 나의 첫 인사는 "아이구, 스님"이었다. 스님과의 상견례는 그것이 끝이었다. 인연이 아니고 또 무엇이랴.

헛술 마시기

구조라 해수욕장 이틀째 아침에는 생선시장에서 싱싱한 횟거리를 구해 왔다. 일식당에서 흔히 그렇게 하듯 몸은 횟감으로 이미 난도질을 당했어도 내장은 살아 입을 쩍쩍 벌리는 도미회. 나는 프로 요리사의 솜씨를 아이들 앞에서 뽐내는 아이 같은 아버지가 되고 말았다. 또 점심은 주인집 닭장에 있는 닭 두 마리를 잡아다가 죽을 끓

였다. 닭 잡는 기술도 뛰어난 편인데도 어찌된 영문인지 밥통을 떼 내지 않고 그대로 죽을 끓여 아이들이 먹다 말고 숟가락을 놓는 대소동이 벌어졌다.

그날밤 우린 동쪽 하늘에서 떠오르는 둥근 달을 손님으로 맞아 "동산에 달 오르니 귀 더욱 반갑고야, 아해야 박주산챌망정 없다 말고 내어라"는 시조를 읊조려 가며 늦은 술상 앞에 앉았다. 점심 때 먹다 남은 죽 속의 닭다리가 안주로 올라오고 화제 또한 푸짐하여 술맛은 절로 났다. 꽤 오래 마실 것 같았던 술병에는 어느새 별이 떨어지고 드디어 술병이 바람에 쓰러지는 소리를 들어야 했다.

마시던 술이 모자라 취하기까지의 애틋함. 겪어 보지 않은 사람은 아무도 모른다. 쪽대 속에 곧 들어올 것만 같았던 홍시의 추락, 월척 붕어의 손끝에서의 도망, 마지막 숫자 하나가 틀린 로또복권의 허망, 동점 서울대 낙방. 또 있다. 사정 직전 임검 경찰관의 노크 소리. 그날밤, 술이 떨어지고 난 뒤의 허탈한 이미지는 대충 이랬다.

우린 결국 묘수를 내기로 했다. 제2차 세계대전 때 독일 포로수용소 내 프랑스 병동에서 있었던 일처럼 가상의 소주를 한 말쯤 사 오는 것이었다. 프랑스 군인들은 불리한 전세 탓으로 집으로 돌아갈 희망이 없어지자 모두가 자포자기에 이르렀다. 누구의 말도 듣지 않고 군기는 엉망이었다. 어느 장교가 위기 탈출의 한 방법으로 아름다운 처녀를 막사에 들여놓는 가상놀이를 제안한다. 그때부터 포로들은 평온을 되찾았고 문란해진 규율을 회복하기에 이른다. 우리도 빈 잔을 주고받으며 헛술을 마시는 수밖에 다른 도리가 없었다. "한 잔 해라." "오냐." "그 쪽 안주 하나 도고." "아나." "니도 한 잔 해라." "오냐." 술잔은 사정없이 돌아가고 취기도 돌아가는 속도만큼 빨리 취해 왔다. 꼭 알코올이 아니더라도 사람을 취하게 하는 방법은 여러가지가 있다는 것을 그날 처음 배웠다. 좀 전에 술이 떨어지자 모로 돌아누워 코를 골던 친구가 헛술잔 돌아가는 소리가 진짜인 줄 알고 게슴츠레한 눈을 뜨며 벌떡 일어나 앉았다. "너거만 묵지 말고 나도 한 잔 도고."

다시 스님

이 글을 쓰는 동안 나를 지켜보고 있던 달마 스님이 빙그레 웃으신다. "헛술 마시고 취한 척 하는 거 거짓부렁이여. 공부 좀 더 해야겠네."

작은 거인들

석양주 한 잔이 간절하게 생각나는 시간에 산 친구에게서 전화가 왔다. "히말라야 트레킹을 다녀왔는데 생맥주집으로 빨리 나오라"는 재촉이다. 최희곤 악우. 그는 앉자마자 5백 시시 한 잔을 쭈욱 들이킨 후 '시신을 안고 일흔두 시간을 달린 이야기'를 털어놓았다.

그가 속해 있는 산악단체에서 히말라야 트레킹 회원을 모집하여 십여 명이 네팔 카트만두로 날아간 것이 8월 하순. 그곳 히말라야 산길도 장마의 생채기로 여기저기 도로가 떠내려가 버려 차량과 도보를 반반 섞어 캐러반을 강행했다.

해발 3,700미터를 오를 무렵 대원들은 고소증에 시달리기 시작했다. 강력한 혈압 강하제와 이뇨제 그리고 진통제를 복용해도 산소 결핍이 몰고 오는 고통은 인간의 힘으로는 막아낼 수 없었다.

이번 트레킹 원정대의 총무를 맡은 이 친구는 이곳 원주민들의 방식대로 마을 앞 언덕 돌무지에 깃발을 매달아 둔 이타루초를 찾아갔다. 그가 산신들의 이름을 불러가며 "대원들을 고소증에서 풀어 달라"고 두 손 모아 빌었지만 기도의 약발이 약했던지, 아니면 이 동네 신神들의 끗발이 약했던지 어쨌든 이방인의 기도는 들어주지 않았다.

4,100미터에서부터 심한 고소증에 시달려 온 대원 L씨에게 출발 닷새째되는 날 우려했던 일이 터지고 말았다. 기우가 현실이 된 것이다. 카트만두에서 라사로 가는 우정공로(友情公路: 920킬로미터 하이웨이) 길목에서 거친 숨을 산소통에 의지하고 있던 L씨

가 덜컥 목숨을 놓아 버린 것이다. 나이 49세. 허리둘레가 엄청난 104킬로그램의 거구가 쓰러졌으니 달리던 지프의 타이어조차 짜부라지는 느낌이었다. 네팔 제2의 도시 시가체를 꼬박 하룻길 남겨 두고 당한 일이었다.

종합병원을 찾았으나 의사는 시신을 보자마자 손사래를 쳤다. 수술실 외에는 전기도 들어오지 않는 병원에는 영안실도 없었다. 라사는 사흘을 밤낮으로 달려야 이를 수 있는 머나먼 곳. 친구는 시신의 입, 코, 귀 등 구멍이란 구멍은 휴지로 막고 일흔두 시간 달릴 준비를 서둘렀다. 라사에 가야 화장확인서 등 망자의 매·화장에 관한 행정절차를 밟을 수 있기 때문이었다.

고물 지프는 흙반죽 하이웨이를 하얀 콧김을 뿜어내 가며 계속 달렸다. 연료가 떨어지면 잠시 쉬었고 밤에도 계속 달렸다. 망자를 살아 있는 사람처럼 보이기 위해 이불로 감쌌다. 오른팔을 어깨에 감았다가 자리를 옮겨 왼팔로 안아 보기도 했다. 한계는 의외로 빨리 왔다. 하는 수 없이 망자를 좁은 지프 바닥에 뉘였다. 죽은 사람이 죽은 사람으로 보이지 않았다. 우정공로. 정말 우정 없이는 달리지 못할 멀고도 험난한 길이었다.

친구는 달리는 내내 이런 시를 생각했다.

지금도 / 티베트에서는 / 헝겊 쪼가리에 적힌 / 트르초라는 경전을 / 바람이 읽어 주고 있다 / 깃발을 / 흔들고 지나가는 소리를 / 바람이 읽는 경전 소리로 / 듣는 이들 / 오늘도 / 신의 언어를 / 인간의 언어로 읽고 있는 / 인간의 기도를 / 신의 언어로 바꾸어 들으시는 / 마음이 도처에 있다. (채재순의 시 「바람의 독서」 중에서)

사흘 밤낮을 달리는 고통은 아무것도 아니었다. 막상 라사에 도착한 후 통역 없이 일을 처리하는 것과 유족과의 국제전화로 화장의 동의를 받아 내는 것 그리고 변변한 화장장이 없어 강가에서 장작으로 화장하는 일 등이 더 어려웠다.

나는 친구가 망자와 함께 한 '일흔두 시간 동안의 음울한 이야기'를 생맥주집 편안한 의자에 앉아 들으면서 서너 잔의 맥주를 거푸 비워 내고 있었다. 그러면서 내가 그런 일을 당했더라면 친구가 모든 일을 훌륭히 처리해 낸 것처럼 과연 그렇게 해낼 수 있었을까에 생각이 미치자 앞에 앉아 있는 친구가 갑자기 거인처럼 느껴졌다.

친구를 통해 들은 '시신을 안고 달린 이야기'는 무슨 화두처럼 한동안 내 머릿속을 떠나지 않았다. 그러다가 내 의식이란 우물 속에 양철 두레박을 던져 넣어 조심스레 길어 올려 보니 시신을 안고 밤낮으로 달린 역사 속의 작은 거인들의 이야기가 한두 편 건져졌다.

엄홍도

단종은 삼촌인 세조가 내려보낸 사약을 영월 시내 한복판에 있는 '관풍헌' 앞뜰에서 마시고 죽었다. 17세인 1457년 10월이었다.

삼촌도 삼촌 나름. 단종의 여섯째 삼촌인 금성대군은 단종 복위를 꾀하다 둘째 형인 세조에게 맞아 죽었고, 둘째 삼촌인 세조는 즉위 3년 만에 조카를 밀어내고 그것도 모자라 금부도사 왕방연에게 독약 한 사발을 들려 보내 유배지에서 자진토록 만들었다.

임금의 명을 받아 비록 사약을 들게 하여 단종을 죽게 한 장본인이긴 하지만 왕방연의 숨은 마음가짐은 '작은 거인'의 반열에 오를 만하다. 그는 한양으로 떠나는 길에 단종이 유배와 살았던 청령포가를 찾아와 "천만 리 머나먼 길에 고운 님 여의옵고 / 이 마음 둘 데 없어 냇가에 앉았으니 / 저 물도 내 안 같아야 울어 밤길 예놋다"란 시를 읊은 바 있다.

그런데 진짜 '거인'은 영월 호장戶長이었던 엄홍도다. 단종이 삼촌에게 죽임을 당했으나 아무도 시신을 거두는 이가 없었다. 엄홍도는 한밤중에 단종의 시신을 빼내 산속으로 도망치다가 노루 한 마리가 앉아 있던 자리에 묻었다. 시신을 업어 본 사람은 영혼이 떠나 버린 육신의 무게는 생명이 숨쉬고 있을 때보다 몇 배나 무겁다는 것을 알 것이다. 단종이 묻힌 그자리는 겨울에도 눈이 쌓이지 않는 온기가 전해지는 땅이었는데, 알고 보니 그곳은 명당 중의 명당이었다.

단종의 무덤은 사후 60년이 지난 중종 11년(1517), 어명으로 찾아낼 때까지 아무에게도 알려지지 않았다. 그리고 숙종 때인 1698년에 비로소 임금의 대접을 다시 받으며 세조에 의해 강등당한 노산군의 묘소가 '장릉'으로 불리기 시작했다. 그래서 그런지 장릉 주위에 있는 소나무들은 모두 묘를 향해 절하듯 굽어져 있는 것들이 많다. 그리고 장릉에서 제천으로 나가는 첫 고개를 '소나기재'라고 부른다. 그것은 단종

유배 후 하늘이 흘리는 눈물이 이 소나기재에 자주 떨어져 그렇게 부른다고 한다.

세조의 보복을 피해 종적을 감춘 채 여생을 마친 엄홍도는 자식들에게 가보 전하듯 단종 임금이 묻힌 묘자리를 일러두었다. 세월은 흘러 엄홍도의 충절이 인정되어 사후 공조참판이란 벼슬이 내려졌으며, 그 자식들도 아버지 덕에 벼슬자리를 얻었다. 지금도 영월에 있는 장릉에 가면 '작은 거인' 엄홍도의 혼령은 '정여각'을 떠나지 않고 시신을 거둘 때의 그 마음 그대로를 오롯이 간직한 채 단종 임금을 모시고 있다.

이민식

경기도 안성군 양성면 미산리에 있는 천주교 성지 미리내에 가면 그곳에도 '작은 거인'의 묘소가 있다. 이민식의 묘. 이민식은 성인도 신부도 아닌 평신자다. 그러나 그가 이곳 성지에 성인들과 함께 나란히 묻힐 수 있었던 것은 시신을 업고 달린 결과에 대한 보상이다.

1846년 9월 16일 성 김대건 안드레아 신부가 서울 한강변 새남터에서 헌종이 내린 사형선고를 받고 참수형에 처해졌다. 당시 대역 죄인이라도 참수 후 사흘이 지나면

미리내 성지

연고자가 시신을 수습해 가는 것이 관례였으나 김대건 신부에겐 그것이 허락되지 않았다. 17세 소년인 이민식은 김신부의 죽음이 너무 안타까워 40일 만에 시신을 빼내는 데 성공했다.

그는 김신부의 시신을 환자처럼 업고 산길 150리를 밤에만 걸었다. 시신의 무게는 좀 무거웠을 것이며, 풍기는 냄새는 얼마나 역겨웠을까. 꼬박 일주일이 걸렸다. 지금 미리내 성지는 이민식의 고향이다. 그는 선산에 김대건 신부를 안장하고 아침저녁으로 묘소를 보살폈다. 7년 뒤 김신부와 함께 중국에서 들어와 선교활동을 했던 페레올 주교가 선종하자 김신부 곁에 묻었다. 그리고 김신부가 죽은 후 가난과 슬픔 속에서 어렵게 생을 이어오던 김신부의 어머니 우르술라도 이 시기에 운명하자 아들 무덤 곁에 나란히 묻어 주었다.

이민식은 이들 성인들의 무덤을 돌보는 것을 낙으로 삼으며 92세까지 살았다. 그의 영혼은 하늘나라에 올라가 별이 되었으며, 육신은 우르술라 곁에 묻혀 흙이 되었다. 그는 로마 교황청이 정한 성인은 아니지만 성인보다 더 위대한 '작은 거인'이 되어 지금도 미리내 성지를 지키고 있다.

작은 거인들

소풍 명상

환성사는 어릴 적 추억의 절집이다. 고향집에서 시오 리 떨어져 있는 팔공산 동록 무학산 기슭에 있는 아름다운 신라 고찰이다. 이곳은 모교인 하양초등학교의 소풍 코스였다. 환성사를 생각하면 오랜 세월 동안 가슴속에 남아 있는 삽화 한 조각이 문 득 떠오른다.

그 시절 가장 큰 소원은 '와싱톤'이라 불렀던 검정 운동화를 신는 것이었다. 소 원은 졸업할 때까지 이뤄지지 못한 꿈으로 남고 말았지만 지금도 너무 또렷하다. 가 난한 과부 농사꾼이었던 어머니는 와싱톤을 신고 싶어하는 아들의 꿈이 발끝에서 행 여 이뤄지기라도 하면 큰일이라도 나는 듯 끝까지 버티셨고, 때론 고무신도 제때 갈 아 주지 못하는 가난을 어렵게 헤쳐 나가고 있었다.

각설이 실수는 대목 장날에 한다더니, 새 신발로 바꾸지 못하고 소풍날을 맞고 말 았다. 뒤꿈치가 떨어진 검정 고무신은 슬리퍼보다 못했다. 그러나 오랜 궁핍에 길들 여져 온 어머니는 "돌아오는 장날"이란 말씀을 울면서 집을 나서는 내 어깨 위에 올려 주셨다. 그 말씀은 설움의 무게에 부피까지 한 켜 더 올려져 목을 죄고 있었다.

소풍의 필수품목이 빠져 있었다. 김밥에 사이다. 삶은 계란과 밤 그리고 삭힌 감 과 과자를 가져가야 그런대로 친구들과 어울릴 수 있었다. 그런데 내 보따리에는 맨 밥에 달걀 두 개, 삭힌 감 몇 개가 고작이었다. 눈물이 멈추지 않았다. 그 신발로 어 떻게 산길을 걸었는지 지금은 기억에 없다. 점심시간이 되자 도시락을 친구들 앞에 서 펼쳐 보일 수가 없어 멀리 수풀 속으로 달아나 눈물에 밥을 말아 먹은 기억은 지

환성사 수월관

금도 선명하다.

　지난 주말 친구 두엇과 고향인 하양에 가서 시장 안 쇠머리국집에서 점심을 먹고 환성사로 올라갔다. 마침 강설江雪 스님이 수월관 마루 위에서 여성 신도 두 분과 차를 마시다가 인사를 드리는 내게 같이 한 잔 마실 것을 권했다.

　"이 절은 신라 흥덕왕 10년 심지 스님이 동화사를 세운 뒤, 손에 흙을 묻힌 김에 이곳에 오셔서 절을 세웠는데 신도가 아주 많았습니다. 그리고 고려 때는 심지 스님에 버금가는 스님이 절 앞에 큰 연못을 파고 연못가에 누각을 지었습니다. 스님은 풍류도 아는 분이어서 연못에 달이 뜨고 이우는 모습이 너무 좋아 수월관水月觀이라고 이름했지요. 그후 조선조에 이르러 신도들이 찾아와 북적대는 것을 싫어한 노스님이 전해 오는 전설대로 연못을 메워 버리면 사람들의 발걸음이 줄어들 것 같아 메워 버렸습니다. 첫 삽질이 시작되자 못속의 금송아지 한 마리가 슬피 울며 인근 동화사쪽으로 날아간 후로는 신도들의 발길이 뚝 끊어져 오늘까지 한적한 사찰로 겨우 명맥만 유지하고 있습니다."

유서 깊은 절집도 관리하는 스님의 생각에 따라 극락과 지옥을 오가듯 국가도 통치자의 슬기와 실수가 천년의 운명을 결정할 것 같았다. 하산길은 '참여정부'라는 기치 아래 노무현 정권이 이끄는 나라의 앞날이 걱정되어 낡은 고무신을 끌며 환성사로 올라가던 발걸음보다 훨씬 무거웠다.

오무마을의 음악회

오무마을은 강가에 있는 아주 작은 마을이다. 강가라고는 하지만 그렇게 드러내놓은 마을이 아니라 부끄러워서 살짝 숨어 있는 마을이다. 숨어 있어도 수하계곡의 장수포천으로 흘러가는, 돌아올 가망이 전혀 없는 무정한 강물을 끊임없이 배웅해 주는 그런 마을이다.

경북 영양군 수비면 수하리에 있는 수하계곡을 알게 된 것은 그리 오래지 않다. 연전에 취재차 이곳에 들렀다가 맑디맑은 물이 좋았고, 물속에 살고 있는 꺽지, 뿌구리, 갈겨니 등 일급수에만 산다는 민물고기에 반해 버렸다. 그것보다는 강이 물고 있는 '산수풍광'이 그렇게 좋을 수가 없었다. 그래서 언젠가는 이곳을 '나의 계곡'으로 만들어 불쑥 떠나고 싶을 때 찾아가기로 작정했지만, 거리와 시간 등 여건이 허락지 않아 수하계곡은 생각 속의 미결재 서류함에서 깊은 잠을 잘 수밖에 없었다.

정년을 일 년 남짓 앞두고 IMF라는 괴물이 찾아왔다. 퇴직이 서둘러지면서 동료들과 함께 하루아침에 산천으로 내몰렸다. 처음에는 울고 싶도록 섭섭하고 죽고 싶도록 외로웠다. 출근 시간대에 찾아가는 아침산은 한없이 낯설었다. 그러나 하는 수 없었다.

몇몇 퇴직 동료들과 함께 제주도로, 전라도로 돌아올 날짜를 정하지 않고 여행을 떠났지만 마음에 평화는 좀처럼 깃들지 않았다. 어릴 적부터 산행을 같이했던 악우들과 '동강탐사대'를 만들어 '동강댐 반대운동'에 직접 참여했다. 동강에를 서너 번 다녀온 후 탐사 기록을 사진과 함께 신문에 발표하기 시작했다. 현직에 있을 때는 시간과 돈이 가장 필요했지만 퇴직하고 보니 무엇보다 일이 하고 싶었다. 글을 쓰는 직업이 생각을 사역시키는 노동이지만 그 노동이 하고 싶었다. 일을 하면서 산다는 게 그렇게 보람 있고 좋은 것인 줄 떠나고 보니 너무너무 절실했다.

동강댐 문제가 정부측에서 결론을 내리지 못한 채 소강상태에 접어들자 '동강탐사대' 친구들은 남들이 쉽게 갈 수 없는 미지의 계곡 탐사로 눈을 돌렸다. 수하계곡이 대상지로 뽑혔다. 수하계곡은 전인미답에 가까운 숨은 비경을 품고 있지만, 물길을 따라 걸어가지 않으면 계곡의 풍경을 샅샅이 볼 수 없는 곳이다. 이곳은 워낙 오지여서 강변에 찻길은 물론 오솔길조차 나 있지 않아 완벽한 준비 없이는 계곡 종주가 불가능하다.

1999년 여름 장마가 끝나고 나서 '동강탐사대'의 대원 다섯 명이 이박삼일 일정으로 수하계곡으로 들어갔다. 최영일, 이대웅, 장건웅, 장용호 그리고 필자. 종주 첫날은 오무마을에서 울진의 왕피마을(양한천마을)까지 여섯 시간 정도 걸었다. 사람의 발길이 닿지 않은 계곡은 철이 없을 정도로 순진했으며, 물속에 노니는 고기들은 더할 나위없이 싱싱했다. 우리는 바윗더미가 들쭉날쭉한 자갈길과 모래톱을 지겹게 걸었다. 깊은 소는 헤엄을 쳐 건넜고, 벼랑을 만나면 강변의 듬을 넘어 헤쳐 나갔다.

종주 이틀째. 왕피리 민박집 주인 최장석 씨는 "한 두세 시간 걸어가면 마을도 만나고 식당도 만날 수 있다"고 했지만, 우린 인가 한 채 만나지 못하고 일곱 시간을 걸어야 했다. 길 없는 길은 첫날보다 갑절로 험했다. 게다가 도시락을 준비하지 않아 뱃속에서는 쪼르륵 소리가 났다. 배가 고프니까 계곡의 풍경이 보이지 않았다. 하얀 모래가 쌀밥처럼 보였다.

울진 매화마을로 나가야 하는데 가야 할 마을은 너무 멀리 있었다. 대원 모두가 지쳐 오후 3시에 도착한 구산 3리에서 하룻밤을 묵기로 했다. 우리는 배가 고팠다. 마당에 놀던 닭 한 마리가 털을 벗고 밥상으로 올라왔고, 우린 소줏잔을 건네면서 겨우 웃을 수 있었다. 종주 삼일째는 아무도 다시 걷겠다는 사람이 없어 민박집의 승합차를 얻어 타고 울진으로 나와 대구로 돌아왔다.

다시 열흘 뒤. '동강탐사대' 대원 중에서 일차 수하계곡 탐사에 참여하지 못한 이들이 이차 탐사를 한다기에 다시 계곡으로 들어갔다. 대원은 우상택, 최영일, 권진기, 이상시 그리고 필자 등 다섯 명. 이번에는 오무마을에서 왕피마을까지만 걷기로 했기 때문에 마음은 홀가분했고 풍경 사냥질을 마음껏 할 수 있었다.

일 년 뒤 여름. 고등학교 동기들의 등산모임인 수수회 친구들과 함께 이박삼일간 오무마을 입구 '물위 민박집' 옆에서 캠핑을 했다. 파리낚시로 갈겨니와 산천어를 잡았고 통발로 꺽지와 뿌구리를 잡았다. 잡힌 물고기들은 깻잎에 싸여 튀김이 되기도 했고 조림이 되기도 했다. 일정이 넉넉하니 마음마저 푸근했다. 강물과 달과 바람까지 한패가 되었다. 그러나 술은 처음엔 동지였다가 나중엔 적군으로 돌아서는 등 뒤죽박죽이었다. 생애 중에서 가장 아름다웠던 날들로 기억되는 그런 며칠이었다.

그후로 오무마을은 물론 수하계곡을 한참 동안 잊고 있었다. 그러다 지난해 늦가을 대구방송(TBC TV)의 「산찾아 물따라」란 프로그램을 제작하는 '생명기행팀'이 「수하계곡의 겨울 준비」란 제목으로 촬영을 떠난다기에 리포터 자격으로 오랜만에 오무마을로 다시 들어갔다.

지난 여름 태풍 매미가 난리를 쳐 물길이 바뀌었고, 송방마을에서 오무마을로 들

오 무 마 을

어가는 아름다운 나무다리도 모조리 떠내려가고 강은 폐허나 다름없었다. 오무마을 입구에 있던 '물위 민박집'은 물길에 몸체가 뒤틀려 찌그러져 있었다. 주인 안무호 씨는 지난해 차를 몰고 가다 낭떠러지에서 떨어져 죽고, 살색이 까무잡잡하던 그의 부인은 민박집을 버리고 영양 읍내에 나가 소주방을 하고 있다고 했다.

촬영팀과 함께 오무마을의 입구 첫째 집인 배씨 댁에 들어갔다. 배씨 내외는 벌레 먹은 팥을 고르다 말고 "태풍 매미요, 말도 마이소. 셋째 아들 결혼식을 부산에서 해야 하는데 갑자기 강물이 불어나는 바람에 예식장에 가지도 못하고 꼼짝없이 갇혀 지냈소"라고 했다. 오지마을에서 생애를 보낸 노인들의 이야기는 안타깝고 서러운 옴니버스식 다큐멘터리였다.

하루치 촬영이 끝나자 계곡에 어둠이 찾아왔다. 우리 일행은 강변에 살고 있는 김성록 씨 댁을 찾아갔다. 그의 집은 마을에서 토끼길을 따라 한참이나 걸어가야 하는 외딴집이다. 뭉실뭉실한 강변의 돌을 깔아 바닥이 고르지 못한 거실에는 피아노가 한 대 놓여 있었다. 집안 분위기는 동화의 나라에 온 듯 신선했고, 예술적 향취가 곳곳에 배어 있었다.

주인은 서울대 음대를 다녔던 성악가. 박인수 교수의 제자이며, 소프라노 조수미 씨와는 동기생. 고려대 원예과를 나온 아내를 만나 수하계곡에 들어와 자연, 특히 강과 산 그리고 바람과 햇볕을 동무하며 살고 있는 정말 맑은 성품을 지닌 사람이다. 그는 풍치를 앓다 벌꿀이 명약임을 스스로 알아내고 신봉자가 됐다고 한다. 이들 부부는 해마다 훈풍에 실려 오는 꽃소식을 쫓아다니며 벌 치는 낙에 푹 빠져 있다고 한다.

우리는 준비해 간 몇 병의 술을 펼쳐 놓고 조촐한 주회를 벌였다. 창문을 기웃거리는 달빛도 초대 손님으로 불러들여 벌을 치며 신선처럼 살고 있는 대자유인이자 내 생애에 만난 최고의 성악가 김성록 선생의 '오 솔레미오'와 '카타리'를 거푸 청해 들었다. 오무마을의 음악회는 달님이 하품을 할 때까지 계속됐다. 우린 휘청거렸을 뿐 아무도 취하지 않았다.

어머니의 가을 교서

화엄사에 갈 때마다 동행 답사객들과는 달리 경내를 역순으로 도는 버릇이 있다. 화엄사의 답사 코스는 일주문, 금강문, 천왕문, 보제루를 거쳐 대웅전 앞마당에서 동서 오층석탑의 아름다운 선을 살펴본다. 그리고 각황전에 이르는 돌계단을 올라 장대한 국보 제12호인 우리나라 최고 석등의 장엄미와 네 마리의 사자가 큰 돌을 이고 있는 사자탑의 앙증스러움에 탄성을 지르는 것이 일반적이다.

그런 연후에 신발을 벗고 각황전 안으로 들어간다. 부처님께 예를 올린 후 까마득하게 높은 우물 천장을 받치고 있는 열다섯 개의 아름드리 맨살 기둥을 눈으로 쓸어안아 보면 무엇인가를 찡하게 느끼게 된다. 각황전이 대웅전(보물 제299호)을 제치고 국보로 지정된 연유를 짐작하게 된다. 답사 가이드들은 다시 각황전 뒤편에 있는 효대 孝臺로 인도한다. 4사자 삼층석탑 앞에 세워져 있는, 스님이 공양을 드리고 있는 모습의 석등에 대한 이야기를 영화의 끝장면처럼 장황하게 지껄이는 것으로 화엄사 설명을 대충 끝낸다.

그러나 나는 지름길로 올라와 먼저 효대를 둘러본다. 효대의 석등 밑에는 화엄사를 창건한 연기조사가 어머니께 공양을 올리는 모습으로 무릎을 꿇고 앉아 있다. 그의 어머니는 세 발짝 건너에 있는 석탑 속에서 네 마리의 사자에 둘러싸여 합장하는 모습으로 서 있다.

자식의 효성과 어머니의 내리사랑의 극치가 두 덩어리의 돌에 새겨져 있다. 대각 국사 의천이 그의 시에서 이곳을 '효대'라고 명명한 것이 오늘에 전해지고 있다. 내

가 답사의 정상 코스를 버리고 먼저 효대부터 찾는 이유는 연전에 산으로 떠나신 후 돌아오지 않고 계시는 어머니가 못내 보고 싶기도 하거니와 살아 계실 때 저지른 불효를 연기조사를 통해 어떻게 면탈할 방법이 없는지를 알아보기 위해서다.

1912년생인 어머니는 내가 네 살 때인 서른넷에 청상이 된 비운의 여성이다. 당신 혼자 힘으론 도저히 감당할 수 없는 자식 다섯을 후레자식이란 소리를 듣지 않게끔 무진 애를 쓰며 키워 온 장한 여인이다. 어머니는 병약한 농사꾼이었다. 가을 추수가 끝나면 으레 몸져눕는 것이 연중행사였다. 그럴 때마다 어머니는 "내가 만약 죽거든…"이란 말을 앞세워 "이건 이렇게 저건 저렇게…" 어린 자식들이 고아로 살아갈 방도를 소상하게 일러주시곤 했다. 대통령의 연두교서와 비슷한 어머니의 "내가 죽거든…"으로 시작되는 '가을 교서'가 발표되는 밤이면 우리 남매는 엄마품에 얼굴을 처박고 울음판을 벌이곤 했다.

연기조사의 어머니가 자식을 몇이나 두었는지 몰라도 우리 어머니처럼 평생을 노심초사하며 살지는 않았을 것이다. 화엄사 효대에 올라 어머니 앞에서 차 공양을 하는 연기조사상 앞에 서면 가난이 서러웠던 어린 시절이 생각나 눈시울이 뜨거워지는 변을 나는 여러 번 당했다. 그리고 합장하며 서 있는 조사의 어머니상을 치어다보면 내 어머니의 '가을 교서'가 낭독되는 단하에 서 있는 기분이 들어 때론 몸서리가 쳐지기도 했다.

그러고 보니 어머니 묘소에 들른 지가 꽤 오래되었다. 이번 주말에는 어머니를 찾아뵙고 깨달음에 관한 한 소식을 들어야겠다.

신화의 해답

우리는 그 절을 '오백난절'이라 불렀다. 오백나한절의 '나한'을 '난'으로 생략한 건 프랑스식이다. 어렸을 적 우리 집에서 동북쪽으로 삼사십 리 밖에 있는 영천 은해사의 산내 암자인 거조암을 우린 오백난절이라 불렀다. 지금도 은해사 입구에서 의성 방면으로 985번 지방도로를 따라 거조암을 찾아가면 '오백나한절 거조암'이라 씌어 있을 뿐 '거조암' 단독으론 행세하지 못한다.

우리 또래들 중 어느 아이가 "오백난절에 가면 부처만 오백 개가 있다"며 엄마 아빠랑 그 절에 다녀온 이야기를 자랑삼아 늘어놓은 적이 있다. 당시 내가 다니던 하양초등학교의 전교생 수가 오백 명 정도였으니 그 친구가 폼재 가며 지껄이던 '오백 개의 부처'란 그 말이 도저히 믿어지지가 않았다.

마음속으로 오백 개의 부처가 살고 있다는 오백난절에 가 보고 싶은 생각은 굴뚝같았다. 정말 오백 개의 부처가 조그만 암자 한 울타리 안에서 살 수 있을까. 그러나 거리도 만만찮은데다 독실한 기독교 신자인 어머니 앞에서 '내 앞에 다른 신'이야기를 꺼내는 것조차 불경이어서, 오백 개의 부처는 오백난절에서 살고 있었지만 가서 확인할 방법이 없어 내 맘 깊은 곳에 잠재울 수밖에 다른 도리가 없었다.

오백난절의 신화는 내 속에서 자라고 있었다. 나는 거조암에 머물고 있는 부처 식구들을 우리 초등학교의 학생수로 이해하고 있었기 때문에 그 신화의 수수께끼는 눈으로 보지 않고는 풀리지 않았다. 나는 궁금했다. 오백 개의 부처 중 교장 부처는 어떻게 생겼으며, 우리 담임선생 역할을 하는 부처는 어떤 모습일까 그것이 궁금했다. 그리고 내 부처는 어떤 개구쟁이 얼굴을 하고 있을지 그게 알고 싶었다. 그러나 나는 그 절에 가 보질 못했다. 성인이 되고 장년이 되고 초로의 이 나이가 될 때까지.

서울에서 '눈빛'이란 출판사를 경영하고 있는 이규상 씨가 "어느 사진가가 경북 영천에 있는 오백나한절 거조암의 오백여 나한상의 모습을 카메라에 담아 왔는데 그걸 사진집으로 내볼까 합니다. 생각 있으시면 나한 어른들의 모습을 보고 사진설명을 붙이는 작업을 같이 해보면 어떻겠습니까"라고 말하는 것이었다. 오십여 년 전에 내 맘속 깊은 곳에 씨를 뿌려 여태 키워 온 '오백 개 부처' 신화의 해답이 풀리는 것 같았다.

나는 오백난절의 오백 개 부처의 사진집 출판이야기를 듣고 대구로 내려오는 열차 속에서 나한 어른들을 이리저리 배치하는 등 나름대로 편집을 하느라 세 시간 반이란 아까운 시간을 턱도 아닌 공상으로 소모하고 말았다.

나를 가장 많이 닮은 부처, 그러니까 어느 날 초등학교 옆 복숭아밭에 서리하러 들어갔다가 주인에게 들킨 놀란 눈의 나한상을 표지에 올리고, 교장 부처는 서두의 격려사가 실리는 면에 그럴듯하게 앉혀 놓으면 될 것 같았다. 오백난절에는 모두 오백이십육 구의 나한들이 살고 계시니 그야말로 '오백승 오백태五百僧 五百態'이리라.

오백나한절 거조암

133

단행본의 페이지 수를 이백오십 쪽으로 잡으면 한 쪽당 나한 두 분씩만 모셔도 꽉 차고 넘칠 것 같았다.

　서울에서 돌아온 다음날부터 나대로 바빴다. 오백난절을 두 번이나 다녀오고, 오백나한들의 모습을 내 마음 깊은 곳에 가둬 둔 신화에 투영시켜 무슨 이야기를 만들어내려고 노력해 보았다. 그러나 꽁꽁 묶여 있던 신화는 컴퓨터에서의 알집풀기처럼 쉽게 풀리지 않았다. 그리고 더 중요한 것은 출판사에서 사진설명을 곁들이는 등 편집작업에 대한 진척된 상황을 더 이상 논의해 오지 않아 흐지부지 되고 말았다.

　어제는 마침 장날이어서 장터에서 쇠머리국밥도 한 그릇 먹을겸 고향으로 내려갔다가 내친걸음에 오백난절에 들렀다. 등산화를 벗고 영산전(국보 제14호)으로 들어서니 스님은 목탁을 두드리며 구성지게 염불을 외고 있었다. 부처님에게 가벼운 목례를 보내고 창가의 나한상 앞에 서니 오랜 세월 동안 이곳에 앉았거나 누워 있던 나한상들은 일제히 반색을 하며 몸을 털고 자세를 곤추세웠으며, 어떤 싱거운 나한 어른은 윙크까지 보내 온다.

　원래 '나한羅漢'이란 '아라한阿羅漢'의 준말이다. 이들은 본래 무례한無禮漢들로 시정잡배에 불과했다. 아마 모르긴 해도 이 중에는 우리나라의 일부 국회의원들처럼 뇌물과 협잡을 전문으로 하는 정치꾼으로 활동한 이들도 상당수였으리라. 그런데 어느 날 부처님의 설법을 듣고 감복하여 불제자로 거듭난 이들이 나한으로 변신하여 이 단상에 올라앉게 됐다는 것이다. 오백 개의 나한상들은 모두 득도하기 전의 천진난만한 속세적 모습이지만, 그들 속마음에 품고 있는 불심은 어떤 유혹에도 까딱없는 만만찮은 것들이다.

　나를 가장 많이 닮은 '오백나한절 거조암'의 표지에 오를 뻔한 나한은 이렇게 말했다. "내 옆에 자리 하나를 보아 줄 터이니 돈 안 되는 저잣거리를 더 이상 헤매 다니지 말고 여기 와서 올라앉게나. 속세의 돈이나 영화는 별것 아니여."

　집으로 달리는 차 안에서 "그래, 별것 아니여. 별것 아니고 말고"라고 중얼거리고 나니 오십여 년 동안 내 안에서 궁글면서 자란 신화의 해답이 바로 그것이었다. "별것 아니여. 별것 아니고 말고."

4

서출지

서출지書出池가 품고 있는 전설을 현대시로 풀어 보면 아마 이런 정도쯤 되지 않았을까. 마침 유하 시인이 쓴 「사랑의 지옥」이란 시가 생각나 옮겨 본다.

정신없이 호박꽃 속으로 / 들어간 꿀벌 한 마리 / 나는 짓궂게 호박꽃을 / 오므려 입구를 닫아 버린다 / 꿀의 주막이 금새 환멸의 / 지옥으로 뒤바뀌었는가 / 노란 꽃잎의 진동이 / 그 잉잉거림이 / 내 손끝을 타고 / 올라와 가슴을 친다 / 그대여, 내 사랑이란 / 그런 것이다 / 나가지도 더는 들어가지도 못하는 / 사랑이 지독한 마음의 잉잉거림 / 난 지금 그대 황홀의 캄캄한 / 감옥에 닫혀 운다.

경주 남산 동쪽 기슭에 있는 서출지에 가면 괜히 서글퍼진다. 연못에 바지를 걷고 종아리를 담그고 있는 이요당二樂堂이란 정자도 이쁘고, 연못에 비친 수백 년된 배롱나무와 늙은 소나무의 그림자도 그림처럼 아름답다. 그리고 연못의 연들은 넓은 연잎을 펼쳐 청개구리를 키우고, 그 속에서 봉봉 솟는 연꽃들을 피워 낼 땐 경주 남산에서 불상으로 서 있거나 앉아 계시던 부처님들이 죄다 연꽃 법회를 위해 모두 서출지로 내려오시는 것 같다.

그런데도 왜 마음은 편치 못할까. 전설 때문이리라. 서러운 사랑 이야기 때문이리라. 이곳 서출지에 올 때마다 연못이 물고 있는 전설이 생각나 그럴 때마다 '사랑'이란 낱말을 화두처럼 떠올리면 '사랑이 도대체 무엇인지' 종잡을 수가 없다.

사랑은 『신약성서』 「고린도전서」 13장 4절부터 7절까지에 기록되어 있는 말씀으로 모든 설명을 마칠 수 있는가. 그러면 내 아닌 다른 이의 몸을 원하는 내 몸의 투정은 무엇으로 보상해야 하나. 사랑이란 '미칠 만큼 좋은 그 무엇' 아니면 '말과 글로써는 도저히 표현할 수 없는 신령한 힘'인가. 나는 잘 모르겠다.

서출지의 사랑 이야기는 '사금갑射琴匣 이야기'로 전해 내려온다. 한자로 사금갑이라 쓰니 뭔가 근사해 보이지만, 실은 거문고집을 활로 쏘니 그 속에서 '사랑의 기차놀이'를 하던 남녀가 가슴에 화살을 맞고 죽었다는 아주 슬픈 이야기다. 그런데이렇게 애절한 이야기의 원인 제공을 서출지가 맡고 있기 때문에 이 연못에 올 때마다 가슴이 서늘해져 한양사람들이 '사랑이 다 끝난 뒤에서야 인수봉을 바라보듯'영남사람인 나는 '문득 남산을 바라보게' 되는 것이다.

서기 488년 신라 소지왕 10년 정월 대보름날, 왕이 신하를 거느리고 천천정天泉亭에 납셨다. 술과 안주가 그득한 상 밑에 쥐 한 마리가 기어 와 "임금님, 나무 위에서 시끄럽게 울고 있는 까마귀가 날아가는 쪽으로 사람을 보내세요"라고 고자질을했다. 원래 절간에서는 물색 모르는 동자승이 온갖 저지레를 하고, 저잣거리에선 눈이 반득반득한 쥐새끼같이 생긴 자들이 오두방정을 떠는 법이다.

왕은 발빠른 장수를 시켜 까마귀를 따르게 했다. 그러나 장수는 연못 옆에서 벌어지고 있던 두 마리의 돼지 싸움에 정신이 팔려 까마귀를 놓치고 말았다. 망연자실 못가에 서 있으니 머리가 흰 노인이 연잎을 밟고 올라와 편지 한 통을 내밀었다.

"이걸 뜯어 보면 두 사람이 죽고, 뜯지 않으면 한 사람이 죽을 것이다."

왕은 한 사람 죽는 게 낫다며 개봉을 꺼렸으나 신하들은 "한 사람은 임금이요, 두사람은 백성이오"라고 우기는 바람에 봉투를 뜯었다.

편지에는 '사금갑'이라 적혀 있었다. 궁으로 돌아온 왕은 왕비 처소 옆에 세워져있던 거문고집을 과녁쯤으로 생각하고 활을 쏘았다. 그 속에는 왕이 총애하던 궁녀가 내전에서 분향 염불의 소임을 맡고 있던 잘 생긴 승려의 아랫도리살을 자신의 속살에 끼운 채 화살이 가슴을 관통해 숨겨 있었다는 것이다.

전설은 여기에서 끝났지만 이건 어디까지나 승자의 기록일 뿐 약자의 사정과 변명은 깡그리 무시된 채 역사는 사가의 붓끝을 타고 후세에 전달된다. 혹시 이 전설은질투에 눈이 먼 왕의 계략, 다시 말하면 임금이 쳐 둔 덫에 사랑하는 두 남녀가 걸려들어 희생되었다고 볼 수는 없을까. 원래 궁중의 궁녀는 임금의 여인이다. 왕의 성

은을 입었든, 입지 않았든 왕이 아닌 다른 사람은 손을 댈 수 없다. 그런데 사랑하는 연인과 함께 화살에 맞아 죽은 이 궁녀는 젊은 승려의 여인이었다. 현실적 소속은 임금의 그늘이었지만 정신적 소속은 어디까지나 사랑하는 연인에게 굳게 편입되어 있었다.

이를 눈치챈 왕은 없던 일로 하고 돌아와 주기를 청했지만 궁녀가 빠져 있는 애욕의 늪은 너무 깊었다. 이날 아침 궁녀를 포기한 왕은 이 두 사람만 남겨 두고 천천정 나들이에 나섰다. 왕은 미리 '사금갑'이라 적은 서찰을 날렵한 장수에게 주어 왕이 직접 쓴 각본대로 움직이게 했고, 미리 짜 놓은 계획은 쥐새끼와 까마귀가 등장하는 전설로 바뀌어 이렇다 할 재판없이 사형집행 절차를 마무리한 것은 아닐까.

사랑하다가 죽어 버려라 / 오죽하면 비로자나불이 손가락에 매달려 앉아 있겠느냐 / 기다리다가 죽어 버려라 / 오죽하면 아미타불이 모가지를 베어서 베개로 삼겠느냐 / 새벽이 지나도록 마지摩旨를 올리는 쇠종 소리는 울리지 않는데 / 나는 부석사 당간지주 앞에 평생을 앉아 / 그대에게 밥 한 그릇 올리지 못하고 / 눈물 속에 절 하나 지었다 부수네 / 하늘 나는 돌 위에 절 하나 짓네. (정호승의 시 「그리운 부석사」)

그래, 사랑은 저지르는 자의 몫이라고 했다. 성서 속의 사마리아 여인처럼 간음하다 들켜 돌로 쳐죽임을 당할 뻔한 것도, 이 전설 속의 궁녀와 승려처럼 사랑하다 화살에 맞아 죽는 것도 모두가 사랑을 위한 '보시'이자 '몸공양'이지 결코 죄의 값은 아니다. 사랑하다 죽은 새를 참나무 장작으로 구워 보니 새의 몸에서도 사리가 나왔다고 하지 않았는가. 모든 사랑하다 죽은 자는 열반 후 다비를 하면 사리가 한 됫박쯤 쏟아져 나올 일이다.

올 늦여름, 남산을 넘어온 선들바람이 서출지의 물빛을 흐려 놓을 때쯤, 가까운 시인들을 오시게 하여 일천 수백 년이 지나도 아직 잠들지 못하고 있는 사랑하다 죽어 버린 두 연인을 위한 시 낭송회를 열었으면 좋겠다. 장소는 남산의 아름다움에 홀려 7년째 서출지 옆에서 아뜰리에를 열고 산과 바람과 연蓮과 안雁을 그리고 있는 야선野仙 박정희란 화가의 집을 하루 저녁 빌려 '시로 가득 덮인 남산' '시가 넘쳐 나는 서출지'를 한 번 꾸며 봤으면 좋겠다.

내게도 만약 시 낭송의 기회가 주어진다면 "미안하다, 너를 사랑해서 미안하다. 미안하다, 너를 사랑해서 미안하다. 미안하다, 너를 사랑해서 미안하다"란 어느 시인의 「미안하다」란 시의 끝부분을 세 번 읊조리고 내려와 서출지를 세 바퀴쯤 돌아 볼 참이다. 정말로 미안하다.

산사의 법도

봉정사는 안동安東에 있다. 안동이란 지명이 정해질 때 갓을 쓴 여인安이 동쪽東인 이곳으로 오게 되어 있는 것은 필연이라고들 말하고 있다. 게다가 의상대사가 영주 부석사를 짓고 난 후 다음 사찰 건축 예정지를 잡기 위해 종이 봉황을 접어 도력으로 날려 보냈더니 머문 곳이 봉정사鳳停寺 자리였다고 한다.

봉황은 황실의 문양이다. 그러니까 영국의 엘리자베스 여왕이 동방의 빛의 나라인 한국에, 그것도 선비의 고장인 안동 봉정사로 납셔 팔순 생일상을 받게 된 것은 미리 하늘에서 점지한 것이지 절대로 우연이 아니라는 것이다.

영국 여왕이 하 많은 한국의 사찰 중에서 별로 알려져 있지 않은 봉정사를 꼭 가봐야 할 절집으로 선택한 것은 '코드'가 맞았기 때문이라 설명하면 너무 안가安價하다. 옛것을 숭상하고 전통을 존중하는 영국인의 안목과 지적 수준이 산사의 법도와 운치를 고스란히 간직하고 있는 봉정사에 초점을 맞춘 것이지 다른 무엇은 아니다.

봉정사 극락전은 부석사 무량수전보다 건립 연대가 앞선 우리나라 최고의 목조 건물이다. 해체 수리 과정에서 고려 중엽인 14세기에 중수했다는 기록이 나왔으니 그 창건 연대는 이삼백 년 전으로 거슬러올라간다. 그리고 대웅전은 조선 초기에, 고금당과 화엄강당은 조선 후기 건물이니 봉정사라는 좁은 공간에서 좌향좌 몇 번으로 방향만 바꾸면 목조 건축의 양식과 계보를 한눈에 파악할 수 있다. 그래서 봉정사는 우리나라의 목조 건축물을 일목요연하게 살펴볼 수 있는 건축박물관이나 진배없는 것이다.

봉정사 영산암

　봉정사가 남향받이로 앉아 있는 품새나 소박하지만 여느 사찰들에 꿀릴 게 없는 위용과 자태는 영국 여왕이 아니라 예수와 마호메트 그리고 공자까지 동시 입장한다 해도 절집의 오랜 자존은 자존심으로 그대로 남아 있을 법하다. 그런데도 여왕이 다녀가시고 또 암자인 영산암이 「달마가 동쪽으로 간 까닭」이란 영화의 촬영지로 알려져 시쳇말로 뜨기 시작하자 역사의 향기로 가득해야 할 절집의 품위와 위신은 조금씩 손상되어 가고 있는 느낌이다.

　절측에서도 이러한 각성은 보여주지 않고 있다. 원형은 보존하면서 복원이 이뤄져야 할 텐데 그러질 못했다. 영산암 앞의 계곡만 해도 그렇다. 계곡이 메워지기 전에는 대웅전 동쪽 요사채에서 영산암으로 건너가는 개울길은 정말 멋있었다. 산사 특유의 운치로움이 푹 배어 있는 곳이었다. 하늘에서 숲을 뚫고 내려오는 정말 은혜 같은 아름다운 계곡의 개울물을 돌과 흙으로 덮고 암자로 올라가는 오르막길을 넓은 계단으로 넓혀 놓았으니 꼴이 말이 아니다. 시골 아낙의 쪽진 머리를 파마로 볶아 놓은 듯하여 정말 버려 놓았다는 핀잔을 들어도 싸다.

요즘 봉정사는 바람난 시골 처녀처럼 겉치장에 너무 열심이다. 현재 파헤쳐져 있는 일주문 주변길이 시멘트로 도포되어 고즈넉한 산사의 맛을 완전히 잃어버렸다. 그리고 혹시 스님들도 염불과 참선은 양념 삼아 조금씩만 하고 새로 찍는 불교영화의 단역 출연 등 잿밥에 더 많은 관심과 신경을 쓸까봐 그것도 우려된다. 절간에서 고기맛은 애초부터 안 보는 것이 상책이기 때문이다.

영국 여왕이 다시 한국에 온다면 봉정사의 앵콜 방문이 이뤄질 수 있을까. 아마 사전 조사에 나선 대사관 직원들이 손사래를 칠 것이다. 세상에는 변해야 아름다운 것이 있고, 변하지 않아야 아름다운 것이 있는 법이다. 봉정사도 여인의 얼굴과 자태처럼 변하지 않은 옛 모습이 훨씬 아름답기 때문이다.

심속으로 만나기

　진심으로 사랑하면 동물도 주인을 따르게 된다. 주인의 생각과 말을 알아듣게 된다. 비결은 사랑이다. 식물도 이와 같다. 동리 앞 언덕배기에 서 있는 느티나무를 찾아가 매일 몽둥이로 등줄기를 두들겨 패면 나무는 소름이 돋도록 몸을 떤다고 한다. 나중에는 발걸음 소리만 들어도 소리내 운다고 한다. 그 소리를 사람의 귀로는 들을 수 없지만. 진실로 사랑하는 사람들끼리는 서로가 그리워하는 시간대가 동일하다. 혼자 열차여행을 할 때 그리운 사람은 사무실에서 잠시 차 한 잔을 마시는 시간. 두 사람의 마음은 서로 달려가 어딘가에서 접점을 이룬다. 그리움은 혼자서 느끼는 감정이 아니다. 상대적이다. 사람과 사람, 사람과 동물, 사람과 자연, 사람과 무생물 사이에서도 사랑하는 마음은 곧잘 사무치는 그리움으로 이어진다. 사랑하는 마음. 그것은 우주를 지배하는 에너지의 원천이다.

　과학자들은 사랑하는 마음을 주파수로 변조시켜 그것을 텔레파시라 명명했다. 사랑하는 마음속에 보이지 않게 장착되어 있는 발신 안테나를 통해 그리운 정을 날려 보내면 사랑하는 이의 송신 안테나는 딸랑딸랑 강하게 반응한다.

　사랑하는 마음은 남녀의 성에 따라 우성과 열성으로 구분되지 않는다. 사랑은 막무가내, 고집불통이다. 발신, 송신 안테나가 따로 없다. 한창 불이 붙을 땐 시도 때도 없이 전파를 발사하다가도 토라져 냉담해지기 시작하면 발전기의 스위치는 꺼져 버리고 만다. 로그 아웃.

　강원도 삼척에 있는 천은사 주지 일봉 스님은 사랑하는 마음을 텔레파시라 부르지 않고 '심속心速'이라 부른다. 마음이 달리는 속도. 스님은 텔레파시가 살아 있는 사람끼리의 무언통신이라면, 심속은 산 자와 죽은 자의 통신수단이라고 감히 말한다. 그래서 그는 심속을 통해 이곳 천은사에 앉아 단군할아버지와도 교통하고, 옛날 이곳에서 『제왕운기』를 썼던

천은사 주지 일봉 스님과 답사가 이세용 선생

휴휴당 이승훈 선생을 수시로 만나 가르침을 받는다고 한다. 정말 대단한 일이다.

스님은 심속을 통한 맑은 마음으로 휴휴당을 만나 어떻게 사는 것이 바른 길인지를 배우면서 깨닫는다고 했다. 그는 기도하는 가운데 어떤 계시를 받아 시쳇말로 잘나가던 월정사 교무직도 버리고 황량한 절터뿐인 이곳으로 옮겨와 맨손으로 법당을 비롯한 수행 도량을 짓는 일에 끊임없이 매달리고 있다. 이곳 천은사터는 옛날 휴휴당이 낙향하여 『제왕운기』를 쓴 간장암看藏庵 자리여서 심속이란 타임머신을 타기엔 더없이 좋은 자리라고 한다.

연전에 답사차 천은사에 들렀다가 일봉 스님으로부터 '심속'이란 낱말을 처음 듣고 죽비로 어깻죽지를 세게 두들겨 맞은 듯 정신이 바짝 차려졌다. 심속으로 달려가 도대체 누구를 만난단 말인가. 네 살 때 돌아가신 무정한 아버지와 서너 해 전 산으로 떠나신 후 돌아오지 않고 있는 어머니를 만나 볼까. 아니면 초등학교 사학년 때 나의 애간장을 태웠던 단발머리 소녀를 만날까. 모두가 부질없는 짓이다. 알고 보니 심속은 사사로운 정에 이끌려 피붙이를 만나거나 첫사랑을 만나는 데 사용하는 그런 통신수단은 아닌 것 같다.

일봉 스님이 휴휴당 같은 스승을 만나듯 나도 역사 속에 우뚝한 고산과 다산 선생과 같은 어른들을 심속으로 만나 좀스럽거나 쩨쩨하지 않게 살 수 있는 그런 방법을 배워야겠다.

그리운 부석사

원효 스님의 끼

답사객들과 여행을 할 때 별것 아닌 주제가 화제에 오르는 경우가 왕왕 있다. 이야기는 논쟁으로 연결되진 못하고 무승부로 끝이 나거나 결론을 얻지 못하고 흐지부지 되고 만다. "원효와 의상 중 누가 더 미남일까. 두 스님 중 누가 더 고승일까. 요석공주와 선묘아씨 중 누가 더 예쁠까." 부석사행 답사 버스 안의 아침 화제는 대충 이런 것들이었다.

의상보다 여덟 살 위인 원효는 경산 압량 촌사람인데 반해 의상은 서라벌 출신으로 둘 다 스물아홉에 출가했다. 팔 년이란 연치의 차는 있었지만 둘이 2인 1조가 되어 당나라로 함께 유학길에 오른 걸 보면 특히 나이 어린 의상의 수행이나 공부가 만만찮았던 모양이다.

원효와 의상. 그들의 인물은 학식만큼이나 출중했으리라. 지금부터 일천사백 년 전 사진기가 없어 그들의 초상을 찍어 두지 않아 정확히 판별할 수는 없지만, 여러 역사적 정황을 유추해 보면 두 고승의 모습은 타고난 귀골에 체격까지 늠름, 훤칠했으리라.

굳이 장원을 가리라면 의상이 한두 표를 더 얻겠지만 여인을 호리는 끼에 있어선 단연 원효가 앞설 것 같다. 그러나 의상도 잠시 부처님의 품을 벗어나 원효처럼 그 화류계(?)에서 대표선수로 뛸 수만 있었다면 서라벌에는 또다른 '설총'이 여러 명 태어났을지도 모를 일이다. 다만 역사에는 '이프 아이 워…'라는 가정법이 통하지 않기 때문에 우열을 가리지 못할 뿐이다.

원효는 재才가 승한 지장이라면 의상은 덕德이 많은 덕장이라 할 수 있다. 원효는 한자리에서 오래 머물지 못하는 단점이 있고, 의상은 한 번 앉으면 잘 일어설 줄 모르는 단점이 있다. 그것은 다른 의미에서 장점이기도 하다. 원효는 여러 곳을 돌아다니며 공부를 했으며 글과 말씀과 노래까지 능했다.

둘은 당나라로 들어가기 위해 요동까지 함께 갔다. 공동묘지에서 잠을 잘 때 일이다. 원효는 심한 갈증 끝에 머리맡에 놓여 있는 표주박의 물을 시원하게 들이켰다. 그것은 해골에 담긴 빗물이었다. 아마 초저녁에 마신 곡차가 과하셨겠지. 신라의 역사는 "유심唯心의 도리를 그자리에서 깨쳤다"고 말하고 있지만 그것은 솔직히 말해서 과장이다. 원효는 그 길로 고무신을 거꾸로 신고 서라벌로 향해 걸었고, 의상은 초지일관, 중국 화엄종의 제2조인 지엄의 문하에 들어가 12년 동안 화엄학을 공부했다.

서라벌로 돌아온 원효는 "자루 없는 도끼를 빌려 주면 하늘 받칠 기둥을 찍으련다"고 외치고 다녔다. 원효와 머리 회전 급수가 동급인 무열왕이 말뜻을 얼른 알아듣는다. 신하를 보내 다리 위를 지나가는 원효를 물에 빠뜨려 과부가 되어 혼자 살고 있는 딸의 집인 요석궁에 데려와 옷을 말리게 한다. 이상한 일이 일어났다. 옷을 말리면서 단잠 한숨 자고 났을 뿐인데 원효는 열 달 뒤 요석공주에게서 아들 설총을 얻는다.

원효가 요석궁에서 옷을 말리고 있을 때, 의상의 곁에는 선묘라는 하숙집 아가씨가 몸이 달아오른다. 선묘는 서른일곱 살의 노총각 스님에게 흠뻑 빠져 헤어나지를 못한다. 그러나 의상의 마음을 움직일 수는 없었다. 의상이 신라로 떠나는 날 아침 부두. 드라마는 여기서 절정을 이룬다. 고동을 울리며 배는 떠나고, 한 발 늦게 의복이며 음식을 가득 들고 나타난 선묘아씨는 상자를 바다에 던지곤 혼절한다. 다시 깨어난 선묘아씨는 "이 몸이 용이 되어 임이 가시는 뱃길을 호위하게 하소서" 하며 바다에 몸을 던진다. 그것은 "임께서 가신 길은 영광의 길이옵기에…"라는 오십년대 한국 가요의 당나라판이다.

부석사는 당나라에서 돌아온 의상이 세운 절이다. 그러나 선묘아씨의 사랑의 힘이 없었으면 지어질 수 없었던 정말 아름다운 절이다. 부석사에 갈 때마다 선묘아씨의 사랑 이야기가 너무 서러워 때론 의상이 미워지곤 한다. 의상도 원효처럼 아들 하나를 얻어 '김총'이라 부르고 대처승 주지로 그렇게 살다 열반에 들었으면 하는 방정맞은 생각을 해본다.

부석사는 관능이다

부석사는 '아름답다'는 수식이 어울리지 않는 차원 높은 아름다움을 유지하고 있다. 솔직히 말하면 아름다움에 주눅이 들어 부석사에 관한 글 한 조각도 못 쓸 뻔했다. 의상대사가 자신을 사모해 온 선묘라는 당나라 처녀의 신령한 힘을 등에 업고 창건한 부석사는 '아름답다'는 통속적인 찬사를 거부할 정도의 어떤 카리스마를 지니고 있다.

그것은 승려 출신인 고은 시인과 미술사가인 최순우 선생과 유홍준 교수 등의 입에 침을 말리는 감탄도 한몫 톡톡히 한 탓도 있지만, 봄여름가을겨울 어느 계절 어느 시각에 부석사를 만나더라도 그 절이 갖고 있는 태생적 아름다움은 이미 한계의

부석사 무량수전

부석사 안양루

뜰을 벗어나 있었다.

답사를 처음 시작했을 때 가이드는 범종루 앞에서 안양루를 쳐다보게 했다. 그는 "다섯 분의 부처가 보이느냐"고 물었다. "안 보이는데요"라고 대답했다. "아직 멀었습니다." 그리고 그는 무량수전을 등에 지게 한 뒤 남쪽 하늘을 보라고 했다. 그는 "아름답습니까" 하고 물었다. "무엇이 아름답다는 말씀입니까" 하고 내가 되물었다. 그는 "멀었습니다" 라고 말했다.

알고 보니 안양루 뒤편의 뻥 뚫린 공간이 부처님 형상을 하고 있는데 그것이 보이느냐고 물었고, 두번째는 안양루 남쪽 하늘에 펼쳐져 있는 겹겹 능선들이 아름답게 보이느냐고 물었던 것이다. 아는 만큼 보인다고 했는데, 아는 것이 없으니 보일 턱이 없지. 나는 질려 버렸다.

여인이 아무도 범접할 수 없는 강한 카리스마를 지니고 있으면 빳빳하게 풀먹여 둔 남성의 풀기가 확 빠져 버리는 법이다. 그리고는 본래의 아름다움이 으시시한 공포로, 다시 무감각으로 이어져 『이솝 우화』에서 여우가 한 말처럼 "포도는 시다"라며 따먹어 볼 엄두도 내지 못하고 돌아서 버리게 된다. 아름다운 꽃 옆에는 귀신이 살고, 귀신 옆에는 사람이 붙지 않는다. 내게 있어 부석사는 꽃보다 아름답다. 그 아름다운 느낌을 도저히 표현할 수가 없다.

무량수전 배흘림기둥을 보고 있으면 발가벗은 여인 앞에 서 있는 느낌이다. 그런데도 〈밀로의 비너스〉 앞에 서 있는 것처럼 풀기로 잘 장전되어 있는 비아그라적 남성 본능이 전혀 일지 않는다. 예술을 관능으로 보는 무지에 벌을 내린 까닭일까, 아니면 그 관능이 예술 이상의 것으로 승화되었기 때문일까, 도무지 종잡을 수가 없다.

비너스는 팔이 없기 때문에 예술적이고, 더 관능적이다. 팔은 원래 인간의 욕심을 퀵 서비스하는 심부름꾼이다. 밀로의 비너스에 두 팔이 성하게 달려 있었으면 탄력 있는 엉덩이에 미끄러질 듯 걸쳐진 옷자락 속에 숨겨져 있는 성을 제대로 지켜 내지 못했을 것이다. 그리고 부끄러움을 거두어 줄 두 손이 있었다면 약간 뒤틀린 육감적인 여체에 붙어 있는 터질 듯한 젖가슴과 잘 익은 포도알 같은 젖꼭지 그리고 생명의 시원인 배꼽도 가려지고 덮여 '여신의 원형'이란 찬사와 함께 '미의 극치'로 승화되진 못했으리라.

부석사는 혼자 있을 때 더욱 아련하게 떠오르는 그리운 절집이다. 찾아가 만나면 주눅이 들고, 만나고 뒤돌아설 땐 섭섭하게도 항상 걷어채였다는 생각뿐이다. 부석사에 대한 그리운 정을 이젠 제발 끊었으면 좋겠다.

산다는 것은 혼자 울고 있는 것

염불암에 안개비가 오고 있다. 산안개가 법당의 처마 끝에서 일렁이더니 드디어 뜰 아래로 내려선다. 안개 군무는 구름을 흐르게 하는 바람에 따라, 솔숲을 흔드는 소리에 따라 무질서한 가운데 질서롭게 움직인다. 신선이 따로 없다. 선경이 따로 없다. 오늘은 내가 신선이다.

산안개가 자꾸만 발목을 잡고 늘어진다. 산문 입구에는 아까부터 발목을 다친 개한 마리가 하염없이 누구를 기다리고 있다. 누굴까. 저잣거리로 나간 스님을 기다리는 걸까. 아니면 아침저녁으로 밥을 주는 공양주 보살님을 기다리는 것일까. 궁금증은 더해 가는데 견어犬語를 모르니 설사 개가 대답을 한다 해도 알아들을 수 없다.

염불암은 스님들에겐 참선 도량이지만 내겐 육체와 정신의 훈련 도장이었다. 대학 일학년 때부터 지금까지 사십여 년 동안 팔공산 염불암 산행길은 내게 있어 극진한 수행 코스였다. 이 진여의 길은 지금도 변함없이 내 마음속 한복판에 곧게 뻗어 있다. 여태까지 염불암을 거쳐 팔공산을 오르내린 횟수는 일천 번이 넘는 무량 무수에 가깝다.

잠시 정치 얘기 하나 하고 넘어갈까. 민주당에서 열린우리당으로 건너간 아무개 국회의원은 역경에 처할 때나 중요한 결정을 할 때면 소주와 오징어를 사 들고 부모의 묘소인 국립묘지를 찾아간다고 한다. 참여정부가 들어선 직후 굿모닝시티로부터 4억 2천만 원을 받은 것이 말썽이 나, 말없이 누워 있는 부모에게 "시련은 얼마든지 주십시오. 그러나 그것을 이길 힘과 지혜도 함께 주십시오" 하고 빌었다고 한다.

그 기사를 읽은 사람들은 모두 웃었을 것이다. 부모가 무어라고 대답했을까. "정

치자금으로 돈 몇 푼 받아 쓴 것이 죄가 된다더냐"라고 꿇어 엎드려 있는 아들을 위로했을까. 아니면 "삼천여 서민들의 피눈물나는 돈을 눈 하나 까딱하지 않고 받아 썼단 말이냐"고 호되게 질책했을까. 아마 후자였으리라.

그 국회의원이 부모의 묘소를 찾아가듯 나는 괴로울 때나 슬플 때는 염불암을 찾아간다. 나는 노 굿모닝시티에 살고 있기 때문에 "시련도 주시고 지혜도 주십사"는 그런 치사한 말씀은 드리지 않는다. 다만 말하지 않는 질문과 대답하지 않는 응답 속에서 강 같은 평화를 얻을 뿐이다.

사십대 중반 운동 부족에서 온 퇴행성 관절염도 염불암을 오르내리면서 치유했고, 직장을 잃고 시련의 늪에서 허우적거릴 때도 이곳에서 마음의 안정을 얻었다. 염불암은 '산다는 것은 혼자 울고 있는 것'이란 평범한 진리를 일러주었고, '울음이 끝나면 다시 일어나 홀로 걸어가야 한다'는 것도 아울러 가르쳐 주었다. 그러니까 "하나님은 재기를 가르치기 위해 넘어뜨린다"던 소아마비 일급 장애를 지닌 영문학자 장영희 교수(서강대)의 말이 가슴을 친다.

국회의원 그 분은 아직 교도소에 계시기 때문에 몸을 빼낼 여유가 없겠지만, 언제 대구에 오시는 기회가 있으면 팔공산 산행길에 올라 염불암에 들른다면 극락전 옆 바위 속에 정좌하고 있는 문수보살로부터 크게 한 수 배울텐데…. 그것은 '살아 있어도 죽는 법과 죽어도 다시 사는 법' 같은 묘수인데, 안타깝기 짝이 없다.

야광놀이

초등학교 이학년 때는 병원놀이를 하며 놀았다. 학교가 파하면 옆집 여자 아이네 집에 가기도 하고, 그 아이가 우리 집에 오기도 하여 해질녘까지 함께 놀았다. 우린 아빠가 되고 엄마가 되어 배탈이 난 아기를 안고 병원으로 달려가곤 했다. 알고 보니 그것이 성에 대한 첫 눈뜸이었다.

병원놀이는 야광놀이로 발전했다. 고학년으로 올라가자 병원놀이는 시시해졌고 좀더 진한 야광놀이가 우리를 열광케 했다. 야광놀이는 엄마, 아빠가 없는 빈집, 빈 방에서 행해졌다. 빛을 쪼인 야광덩이를 이불 속에 던져 놓고 그 속을 기어 들어가 먼저 찾아 나오는 놀이였다. 야광을 잡은 아이는 못 잡은 아이의 손목을 '심패' 때리는 벌을 내렸다. 이 놀이는 반드시 남학생과 여학생이 함께해야 재미가 있었고, 편을 가르기 위해 짝이 맞으면 더욱 좋았다.

또래보다는 두어 살 더 많은 진우라는 아이가 제의해 팀을 이뤘고, 주로 교회당 옆 단칸방인 그의 집에서 판을 벌였다. 이제 와서 생각하니 그 친구는 성이 무엇인지를 알고 있었던 것 같다. 야광놀이가 무엇인지는 모르지만 어쨌든 그것을 만족시켜 주는 대가성 있는 게임이었다. 밤이면 짙은 화장을 하고 술집으로 출근하는 어머니의 외아들인 진우는 예배당에 다니는 예쁘장한 여자 아이들을 미리 점찍어 두었다가 어리석기 짝이 없는 나를 거간꾼으로 하여 아이들을 불러들여 야광놀이를 벌였다.

놀이를 부끄러워하는 여자 아이에겐 진우가 직접 만든 탈 같은 가면을 씌워 주었다. 가장무도회의 가면이 부끄러움을 없애 주는 묘약이란 걸 그는 그 나이에 이미 알

벽송사

고 있었다. 이불 속의 야광을 먼저 잡기란 쉽지 않았다. 야광을 찾는다는 명목으로 여자 아이의 젖가슴께를 더듬어야 했고, 더러는 입술과 입술이 부딪치기도 했고, 때론 서로 몸을 끌어안고 뒹굴어야 했다. 진우는 한 번도 야광을 먼저 잡지 않았다. 그는 빼앗기 선수였다. 나는 그땐 그걸 몰랐다.

지난 여름 전국의 민학회 친구들이 지리산 밑 인월에 모여 5만 년 만에 지구 가까이 찾아온 화성을 주빈으로 모시고 팔을 뻗어 손만 벌리면 얼마든지 딸 수 있는 별들을 따 화톳불에 구워 먹는 별밤 파티를 벌였다. 그런 다음날 실상사를 거쳐 벽송사로 올라갔다. 지리산을 오르내리면서 벽송사엘 한두 번 간 것도 아닌데 이날따라 감회가 달랐다.

절 초입에 서 있던 나무 장승 두 개가 이제 너무 늙은 탓으로 눈비를 피할 수 있는 초막 같은 공간으로 옮겨져 피곤을 접고 있었다. 여장승인 '금호장군'은 1969년 산불이 나 머리통이 반 넘게 타 버려 몰골이 말이 아니었다. 남장승인 '호법대장군'은 오랜 풍상에 썩긴 많이 썩었어도 여장승을 내려다보는 눈망울이 아직도 심상치 않았다. 야광놀이에 열중하던 진우의 얼굴 위에 반백으로 늙어 버린 우리의 초상이 오버랩되어 있는 모습을 보는 것 같았다. 얼핏 스치는 장승의 표정은 진우가 그린 가면 그대로였다. 순간적으로 심장이 멎는 것 같았다. 까맣게 잊고 있었던 유년의 한 시절을 지리산 자락인 벽송사에서 건져내다니. 너무너무 반가우면서도 잃어버린 세월이 너무 안타까워 그자리에 주저앉고 말았다.

답사객들은 모두 절로 올라가고 장승 앞에 퍼질러 앉아 있으니 일어날 기력조차 없었다. 십 년도 훨씬 전에 끊어 버린 담배가 갑자기 피고 싶어졌다. 저승에 있는 진우를 불러 딱 한 번 야광놀이를 하고 싶다.

고향집 앞에서

154

해우소에서의 성찰

뒷간은 농약과 화학비료가 등장하기 전까지 모든 생명의 먹거리를 키워 내는 소중한 거름이 만들어지던 공간이었습니다. 쌀을 비롯한 온갖 채소들은 똥오줌의 또다른 모습입니다. 농토와 쌀로 순환되지 못하는 수세식 화장실은 겉으로는 깨끗해 보이지만 우리가 식수로 사용하는 하천과 강물을 오염시키는 중요한 원인 중 하나입니다. 땅을 살리고 먹거리를 살리며 농사짓는 농부님을 살리고 그 쌀과 채소를 먹는 우리들의 생명을 살려 내는 길은 똥을 제대로 대접하는 것에서부터 시작됩니다. 냄새는 좀 납니다. 그러나 우리 모두를 되살리는 고마운 향기입니다.

지리산 밑 실상사 해우소 앞에는 원목 판자를 잘 다듬은 표지판에 뒷간의 똥과 오줌을 설명하는 글귀가 답사객의 발목을 잡고 늘어진다. 해우소를 단순하게 생각하면 무슨 요구르트를 선전하는 동자승의 물바가지가 연상되어 웃음이 나오지만, 따지고 들면 그 속에는 심오한 철학이 숨어 있음을 알게 된다.

원래 실상사는 호국사찰이다. 나라의 안위를 걱정해서 세운 유서깊은 절집이다. 그런 실상사가 이젠 호국의 차원에 머물지 않고 지구의 존망을 우려하는 그런 가람으로 거듭나고 있다는 말이다. 똥과 오줌의 소중함을 일깨워 주는 운동은 자연으로 돌아가자는 말의 다른 표현이다.

신라 흥덕왕 3년(828) 홍척 증각대사가 도반인 도의선사와 함께 당나라 유학을 마치고 남원으로 들어와 실상 산문을 개산한 것도 나라의 정기가 일본으로 건너가는 것을 막기 위함이었다고 한다. 실상사의 호국 의지는 여러 곳에서 엿보인다. 약사전 안 맨땅에 모셔져 있는 4천 근이나 되는 철불여래좌상의 매서운 눈초리는 동남쪽 방향의 지리산 천왕봉 꼭대기를 뚫어지게 응시하고 있다. 이유는 일본으로 흘러가는 지기를 막기 위함이다. 이 부처님은 나라에 큰일이 있을 때마다 콩죽 같은 땀을 흘린다고 한다.

보광전 안에는 1664년에 제작된 범종이 하나 있다. 일본 지도와 비슷한 문양이 새겨져 있는 당좌(종을 치는 부분)를 치면 일본이 망한다고 알려져 일제 말기에는 주지가 주재소에 잡혀 가 곤욕을 치르기도 했다. 또 약사전 창호는 무궁화무늬로 조각되어 있고, 문밑에 태극문양이 선명하게 박혀 있는 것도 신라 때부터 내려온 호국사찰의 전통과 무관하지 않다.

답사를 하면서 눈에 보이는 것만 겉핥기식으로 보는 경우가 흔하다. 보이지 않는 것은 보이는 것의 위에 있다는 것을 알고 찬찬히 살펴보면 답사의 재미는 배가된다. "아는 만큼 보인다"는 말은 실상사에서 도 유효하다. 절집 어느 구석에도 '호국 사찰'이란 말도 '지구를 사랑하자'는 문 구도 씌어 있지 않다. 그러나 박정희 또는 전두환 군사정권 시절에는 신문의 행간을 읽어야 숨어 있는 참뜻을 알 수 있었듯이 '태극문양'에서 '나라사랑'을, '똥오줌 설명'에서 '지구사랑 정신'을 재빨리 눈 치채야 한다. 실상사에서 증각대사와 수 철화상의 부도와 부도비를 보고 두 개의 삼층석탑과 석등을 거쳐 약사전의 철불 을 친견한 것으로 찾아온 보람을 느낀다 면 너무 통속하다. 정작 실상사에서의 본 전은 해우소에 쪼그리고 앉아 자기가 걸 어온 길을 반성하고 자신을 성찰해 보는 데서 건져야 한다.

멋쟁이 군수님

소수서원의 전신인 백운동서원을 세운 풍기군수 주세붕 선생은 참으로 멋쟁이다. 그는 성리학의 선구자인 안향 선생을 사모하여 이곳에 중종 37년(1542) 사묘祠廟를 세웠으며, 이듬해 양반 자제 교육기관인 서원을 열었다.

그러면서 선생은 『사서삼경』에 『대학』까지 줄줄 꿰고 있는 탁문이라는 기생을 데리고 인근 청량산에 들어가 그녀와 학문 토론을 자주 했다고 전해진다. 멋과 풍류가 이만했으니 웃어른과 학문을 숭모할 줄 알았을 것이며, 학식이 높은 기생과도 요즘말로 세미나도 할 수 있었을 게다.

주세붕 선생에 이어 풍기군수로 부임한 퇴계 이황 선생은 학문을 숭상한 멋진 분이었다. 퇴계 선생의 진언으로 '백운동서원'이 '소수서원'이란 현판을 하사받았기 때문에 대원군의 서원 철폐령 때도 살아 남는 마흔일곱 개 서원에 포함되어 오늘에 이르고 있다.

훌륭한 선조들의 본이 있음에도 요즘 지자체 수장인 시장, 군수 들은 인사 아니면 공사를 미끼로 돈 먹기에 바빠 사람과 학문을 흠모할 기회조차 없나 보다. 영천시의 경우 전임 시장이 불명예 퇴진한 데 이어 후임 시장이 또다시 쇠고랑을 찼고, 대구 인근의 경산 시장과 청도 군수는 한나라당 공천을 따기 위해 국회의원에게 수억 원의 뇌물을 준 것이 들통이 났다. 정말로 안타깝다 못해 측은한 생각이 든다.

소수서원을 한 바퀴 둘러보면 스승을 공경하고 어른들을 받들어 모시는 기운을 곳곳에서 느낄 수 있다. 선비들의 기거 공간인 일신제와 직방제는 한 지붕 아래 두 개

소수서원 KDD

의 현판을 단 동제와 서제로 구조가 특이하다. 그리고 공부방의 크기는 아담하다는 말이 어울릴 정도로 매우 작다. 아파트의 평수를 비롯하여 무조건 큰 것만 선호하는 이들에게 교훈이 될 만한 공간이다. 그리고 건물의 동쪽에 있는 제자들의 공부 공간인 학구제와 지락제는 스승들의 기거 공간에서 두 칸이나 뒤로 물러나 지어져 있다. 그것은 스승의 그림자는 밟아서 안 된다는 존경의 뜻이 숨어 있다고 한다. 그리고 마루의 높이도 스승의 그것보다 한 자 낮췄다니, 사도가 땅에 떨어진 지 오래라는 요즘 세태에 비춰 보면 하늘과 땅의 차이를 느낀다. 서원의 담장 밖 죽계천변에 세워진 경렴정景濂亭을 내려다본다. 아니나 다를까. 개울가 흰 바위에도 음각된 '공경 경敬' 자가 붉은 색깔로 선명하게 칠해져 보는 이들에게 한 수 가르침을 준다. '경이직내 의이방내(敬以直內 義以方內: 공경함으로써 마음을 곧게 하고, 의로움으로 행동을 반듯하게 한다)'에서 따온 '경' 자는 퇴계 선생이 시켜서 새긴 것으로, 당대의 교훈으로 그친 게 아니라 오백 년이 지난 오늘에도 채찍을 내려치는 아픔으로 다가온다.

"초중고 12년 동안 존경하는 선생님이 한 명도 없었다. 몇 놈이 교장된다고 해서 무슨 의미가 있느냐"는 발언을 하여 감기 앓는 기간보다 더 짧게 장관의 생애를 마친 해양부 장관 최낙정 씨도 자신의 목이 날아가는 강연을 하고 다닐 게 아니라 소수서원에서 퇴계 선생의 '경' 자 강의를 구수한 입담으로 풀어내는 이 지역 문화 지킴이들의 설명을 들었더라면, 최단명 장관 신세는 면했을 텐데. 오호 애재라.

죽음에 관한 명상

　걸레 스님 중광의 '괜히 왔다 간다'는 제목의 유고 화집을 보다가 깜짝 놀랐다. "내가 죽거들랑 죽었다 말아라. 이 세상에 태어나서도 나는 홀로 태어나지 못한 죄인이노라. 내가 죽거들랑 불쌍타 말아라. 한 줌의 흙도 잔디도 얹지 말아라. 까마귀 새들이 다 뜯어 먹게 그만두어라." 스물세 살 때 목포교도소를 나오면서 읊은 시의 한 구절 때문이다.

　「악의 꽃」의 시인 보들레르(1821-1867)의 시에 나타나는 죽음의 냄새가 스님의 시에 그대로 푸욱 배어 있기 때문이다. "나는 유언도 싫다. 무덤도 싫다. 죽어 남의 눈물을 빌기보다는 나 차라리 살아서 뭇 까마귀 떼를 불러들여 더러운 내 몸 샅샅이 쪼아 피 내도록 버려 두리." 이 시를 쓴 보들레르보다 백 년 뒤인 1935년 1월 4일에 태어난 스님이 프랑스어를 깨치지 못해 표절할 능력도 없었을 텐데 이토록 비슷한 이미지의 시를 썼다니 우연이라는 인연이 참으로 묘하게만 느껴진다.

　보들레르와 중광 스님은 젊어서부터 죽음의 순간을 항상 머릿속으로 그리면서 곡예 같은 이승의 삶을 살았을 것이란 생각이 들자 마음 한 자락이 처연해지는 것 같았다. 중광 스님의 "괜히 왔다 간다"는 다소 투정어린 '이승 고별사'에서 출발하여 "구멍 하나 깊이 파 망각 속에 잠들련다"는 보들레르의 '하직 선언'에 이르니 내 자신도 모르게 염주나 묵주를 들지 않았는데도 '죽음에 관한 명상' 속으로 빠져드는 느낌이다.

　2005년 4월 3일 선종한 교황 요한 바오로 2세는 "누구나 죽음의 가능성을 깨닫고 있어야 한다"는 말씀을 마지막으로 남겼다. 「월든」을 쓴 19세기 미국의 작가 헨리 데이빗 소로는 임종을 지키는 이모가 "이제 하나님과 화해해라"라고 말하자 "언제 내가 하나님과 싸웠는데"라고 반문했다. 죽음 앞에서의 각성과 천당 입구에서 던진 농담 한마디가 이 세상을 이렇게 훈훈하게 뎁혀 주다니.

"아 오월이군요." 헨리8세의 부인이었던 앤 왕비가 부정의 누명을 쓰고 단두대로 향하면서 향기롭게 불어오는 바람에게 이렇게 말했다. 그런가 하면 조셉 콘래드의 소설 「암흑의 오지」 주인공인 커르츠는 콩고 강을 달리는 배 위에서 "끔찍하다, 끔찍해horror, horror"라고 소리치며 죽었다. 이 말은 영미문학 작품 속에 나타난 가장 유명한 유언 중의 하나로, 이는 인간의 마음속에 내재하고 있는 위선과 탐욕을 향해 일갈하는 경고와 같은 것이다.

'사랑'을 생의 절대 화두로 내건 유언도 적지 않다. 「톰 아저씨의 오두막」을 써 인간애를 강조한 해리엇 비처 스토 부인은 "사랑합니다"란 말을 자신을 돌봐 준 간호사들에 마지막 말로 남겼다. 그러면서 그녀는 "어떤 어려움이 닥쳐도 포기하지 말라. 다시 기회는 온다"며 사랑이 기회를 부르는 휘파람 소리임을 가르쳐 주었다.

사무엘 버틀러는 "살아가는 일은 결국 사랑하는 일"이라고 했고, 헨리 제임스도 "한껏 사랑하며 살아야 한다"고 강조했다. 까뮈도 "눈물 날 정도로 혼신을 다해 살아라"라고 말했으며, 괴테도 "불가능을 꿈꾸는 사람을 나는 사랑한다"고 했다.

그러면 자살한 사람들의 유언은 어떤 것일까. 물론 그들에게도 사랑의 불씨가 완전히 꺼진 것은 아니지만 대체로 아집과 자만 그리고 이기의 수렁에서 헤어나지 못한 흔적들이 여기저기에서 뚜렷하다. "미쳐 버릴 것 같습니다. 더 이상 견디며 살수가 없습니다. 환청이 들려 집중하지 못하겠습니다." 이 유언은 박인환의 시 「목마와 숙녀」에 나오는 여류작가 버지니아 울프의 것이다. 그녀는 "나의 모든 행복은 당신이 준 것"이라고 쓴 쪽지를 남편에게 남겨 두고 아우스 강으로 뛰어들어 숨을 거뒀다.

"나는 첫사랑에게 웃음을 주었고, 둘째 사랑에겐 눈물을 주었고, 셋째 사랑에게는 아주 오랜 동안 깊고 깊은 침묵을 선사했다. 내게 첫사랑은 노래를 주었고, 둘째 사랑은 눈을 주었고 그리고 나의 셋째 사랑은 영혼을 선물하였다"고 노래한 세러 티

즈데일은 떠나 버린 연인에게 「나 죽으면 그대는…」이란 서정시를 유서 대신 써 두고 수면제를 먹고 자살했다.

서른둘이란 불꽃 같은 나이에 가스 오븐에 머리를 박고 죽은 실비아 플라스. 여류 시인인 그녀의 자살은 구미 문단에서 하나의 전설로 되살아나고 있으며, 드라마틱한 생애는 「실비아」란 영화(크리스틴 제프 연출)로 만들어져 절찬리에 상연되었다.

1963년의 일이다. 실비아는 잠든 아이들의 머리맡에 빵과 우유를 놓아 두고 자신의 방으로 건너와 오븐에 불을 붙여 정말 불꽃으로 타 버리고 만다. 남편인 계관시인 테드 휴즈와의 질투에서 빚어진 불화 그리고 파경은 한 편의 '서시'로 유언을 대신한다.

> 가끔씩 나는 나무를 꿈꾼다 / 내 인생의 나뭇가지 하나는 결혼할 남자 / 거기 달린 잎들은 아이들이다 / 다른 가지는 작가로서의 내 미래 / 거기 달린 잎은 나의 시다 / 또다른 가지는 화려한 학문 경력 / 그러나 어느새 잎은 갈색이 되어 바람에 날아가고 / 나무는 모든 것을 잃고 헐벗고야 만다.

중광 스님의 『괜히 왔다 간다』에서 시작된 '죽음에 관한 명상'은 좀처럼 끝나지 않는다. 권총으로 자살한 헤밍웨이가 다녀가더니 그의 아버지가 "나도 우리 아들보다 먼저 총을 쏘아 죽었소" 한다. 아니나 다를까 그의 형과 누이 그리고 헤밍웨이의 손녀이자 배우인 마고 헤밍웨이까지 고개를 내밀고 "나는 할아버지 기일에 자살했는데요" 하고 고래고래 고함을 지른다.

가장 좋아하는 내 친구 반 고흐가 붕대 감은 얼굴로 나타나더니 차이코프스키가 그랜드 피아노를 밀고 들어와 「비창」을 즉흥연주하면서 "자살도 운명인 걸" 한다.

몇 차례의 자살 시도 끝에 겨우 성공한 미국 시인 앤 색스턴이 달리는 보트에서 뛰어내려 죽은 하트 크레인과 신혼여행가는 자동차에 박치기하여 죽은 랜델 제렐과 어깨동무하고 찾아와 "우리 이름도 빠뜨리지 마슈" 하고 모자를 벗고 아는 체를 한다.

어디 그뿐인가. "누님, 나는 귀족입니다"란 말을 유언으로 남기고 '선택된 황홀과 불안' 속을 헤매다 생을 마친 일본의 작가 다자이 오사무와 할복자살한 미시마 유키오, 그리고 「설국」으로 노벨문학상을 수상한 가와바타 야스나리까지 팔을 둥둥 걷고 나타나 한 수씩 거든다.

이윽고 이상, 박인환, 이장희, 천상병, 나혜석, 전혜린, 기형도, 오윤 등 요절했거나 불우했지만 그래도 아름다운 생을 살다간 예술인들이 나의 명상기도중에 나타나 "그래 그래, 삶도 죽음도 사실은 별것 아니여. 그렇지만 사랑이 있는 이승의 삶이 낫긴 나아" 하고 훈수를 한다.

　그러니까 헨리 제임스의 소설 「여인의 초상」에 나오는 남자 주인공 랠프가 이자벨에게 한 말 "이자벨, 삶이 더 좋은 거야. 삶에는 너무나 많은 것이 있고, 그중에서도 가장 귀중한 사랑이 있잖아"란 말을 이미 죽은 그들이 되풀이하고 있는 것 같았다.

　"죽음이 닥쳐오는 날을 모를 수 있다"는 교황의 말씀이 가슴을 친다. 그리고 인생을 즐겁게 살기 위해 가져야 할 마음가짐을 적어 둔 「최락편最樂編」을 보면 갑자기 저승으로 잡혀간 노인과 염라대왕이 실랑이하는 장면이 나온다.

　"대왕님, 이렇게 급하게 데려와도 되는 겁니까." "나는 자주 소식을 전했네. 자네 눈이 어두워진 것이 첫째 소식이요, 귀가 어두워진 것, 이가 흔들리고 사지에 힘이 빠지는 것도 모두 내가 전한 소식이었다네." "그래도 그렇지요, 확실한 귀띔을 해주셔야지요." "무엄하다. 내가 전한 소식을 미리 알아차리고 준비를 했어야지. 쯧쯧, 불쌍한지고."

　자. 이쯤서 나의 '죽음에 관한 명상'을 서둘러 끝내자. 영화가 끝났어도 아련한 끝장면이 망막 속에 오래 남듯이 '괜히 왔다 간다'는 중광 스님의 넋두리가 목탁소리에 실려 와 자꾸만 귓전을 때린다.

5

햇빛 우물

햇빛 우물. 햇빛 우물은 동서남북이 꽉 막혀 있는 ㅁ자형의 특이한 주택구조로, 가운데가 뻥 뚫어져 있는 빈 공간을 말한다. 햇빛이 쏟아져 들어오는 남향받이의 방은 안방마님의 사랑채 구실을 하기 때문에 여인네들의 수다로 온종일 웃음이 떠나지 않는 곳이다. 사방이 막혀 있긴 해도 사잇문이 달려 있어 건물간의 내왕은 아주 자유롭다. 그래서 밤이면 주인어른의 "어흠!" 하는 기침소리 한 번이면 단숨에 은밀한 공간으로 바뀌기도 한다.

물을 깃는 우물은 아무리 길어 내도 마르지 않아야 좋은 샘이다. 여름엔 차고 겨울에는 따순 기운이 돌면 금상첨화다. 그러나 햇빛 우물은 장수촌 마을 어귀의 우물처럼 바가지로, 두레박으로 아무리 퍼내도 까딱없다. 햇빛은 어둔 방에 빛을 들여 주고 온기까지 전해 준다.

밤새 장독대 위에 얹어 뒀다 새벽녘 천지신령님께 두 손 모아 빌 때 사용하는 정화수는 달의 기운을 담는 그릇이다. 그러나 햇빛 우물은 이글이글 타는 태양의 에너지를 끌어들이는 정화수 그릇보다 몇 배나 더 큰 그릇이다. 달은 문학이지만 태양은 생활이다. 생활보다 더 절실한 학문은 이 세상에 아무것도 없다.

달빛 산행을 하다 보면 개울을 건너고 솔숲을 지나 마침내 능선 위의 펑퍼짐한 바위를 만날 때가 있다. 달의 기운을 듬뿍 받은 상태로 이런 너럭바위 위에서 문득 사랑을 나누고 싶다는 생각이 들 때가 가끔 있다. 몸이 앞서 달린 게 아니라 달이 충동질했기 때문이다. 해변에서 이마에 너무 강렬한 햇빛을 받으면 까뮈의 「이방인」에

서처럼 충분히 살인의 충동을 느낄 수도 있을 것 같다. 그것은 발산하고 싶은 태양의 위력 탓이다.

　경주 양동마을에 갈 때마다 다른 곳은 다 접어 두더라도 향단의 이 햇빛 우물에는 반드시 들른다. 엷은 졸음이 올 것 같은 따사로운 햇빛 우물 안 댓돌 위에 해바라기 하듯 앉아 옛날 이곳에 살던 안방마님들은 무엇을 생각하며 무엇을 그리워했을까를 생각해 본다. 생각이 꼬리에 꼬리를 물고 달리다 보면 마침내 '아하! 그래 그랬을 거야'에 까지 도달하게 된다. 햇빛 우물 속으로 비쳐 든 태양의 왕성한 기운이 마님들의 은밀한 야사夜事로 연결되지 않았을까 하는 생각이 바로 그것이다.

　내 친구 중에 아주 욕심 많은 친구가 있다. 그는 산악인이자 난인蘭人이며 스쿠버 다이버에 아마추어 무선사 그리고 등단하지 않은 시인이다. 이름은 김건섭, 호는 늘 뫼다. 그는 아침마다 집 앞 동산에 올라 떠오르는 태양을 먹고 구름과 바람을 마신다. 부녀자들이 돌아 오는 대보름의 만월을 삼키면 임신을 하게 된다는 속설이 아니더라도 새벽 산행은 건강에도 좋을 뿐 아니라 태양의 싱싱한 기운을 흡입한다는 것은 정신 작용에도 매우 좋을 듯하다. 그래서 그런지 그는 건강하고 산행을 할 땐 남보다 무거운 짐을 지고도 잘도 걷는다. 양동마을 햇빛 우물 속에 앉아 늘뫼 선생을 생각하는 것은 예나 지금이나 태양의 작용이 수상쩍고 심상찮다는 사실이다.

햇빛 우물을 품고 있는 향단은 회재 이언적 선생이 경상감사로 재직할 때 지은 건물이다. 회재 선생은 독특한 심미안을 갖고 있는 학자이자 정치가요 그리고 문장가였다. 그는 마흔한 살이 되던 1531년 순탄했던 벼슬살이를 접고 낙향해야 하는 좌절을 겪게 된다. 정계 최고의 실력자인 김안로의 재임용에 반대하다 되려 뒷무릎치기를 당해 관직을 잃었다. 그는 안강의 자옥산 기슭에 독락당을 짓고 칠 년 동안 칩거해야 했다.

회재 선생의 심미안은 이곳 독락당에서도 여실히 드러난다. 원래 사대부집의 사랑채는 높고 화려하게 짓게 마련인데, 독락당은 위엄은 벗어 던져 버리고 아주 낮게 엎드리고 있다. 게다가 추녀미가 좋은 팔작지붕도 마다하고 맞배지붕을 택했으며, 규모 또한 그리 넓게 잡지 않았다. 그러나 선생은 방 안에 앉아 흘러가는 개울물을 볼 수 있도록 담장에 창살을 달아 나중 역사가들로부터 '차경문화의 진수'라는 평을 듣게 되었다. 그리고 독락당 뒤 정혜사의 이름이 알려져 있지 않은 스님이 자신의 암자에 들리듯 자주 오시라고 계곡 옆 계정溪亭에 양진암養眞菴이란 현판을 달아 둘 정도였다.

독락당의 '창살 담장'이나 향단의 '햇빛 우물'은 집을 짓는 목수의 아이디어라고 보긴 어렵다. 창살 담장과 햇빛 우물은 그 당시만 해도 파격이자 개혁이랄 수밖에 없다. 회재 선생과 같은 멋쟁이가 아니면 감히 생각조차 못할 일이다. 선생은 향단을 지을 때 용用자를 염두에 두고 몸체를 월月자형으로 짓고, 일一자형 행랑채와 칸막이를 둠으로써 전체 평면이 목적한 바에 가깝도록 했다. 용用자는 '일日'과 '월月자'가 합쳐진 모

늘뫼 김건섭 선생

양으로, 해와 달을 이곳 향단에 끌어들여 살아 있는 기운, 즉 생기 生氣를 불어넣어 식구들의 건강과 안위를 꾀했음을 짐작할 수 있다. 선생은 해와 달, 문학과 생활을 한데 어울러 실천하신 분이다.

회재 선생은 독락당에선 자연을 차입해 와 유유자적했고, 향단에서 일월성신의 기운을 빌려 와 양陽의 삶을 지향해 왔다. 그렇기 때문에 흐트러짐없이 맑게 사신 분으로 역사에 기록되어 있다. 그는 세상을 떠난 지 13년 만에 사림의 신원운동으로 복직되었고, 2년 뒤엔 영의정으로 추증되어 명종 묘정에 배향되었다. 그리고 광해군 2년에는 동방오현으로 문묘에 종사되는 영광을 안았다.

햇빛 우물 속에 앉아 해를 먹고 사는 내 친구 늘뫼 선생이 회재 선생이 살았던 동시대에 태어났더라면…. 그런 어쭙잖은 생각을 하고 혼자 웃었다.

아버지를 만나고 싶다

내 나이 네 살 때 아버지가 돌아가셨다. 현실의 눈으로는 아버지를 분명 뵈었지만 의식의 눈뜸 상태가 아니었기 때문에 나는 아버지를 뵙지 못한 채 지금껏 살고 있다. 집에 있는 두 장의 낡은 사진과 연전에 산으로 떠나신 어머니의 생전 말씀을 유추하여 아버지가 대충 이렇게 생긴 사람이라고 다만 짐작만 할 뿐이다.

아버지에 대한 설명이 장황해진 것은 뵈었지만 뵙지 못한 아버지가 보고 싶고 그립다는 얘기다. 무슨 잘못을 저질러 아버지로부터 된통 싸리꼬챙이로 종아리라도 실컷 두들겨 맞아 보고 싶지만 그런 복은 애초부터 타고나지 못했다.

다리에도 효·불효교가 있지만, 절에도 효·불효사가 있다는 걸 김제의 금산사에서 처음 알았다. 간략하게 말하면 금산사는 효자인 진표율사가 세운 사찰이지만, 불효자인 후백제 견훤의 장남 신검에 의해 효에 먹칠을 한 역신배부逆臣背父의 절이다.

속성이 정井씨인 진표는 백제의 옛 땅인 완산주 벽골군 대정리에서 태어났다. 열한 살 때, 진표는 동무들과 개구리 열 마리를 잡아 끈에 꿰어 물속에 담가 둔 것을 사뭇 잊고 해를 넘기게 되었다. 다시 그 개울가를 지나다가 울고 있는 개구리를 발견, 자신이 저지른 행동에 회의를 느끼고 출가를 결심하게 된다. 그러나 부모는 너무 이른 나이의 출가를 반대하고 삼 년 뒤를 약속한다. 진표는 사가에 머무는 삼 년 동안 지극한 효성으로 부모를 섬겼다.

진표는 바로 금산사로 들어가 숭제선사를 은사로 법명을 받고, 변산의 불사의방장에 머물며 용맹정진 끝에 망신참법을 통해 계를 얻는다. 망신참법이란 머리와 팔, 다

금산사

리 등 오체를 바위벽에 부딪쳐 그야말로 피투성이가 되게 하여 도를 얻는 것으로, 이는 부처님의 가호없이는 성불을 이룰 수 없는 극단적 수행법이다. 도를 깨친 진표는 소규모 사찰인 금산사에 불사를 일으켜 금당 남쪽 벽면에 미륵보살이 도솔천에 내려와 자신에게 계를 주는 모습을 그리게 했다고 한다. 그리고는 아버지를 모시고 금강산 발연사로 들어가 효성을 다했다.

이런 효의 사찰을 후백제에 이르러선 미륵을 자처했던 견훤이 자신의 기복 사찰로 삼는다. 견훤은 넷째인 금강에게 왕위를 물려주려다 장남인 신검을 비롯하여 양검, 용검 등 아들들에 붙잡혀 이곳 금산사 미륵전 지하에 삼 개월간 갇히는 신세가 된다. 견훤은 감시자들에게 술을 먹인 후 몸을 빼내 금성(지금의 나주)으로 달아나 왕건에게 아들들을 쳐 줄 것을 요청한다. 왕건이 견훤의 아들들을 치고 후삼국을 통일하자 견훤은 나라와 아들들을 한꺼번에 잃은 설움과 번민에 시달리다가 등창이 나 여산에 있는 황산사에서 생을 마감한다.

효자 진표율사가 중수하여 더 넓은 가람으로 터를 일궈 놓은 금산사 경내를 거닐어 보면 '사람의 향기'는 과연 어디서 나는 것일까라는 풀리지 않는 화두를 만나게 된다. 효와 불효가 주는 교훈이 이렇게 역사 속에서 확연한데, 오늘이란 현실은 아버지를 찔러 죽이는 배부사건이 심심찮다. 불효라도 저지를 수 있도록 아버지를 꼭 한 번 만나 보고 싶다.

취운정 마담에게

지례예술촌 촌장 김원길 시인. 삼십여 년 전인 젊었을 적 어느 저녁, 시인은 친구 몇과 어울려 술집으로 갔다. 대문에 들어서 대청마루에 오를 때까지, 방안에 앉아 술상이 차려질 때까지, 술잔에 술이 따라져 한 순배 돌 때까지, 얼굴에 오른 취기가 불그레한 노을로 물들 때까지, 젊은 시인에게 눈을 떼지 못하는 여인이 있었다.

친구들과 안부인사가 끝나고 어느 시대나 마찬가지이지만 원래 개판인 정치 이야기가 진짜 개판으로 끝이 날 무렵 여인은, 아주 낮은 소리로 "어디서 본 듯한…" 이라며 '얼굴인데'가 생략된 채 입을 닫아 버렸다. 궁금한 것은 시인 쪽이었다. "우리가 어디서 만났어요?" 하고 물어도 그리스 여인처럼 생긴 긴 목을 모로 흔들며 대답하지 않았다. 시인은 몸이 달아올랐다.

여인이 던진 "어디서 본 듯한…" 수수께끼 한 자락을 붙들고 며칠째 씨름을 해 봤지만 의문은 풀리지 않았다. 김성동의 소설 「만다라」에서 지산 스님의 화두인 '병 속의 새'처럼 풀리지 않는 미망이거나 혼돈일 뿐이었다. 다시 술집으로 갔다. 대답은 역시 눈을 내리깔고 목을 흔드는 것이 전부였다.

굳이 / 어느 새벽꿈 속에서나마 / 나 만난 듯하다는 / 그대 / 내 열 번 전생의 / 어느 가을 볕 잔잔한 / 한 나절을 / 각간角干 유신庾信의 집 / 마당귀에 엎드려 / 여물 씹는 소였을 적에 / 등허리에 / 살짝 / 앉았다 떠난 / 까치였기나 하오 / 참 / 그날 / 쪽같이 푸르던 / 하늘빛이라니. (「취운정翠雲亭 마담에게」 전문)

시인은 술상에 엎디어 습작 노트에 뭉뚝 만년필로 시를 써 쭈욱 찢어 여인에게 건

넸다. 여인은 시를 읽고 울면서 옆방으로 건너간 후 다시는 돌아오지 않았다. 시는 『월간문학』으로 보내져 당선작 없는 가작으로 뽑혔고, 『현대문학』에선 미당의 눈에 들어 초회 추천으로 천료되는 영광을 얻게 됐다. 1972년의 일이다.

추석 전 대구방송 생명기행팀의 '산찾아 물따라'란 프로에 출연하기 위해 안동 임하댐 주변에서 며칠을 보냈다. 첫 밤은 이곳 예술촌에서 묵었다. 촬영이 끝난 후 열린 주회酒會에서 촌장으로부터 자작시의 배경 설명을 듣게 된 것은 덤으로 얻은 기쁨이었다. 80년대 초반인가 이 시를 처음 읽고 열 번 전생의 시공을 넘나들며 '본 듯한 얼굴'에 해답을 구한 시인의 심미안에 찬탄의 박수를 친 적이 있다. 촬영팀이 그 여인과의 라스트 신을 물었지만, 시인 역시 여인이 그러했던 것처럼 좀처럼 입을 열지 않았다.

지례예술촌에 갈 때마다 이곳이 단순한 숙식 기능에서 탈피하여 시인 묵객들이 시도 쓰고 그림도 그릴 수 있는 진정한 예술공간으로 승화되었으면 좋겠다는 생각을 해본다. 강릉의 선교장이 그렇게 많은 문집과 고서 그리고 그림을 모을 수 있었던 것도 예술을 사랑하는 웃대 어른들의 헌신적인 지원과 이 집을 드나들었던 가난한 예

지례 예술촌

술인들의 보답이 이룬 결실이었다.

프랑스의 생트 폴 드 방스라는 시골의 '라 콜롬보'라는 호텔을 기억한다. 이곳 역시 가난한 예술가들을 조건 없이 지원한 덕으로 호텔 전체가 값으로 따질 수 없는 예술품들이 넘쳐 나는 곳이다. 가난한 시절의 피카소도 이곳에서 공짜로 머물다 떠나면서 작품을 남겼고, 세자르의 〈엄지손가락〉이란 대리석 조각작품이 자원봉사자처럼 대문 입구에 서 있다. 사르트르, 타이론 파워, 알랭 들롱, 소피아 로렌 등 유명 인사들의 족적도 쉽게 구경할 수 있고, 빈 자코브의 지붕 위의 비둘기 조각과 수영장의 바닥과 벽화들도 모두 예술가들이 이 호텔에 무상으로 기증한 애정의 표현이다.

이곳 지례예술촌이 옛 선교장처럼 그리고 '라 콜롬보 호텔'처럼 예술의 혼이 담길 수 있는 그런 집으로 거듭날 수 있는 방법은 웃대 어른들처럼 주객이 혼연일체가 되는 길밖에 없다. 시인 묵객들이 휘갈겨 쓰고 그린 아름다운 예술품들이 지천으로 널려 있는 예술촌을 우리 후손들이 찾아와 한껏 눈 호사를 할 수 있는 그런 날이 왔으면 좋겠다.

'피끝마을'의 비가

역사는 승자의 기록이다. 승자가 발 디딘 곳은 축복의 땅으로 기억되지만 패자가 머무르던 곳은 역모의 땅으로 기록될 뿐이다. 순흥이 바로 그런 고장이다. 조선조 역사를 정통의 맥에서 다시 본다면 단종 복위를 꾀한 주무대였던 순흥은 분명 충의의 고장이지만, 불의로 왕권을 찬탈한 세조의 입장에서 보면 불경의 고장이다.

'순흥도호부'라 쓴 현판을 가슴팍에 붙이고 서 있는 순흥면사무소 안뜰에 있는 봉서루 앞에 선다. 옛 영화는 권력의 단맛에 놀아난 세조 일당이 휘두른 칼날 끝에서 사라지고 무심한 바람이 마른 나뭇잎 몇 닢을 데불고 가을을 쓸고 지나간다.

답사 안내자는 마당 복판에 서 있는 외줄기에서 쌍 갈래로 흩어졌다 다시 합쳐져 하늘로 올라가는, 그것은 마치 김춘수 시인의 「분수」라는 시를 연상케 하는 '금실송'에 대한 자랑이 한창이다. 그러나 역사 바로 세우기를 하려다 실패한 웃대 어른들을 생각하니 생감을 먹다 체한 듯 그저 가슴속이 답답할 뿐이다.

순흥의 비극은 '단종애사'에서 출발한다. 세조의 아우이자 세종의 여섯째 아들인 금성대군은 애초부터 세조와 뜻이 달랐다. 거사를 꾸미는 형의 눈 밖에 나 삭령으로 유배됐다가 다시 광주로 이배되는 등 세조가 집권하기 전부터 파란을 겪는다. 사육신 사건이 터지자 금성대군은 다시 순흥으로 보내져 겨우 목숨만을 보전하게 된다.

원래 절간의 일은 물색 모르는 동자승이 저지르고, 사대부집에서는 방정맞은 계집종이 일을 그르치는 법. 금성대군과 이곳 부사 이보흠이 뜻을 맞춰 단종 복위 거사를 꾸미고 있는데, 시녀 김련과 관노가 격문을 빼내 밀고하는 바람에 들통이 나 버렸다.

풍기 현감 김효급이 이 사실을 '빠른우편'으로 세조에게 알렸다. 그러는 사이에 코드가 맞는 간신 한명회의 육촌인 안동부사 한명진이 포졸을 풀어 순흥도호부에 불을 질렀다. 학살이라 해도 전혀 과하지 않을 정도로 닥치는 대로 백성들을 무참하게 죽였다.

순흥 봉서루 KID

금성대군과 이보흠은 안동 대도호부로 끌려가 죽임을 당했다. 백성들은 역모의 땅에 살고 있다는 그 이유 하나로 순흥 삼십 리 안에는 사람의 모습을 볼 수 없을 정도로 모두가 개죽음을 당했다. 이때 죽계竹溪를 타고 흐른 피가 십여 리를 흘러 안정면 동촌리에서 끊어졌다 하여 지금도 이 마을을 '피끝마을'이라 부른다.

순흥에는 역사의 흥망과 정권의 성쇠를 지켜본 은행나무 한 그루가 있다. 역모의 죄로 순흥이 폐부가 될 것을 예견하여 문종 1년(1451)에 고사한 이 나무는 인조 21년(1643)에 되살아났으며, 그 기운에 힘입어 숙종 8년(1682)에 순흥부로 환복됐다고 한다. 이렇듯 역사는 보는 이가 없는 듯하지만 나무와 풀들이 보고 그 잘잘못을 후대에 전한다.

금성대군의 발자취를 따라 유적지 이곳저곳을 둘러보던 중 '피끝마을'에 이르러선 세조 일당에 대한 적개심으로 치가 떨려 빨리 이 고장을 벗어나고 싶었다. 부당하게 정권을 탈취한 데 대한 불만도 크게 작용했지만, 요즘처럼 노무현 정권이 집권 후에 386세대를 앞세워 턱도 아닌 일을 저지르고 있는 데 대한 못마땅함이 더 큰 이유였다.

'서머타임'을
허리 젖혀 가며 부르고

  탄생은 인연이다. 인연은 우연을 핑계댄 필연이며 필연을 가장한 우연이다. 그러나 태어나는 자에게 탄생의 선택권은 주어지지 않는다. 자신이 태어나고 싶은 가문에서 태어난 사람은 아무도 없다.

  어쩌면 숫자의 선택권이 있는 로또복권 이전의 원시 복권과 같은 형태로 태어난다. 복권이 구매와 동시에 당락이 정해져 있듯, 인생은 탄생과 동시에 운명이 결정된다. "운명아 비켜라, 내가 간다"는 말은 사정이 딱한 이들에게 용기를 주는 격려사의 한 구절에 불과할 뿐이다.

  우리나라에서 이렇다 할 명문가에서 태어난 사람들은 선조의 유전자를 통해 좋은 기운을 물려받은 경우가 많을 것이다. 곰곰 헤아려 보면 그 기운은 주변의 자연, 즉 산과 강 그리고 햇볕과 바람에서 온 것이 아닌가 한다. 이런 생각은 유적 답사를 다니면서 "아는 만큼 보인다"는 말이 서서히 현실로 다가올 때 더욱 확고해지기 시작했다.

  우리 역사 속의 인물 중에서 내가 따르고 싶은 이가 두 사람 있다. 고산 윤선도와 다산 정약용이 바로 그들이다. 두 분 모두 정치가요, 사상가이자 문장가라 해서 그들을 흠모하는 것은 아니다. 그들의 생애와 생활을 들여다보면 고산은 사치스러울 정도로 화려(화이불사: 華而不奢)한 반면 다산은 누추할 정도로 검소(검이불루: 儉而不陋)하다.

  극과 극이라 해도 좋을 두 분이 갖고 있는 특성이 나의 심성 밑바닥에 공존하고 있는 양면성을 자극하여 막연하지만 존경에 가까울 정도로 사모하게 된 것 같다. 나는 평소에 동전 한 닢을 아끼는 검소로 버티다가도 풍류라는 바람을 만나면 사치스럽다 해도 좋을 만큼 모든 것을 던져 넣는 우를 범할 때도 있다. 나는 '10'과 '다보탑'을 이쪽저쪽에 새기고 있는 십 원짜리 동전 같은 인생을 살고 있다.

이십여 년 전 해남을 거쳐 땅끝마을에서 배를 타고 보길도에 들어간 적이 있다. 예송리 바닷가를 시작으로 여기저기를 돌아다니다 고산 유적지인 세연정 앞에 서니 세상에 이럴 수가! 눈에 불이 환하게 켜질 정도로 미움과 시기심이 이는 것을 억제할 수가 없었다.

어떻게 이렇게 아름다운 섬을 자신의 정원으로 꾸몄으며, 연못을 파고 정자를 지어 하루도 거르지 않고 가무와 음곡을 즐겼다니 정말 믿기지 않았고 믿을 수도 없었다. 그렇지만 눈앞에 펼쳐져 있는 엄연한 사실이었다.

고산은 쉰한 살 때인 인조 15년에 보길도에 왔다. 병자호란이 발발하여 인조가 한강변에서 청 태조에게 세 번 절하고 아홉 번 머리를 조아리는 '삼배 구고두례'의 치욕적인 예를 치르며 항복을 했다는 소식을 전해 들은 고산은 세상이 싫어졌다. 어딘가로 숨어들고 싶었다. 전쟁이 터지자 고산은 자신의 노비 1백여 명을 무장시켜 해남에서 배를 저어 강화도로 향하고 있던 중 패전 소식을 듣는다. 이에 뱃머리를 남으로 돌려 제주도로 향했으나 이번에는 풍랑이 길을 막았다. 보길도에 주저앉을 수밖에 없었다.

남들이 따를 수 없는 심미안의 소유자였던 고산은 보길도의 아름다운 산수에 매혹되어 바로 부용동 정원을 꾸미기 시작했다. 정치라는 난장판은 지금도 그렇지만 남인인 고산의 은거를 반대파인 서인쪽에서 가만두지 않았다. "대동찰방 윤선도는 전쟁으로 고초를 겪은 상감마마께 문안 인사 한 번 오지 않았습니다요. 병란 때는 강화도 인근까지 왔다가 조정 군사들이 패하자 피난중인 처녀를 배에 싣고 돌아가 첩으로 만들었습지요." 고산은 결국 경북 영덕으로 귀양가게 됐고, 일 년 만에 풀려났다. 벼슬이 싫었고 한양이 역겨웠다.

해남으로 돌아온 고산은 장남 인미에게 집안일을 맡기고 인근 수정동에 은거한다. 다시 금쇄동(해남군 현산면 구시리 산 181번지)을 발견, 여섯 해를 머물면서 「산중신곡」과

活BOO 보길도 세연정

「산중속신곡」을 짓는다. 이때 고산 옆에는 강화도에서 내려올 때 배에 태워 온 동서 이희안의 노비 세 사람 중 늙은 계집종의 딸이 고산의 아들 학관을 낳아 시중을 들었다.

고산의 나이 예순. 바다 한복판에 떠 있는 섬이 눈에 어른거려 견딜 수가 없었다. 보길도로 다시 들어간다. 이때부터 예순여섯이 되는 봄, 효종의 부름을 받고 한양으로 올라갈 때까지 '녹색의 장원'을 떠나지 않는다. 왕의 부름을 거역할 수 없어 벼슬길에 나서긴 했지만 마음내키는 일은 아니었다. 그도 그럴 것이 효종이 등극하기 전인 봉림대군 시절의 사부였던 고산은 왕의 비호를 받긴 했지만, 서인과의 파워 게임에서 항상 밀렸기 때문에 벼슬살이가 탐탁치 않았던 것이다. 그리고 고산의 기질은 「오우가」나 「산중신곡」 그리고 「어부사시사」를 읊조리며 음풍농월하는 자유인의 삶에 더 깊이 닿아 있었기 때문에 더욱 그러하다.

고산이 작고한 후 칠십팔 년이 지나 그의 5대손인 윤위가 쓴 『보길도지』에는 이렇게 씌어 있다.

고산은 무민당에 거처하며 닭이 울면 일어나 경옥주 한 잔을 마셨다. 날씨가 맑으면 사륜거를 타고 세연정으로 향했다. 학관의 어머니가 오찬을 준비하여 뒤를 따랐다. 정자에 도착하면 자제들은 늘어서고 계집들이 모시는 가운데 연못에 배를 띄웠다. 풍악이 울리면 채색 옷을 입은 남자 아이들이 배를 타고 못 가운데로 나아가면서 어부사시사를 느린 곡조로 불렀다.

고산은 팔베개를 하기도 하고 때론 바위에 올라가 낚시를 하기도 했으며 연밥을 따기도 했을 것이다.

흥에 겨울 땐 기희들을 정자에서 아득하게 올려다보이는 동·서대와 옥소암에 올려 보내 무리지어 춤을 추게 했다. 너울너울 춤사위는 음절에도 맞았거니와 무희들의 모습은 연못의 물그림자로 비쳐 몽환적인 분위기를 이뤘다. 해가 지면 취한 몸은 사륜거에 실려 덩싯덩싯 무민당으로 돌아왔다. 흥이 지워지지 않으면 촛불을 밝히고 밤놀이가 길어졌다. 이런 일과는 고산이 아프거나 걱정거리가 없으면 하루도 거른 적이 없었다.

고산은 인생의 황혼녘에 벼슬길에 올랐다가 또다시 팔 년이란 세월을 귀양살이로 보내고 여든하나에 부용동으로 돌아왔다. 사 년이란 세월을 때늦은 풍류 속에 지내다 여든다섯에 이승을 하직했다.

천성이 댄디보이인 고산. 세연정에 앉아 세상을 보고 웃고 있는 고산의 모습이 나는 좋다. 만약, 만약에 말이다. 나에게도 탄생의 선택권이 주어진다면 고산이 살던 해남 녹우당의 아랫채에서라도 다시 한 번 태어나고 싶다. 그리고 보길도 세연정, 그 정자 마루에서 기희, 무희들과 함께 어울려 멋진 춤판을 벌이면서 조지 거쉬인의 「서머 타임」을 허리 젖혀 가며 부르고 싶다.

보길도에 가고 싶다

보길도의 주봉인 격자봉(해발 425미터)에 오른 적이 있다. 예송리 입구 민박집에서 자고 일어나 아침식사 전에 운동 삼아 뒷산을 오르자기에 따라 나섰다. 얼마나 높으냐고 물어 봤더니 사백 미터 남짓이라 했다. 나의 훈련도장인 팔공산이 일천 미터가 넘으니까 단번에 정상에 오를 것 같았다. 슬리퍼를 신고 나섰다. 웬걸, 조금 올라가니 길이 보이지 않았고 숲이 너무 짙었다. 반바지 반소매 차림은 오만과 편견이었다. 아침이슬에 살갗은 젖어 들었고 가시풀들은 팔과 다리에 생채기를 내고 있었다.

'기우는 가까운 미래'라더니 중턱에서 우려했던 일이 터지고 말았다. 슬리퍼의 한 짝 끈이 떨어진 것이다. 난감했다. 초등학교 다닐 적 뒤축이 떨어진 검정고무신을 신고 소풍 나설 때의 기억이 문득 떠올랐다. 맨발로 오를 수밖에 없었다. 정상까지 한 시간쯤 걸렸을까. 지금 생각해도 백두산 서파 코스 종주길 같은 종일 산행보다 더 지루했다.

그러나 맨발로 오른 격자봉에서의 조망은 정말 근사했다. 일망무제로 트인 남쪽바다 그리고 푸른 기운이 흐릿하게 펼쳐져 있는 하늘 색깔. 보길도를 옹립하고 있는 뒤옹박을 엎어놓은 듯한 작은 섬들의 무질서한 배치, 산행중에 나무 사이로 얼핏얼핏 보이는 바닷새들의 군무. 제주로 향하던 고산을 이곳에 머물게 한 섬의 매력은 바로 여기에 있었다.

산에서 내려온 그날 저녁 기분이 좋아 너무 많은 술을 마셨다. 예송리 바닷가 당산나무가 서 있는 부근의 목로주점에서 맥주를 한 동이쯤 마셨다. 술을 마시며 「뚜나」라는 노래를 계속 불렀다.

　　오 내 나이 어릴 때 내 입은 가볍고, 바다 위를 떠돌기 나 참 원했네. 지금 남천 바라볼 때
　　에 늘 들리는 것은, 그 작은 뚜나 나를 부른다. 그 작은 뚜나 별이 부른다.

　　고등학교 음악시간에 배운 그 노래가 어떻게 나도 모르는 사이에 말문 열리듯 툭 튀어나왔는지 지금 생각해도 이상하다. 「뚜나」를 부르고 또 불렀다.

　　고산의 원래 호는 해옹海翁이었다. 바다를 사랑하는 노인이란 뜻이다. 고산이란 호는 윗대 어른들로부터 물려받은 별장이 경기도 남양주에 있었기 때문에 지명을 따 그렇게 짓긴 했으나 생전에는 별로 사용하지 않았다. 같은 남인이었던 허목이 쓴 비문에도 '해옹 윤참의 비'라고 되어 있다. 고산이란 호는 사후 130년이 지난 1800년 정조대왕이 윤선도를 고산으로 부르도록 하라고 지시한 것이 빌미가 되어 굳어진 것이다.

　　고산은 해남의 금쇄동과 보길도의 부용동을 발견하여 자신이 즐길 풍류 공간을 직접 만들 정도의 심미주의자였다. 그리고 정통 풍수에도 달통한 전문가였다. 고산이 글을 가르쳤던 봉림대군이 효종 임금이 되어 등극 십 년 만에 승하하자 고산에게 왕의 묏자리를 잡는 일이 주어졌다. 고산은 경기도 여주의 홍제동과 수원 근교 화산을 추천했다. 그러나 송시열이 수장으로 있는 서인들은 고산의 추천지를 무시하고 남양주의 태조 무덤이 있는 건원릉 근처에 묏자리를 잡았다. 고산은 매우 화가 났다. "십 년이 지나지 않아 능에 망극한 변고가 생겨 천장해야 할 것이다. 나는 보지 못하겠지만 그대들을 내 말을 명심하라." 아니나 다를까. 십오 년 뒤 봉분이 갈라지는 변고가 생겨 고산이 지정한 홍제동으로 이장해야 했다.

　　조선조 세종대왕과 함께 명군으로 손꼽히는 정조는 고산의 안목을 높이 평가하고 있었다. 정조는 자신의 아버지 사도세자의 능을 고산이 지목한 화성군 안녕리 화산으로 이장, '융릉'이라 불렀다. 그리고 아버지의 묘를 이장한 지 십일 년 후에 세상을 뜬 정조 자신도 융릉에서 얼마 떨어지지 않은 건릉에 묻혔다. 정조대왕이 살아 생전에 벼슬로는 크게 빛을 못 본 고산을 사후에 기린 이유가 여기에 있다.

　　고산이 위대한 것은 능력도 있고 임금과 가까우면서도 왕에게 아부를 하지 않았다

는 사실이다. 고산은 임금의 사부이면서도 벼슬을 받을 때마다 면직을 청하고 물러나기를 거듭했다니 그를 생각하면 저절로 고개가 수그러진다.

고산은 생애 중에서 십팔 년을 귀양살이를 했다. 물론 천성이 자연과 합일하여 그 속에서 신선처럼 살고 싶은 이상향을 추구한 것도 사실이지만 실권을 잡고 있는 서인 세력에 밀려 한계를 느꼈으리라. 그렇지만 고산은 임금을 사모하는 연군가 따위는 짓지 않았다. 송강 정철 같은 이는 낙향했을 때 「사미인곡」「속미인곡」 등 임금을 향한 사모곡을 끊임없이 읊었지만, 고산은 차라리 귀양가서 몇 년을 더 버티더라도 치사한 노래는 부르지 않았다.

고산은 효종이 승하하고 난 뒤 상복을 몇 년간 입어야 하는가란, 이른바 '예송논쟁'에서 송시열이 일 년을 주장한 데 반해 삼 년 복상을 주장했다가 일흔넷이란 늙은 나이에 백두산 아래 삼수로 마지막 위리안치 귀양을 간다. 그곳에서 고산은 이런 시를 썼다.

산이 가두고 있는데 왜 가시 울타리를 치나 / 세 계절 얼음 단지요 여름은 시루의 찜통 /
지옥을 누가 말했나 믿지를 않았는데 / 사마온 공은 보지도 않고 잘도 알았네.

고산은 여든하나에 귀양이 풀려 보길도로 돌아와 늙은 몸을 누인다. 몸도 마음도 지친 상태였다. 잡목을 꺾어 지은 낙서제에서 여든다섯 나이로 하늘나라에 입적했다. 그의 시신은 해남의 금쇄동 산기슭에 묻혔지만, 풍류 즐기기를 좋아했던 그의 혼령은 보길도 부용동 정원을 맴돌고 있으리라. 고산을 만나러 보길도에 가고 싶다.

여인의 몸

잊지 못하는 절집 두 군데가 있다. 환성사와 불굴사. 이 두 곳은 내 고향 하양의 진산인 무학산 자락에 위치하고 있는 신라 고찰로 초등학교 다닐 적 소풍 코스였다. 무학산 남향받이에 있는 환성사는 봄, 가을 소풍의 단골 메뉴였지만, 산 너머에 있는 불굴사는 길이 험하기 때문에 좀처럼 소풍 코스로 채택되지 않았다. 오학년 가을이었나, 밤이 익어 가는 계절에 단 한 번 가 본 추억의 장소가 바로 불굴사다.

머리모양을 항상 올백으로 빗어 넘긴 담임 최준영 선생은 종례시간에 이렇게 말씀하셨다. "내일 소풍은 무학산 너머 불굴사로 간다. 집으로 돌아가 통대나무를 구해 밤 까는 도구 하나씩을 만들어 오도록. 이건 숙제다."

선생님은 밤 까는 공작 도구를 소풍이란 부푼 꿈에 묶어 오도록 배려한 그런 멋쟁이셨다. 아이들의 함성이 교실 천장을 찌를 듯한 것까진 아련하게 생각이 난다. 그러나 하학 후 어디서 대나무를 구해 요즘 식당의 구둣주걱처럼 생긴 밤 까기 도구를 어떻게 만들었는지는 세월이 너무 오래여서 기억에 없다.

지난해 환성사 소풍길엔 뒤축이 떨어진 검정고무신을 신고 가다 너무 속이 상해 몇 번이나 눈물을 찔끔거린 기억은 선명한데, 불굴사의 밤 따기 소풍 때는 무슨 신을 신었으며 김밥을 쌌는지 맨밥을 쌌는지 머릿속 기억소자는 아무것도 건져 내지 못한다.

공설운동장에서 출발한 불굴사 원족 나들이는 편도 두 시간쯤 걸리는 산행 코스였다. 무학산 중턱에서 눈망울이 너무 선하게 생긴 노루를 난생 처음 만났으며, 바위

불굴사 석등

틈을 기어 다니는 도룡농을 잡아 사이다병에 넣어 쫄랑거리며 뛰어다녔다. 이날의 메인 이벤트인 밤 따기는 익은 밤은 적은데다 대나무 구둣주걱을 들고 설치는 아이들이 너무 많아 대부분이 주머니 하나를 가득 채우지 못했다. 그러나 오십 년이 지나도록 아름다웠던 소풍의 기쁨을 오롯이 기억할 수 있으니 얼마나 다행한 일인가.

우리는 이날 분명 불굴사에 소풍을 갔지만 절의 부처와 스님 그리고 석탑과 석등을 보고 온 사람은 아무도 없었다. 도착하자마자 밤나무 숲속으로 뛰어들어 까칠 밤송이를 까느라 정신이 없었으니까. 나는 그날 이후론 한 번도 불굴사에 가 본 적이 없다. 너무 오랜 세월을 어영부영 살아왔다. 그러나 불굴사를 생각하면 부처와 석탑은 떠오르지 않고, 스님의 목에 걸려 있는 일백여덟 개의 염주알이 밤숲에 떨어진 듯한 알밤들만 눈앞에 어른거린다. 어쩌다 꿈속에서 불굴사를 찾아가면 높은 밤나무에서 떨어진 가시밤송이가 머리 위에 떨어져 번번이 잠을 깨곤 한다. 그래서 불굴사는 기억 속에 너무 선연한 절집이다.

어제 오후 친구들이 불굴사 옆 참숯가마에 찜질하러 간다기에 따라 나섰다가 혼자 허정허정 절로 올라갔다. 새로 지어 적멸보궁이란 현판을 달고 앉아 있는 건물도 마음에 들지 않았지만 산신각과 요사채 등이 새론 불사에 의해 겉칠 화장만 요란하여 고찰이 지니고 있어야 할 고졸한 맛은 없었다.

다만 마당에 세월의 이끼를 털고 서 있는 석등과 석탑이 석공이 쪼은 신라의 손맛을 생생하게 간직하고 있었다. 그리고 석탑 주변에 널려 있는 맷돌, 돌확, 절구 등 몇

몇 석물들이 "아주 아주 옛날에 밤 따러 온 자네를 본 일이 있지" 하면서 "옛 이야기를 하고 싶어 못살겠다"는 투로 몸을 뒤채고 있었다.

한 가문의 영욕이나 한 절집의 내력도 어떤 작은 물건이 입이 되어 말할 때가 왕왕 있다. 불굴사의 약사전이란 보호각 속에 감금되어 있는 약사여래입상도 이 절집의 대변인이다. 팔공산이 우리나라 약사 신앙의 총본산이듯 팔공산 자락에는 많은 약사여래부처가 좌정하고 계신다. 우선 갓바위 석조여래좌상, 동봉 석조약사여래좌상, 비로봉 마애약사여래좌상, 삼성암터 마애약사여래입상, 동화사 입구 마애여래좌상, 1992년도에 조성된 통일약사대불 그리고 이곳 불굴사 석조약사여래입상 등이 아우러져 산내에 약사 신앙의 큰 울타리를 형성하고 있다.

고향 뒷산 무학산 너머에 있는 조그마한 고찰인 불굴사도 약사여래가 지키고 있는 만만찮은 절이다. 조선조 영조 때 큰비가 내려 절집 전체가 떠내려가면서 이 약사여래도 땅속에 매몰된 것을 전라도 송광사의 어느 노승이 꿈에 현몽을 얻어 발굴해 냈다고 한다. 아마 부처님의 영험한 기운이 없었으면 땅속에서 영원히 일어나지 못했을 것이다.

일반적으로 약사여래부처는 열두 가지 원을 이뤄 준다고 한다. 거기에는 질병의 고통에서 벗어나 안락을 누리게 하는 원과 여인이 원한다면 남자의 몸을 얻게 하는 원까지도 있다. 앞으로 해마다 가을이 오면, 가을이 와서 밤이 익으면 불굴사에 가야겠다. 가서 약사여래부처님에게 오십여 년 동안 찾아뵙지 못한 죄를 뉘우치고 부처님의 분이 풀릴 때쯤 남자가 원한다면 여인의 몸도 주실 수 있는지 그런 것도 한번 넌지시 물어 봐야겠다.

소록도 소쩍새

지옥이라 쓰고 천국이라 읽는다. '절망'이란 낱말이 들어가야 할 빈 칸에 '희망'이란 단어를 살짝 밀어 넣는다. 작가 이청준은 '우리들의 지옥'을 '당신들의 천국'이란 이름으로 소록도 이야기를 소설로 썼다. 축복 받지 못한 땅에 드리는 위로의 말씀이지만 그건 역설이다. 아! 소록도.

소록도 사람들은 소쩍새 우는 소리를 싫어한다. 소쩍새가 구성지게 울고 간 다음 날 아침에는 틀림없이 누가 죽어 나간다고 믿기 때문이다. 그래도 소쩍새는 밤마다 이 동네 저 동네를 돌아다니며 피울음 토하듯 울어 제친다. 한때 칠천 명이던 환자 수는 요즘 칠백여 명으로 줄어들었다. 초상을 알리는 소쩍새의 노고가 정말 컸다. 그래도 아직 살아 남은 사람들은 손가락 없는 뭉턱손으로 서로를 위로하며 장수를 꿈꾸며 살고 있다. 평균연령 일흔둘. 산에 누워 있으나 집에 엎드려 있으나 별반 다를 게 없는 연치의 사람들이다.

소쩍새는 한 달에 평균 대여섯 명씩을 영원히 쉴 수 있는 안식의 집으로 인도한다. 가난보다 더 무서운 외로움에서 벗어날 수 있는 유일한 길이다. 소록도 사람들은 삼일장이니 오일장이니 하고 장례에 긴 시간을 할애하지 않는다. 오늘 죽으면 늦어도 내일 아침에 화장해 버린다. 그리고는 뭇 영령들이 살고 있는 만령당에 모셨다가 영혼들의 어깨가 서로 맞부딪칠 정도로 혼잡해지면 일괄 매장해 버리는 것이 이곳의 풍습이다.

이곳 주민들의 노동은 애처롭다. 다리가 떨어져 나갔으니 전동 휠체어를 타고 밭으로 나간다. 손가락이 없는 팔에 호미자루를 묶어 감자를 캔다. 손 없이도 문어를 잡고, 닭에게 모이를 주어 달 걀을 얻고 병아리를 키워 낸 다. 삶 자체가 울음이지만 눈 물조차 맘대로 흘릴 수 없다. 한센병 환자들은 땀과 분비 물이 나오지 않기 때문에 눈 물이 말라 눈이 일찍 멀고, 그것에도 물이 말라 여성들 은 부부간에 사랑을 할 때도 바셀린을 사용하지 않으면 안 된다.

소록도 소금창고 [K대] [印]

비극다운 비극을 제대로 설명하는 곳이 소록도다. 사랑하는 사람끼리 헤어져 만나 지 못하는 슬픔은 비극도 아니다. 아들 결혼식에 가족사진을 찍을 때 부모 자리에서 밀려나야 하는 말 못할 아픔, 위문단이 나누어 준 라면과 참치 캔을 반값에 되팔아 장례비용을 적립해야 하는 가난, 죽은 후에도 '이하 등등'으로 취급되는 망자의 슬 픔이 진짜 비극이다.

신생리 32호 이공순 여사는 소록도 성당에서 치뤄진 아들의 결혼식에 참석은 했지 만 사진 찍을 때는 아들과 며느리를 위해 스스로 물러서고 말았다. 지난 2002년 4월 타계한 최옥순 할머니(82)의 평생 모은 재산은 4백만 원이었다. 이중 2백만 원은 장 례비용으로 교회에 헌금하고, 나머지는 자신의 양아들로 십 년째 봉사활동을 하고 있는 대구의 조행선(62·엔젤스튜디오 대표) 씨에게 유산으로 물려주었다. 조씨는 유산으로 받은 전액을 빈들교회의 봉사 기금으로 내놓았는데, 이런 이야기는 눈물나 도록 아름다운 이야기다.

개인적으로 너무 안타깝게 생각하는 현대그룹 정몽헌 회장을 비롯하여 카드 대금 을 막지 못해 고층 아파트 또는 한강 다리에서 떨어져 죽은 이들처럼, '죽느냐 사느 냐'는 절박한 문제로 고민하는 사람들에게 죽기 전에 마지막으로 소록도에 한 번 다 녀갈 것을 권하고 싶다. 그곳에는 "왜 사냐건"이란 질문에 "그냥 웃지요"란 명 답 대신에 분명 다른 해답이 있기 때문이다.

아름다운 삶

　나는 요즘 창 밖 플라타너스 가지 위에서 지저귀는 참새떼들의 재잘거림 때문에 잠을 깬다. 참새떼들은 짧게는 오 분, 길게는 십여 분 동안 알아들을 수 없는 소리로 신나게 떠들고는 대장인 듯한 참새가 무슨 휘파람 소리처럼 "찌익 쨱 쑤와" 하고 한마디하면 저마다의 수다를 끝내고 맞은편 아파트 너머로 사라진다. 아마 아침식사를 하러 가나 보다.

　타의에 의해 직장을 그만두고 나니 옛날에는 대수롭지 않게 지나칠 일들이 마음 한켠에 쌓이기도 하고 보편적 현상까지도 때로는 섭섭하게 느껴질 때가 많아 "아니야, 이러면 안 돼" 하고 나 스스로에게 다짐하기를 곧잘 한다. 오늘 아침만 해도 창 밖에서 지저귀는 참새떼들을 보고 "아무데도 갈 곳 없는 나는 참새보다도 못해"라는 생각이 순간적으로 떠올라 피식 하고 웃었다. 그러나 사실은 서러웠다.

　나는 31년 2개월이란 세월 동안 아침밥 먹고 출근하고 퇴근하여 집으로 돌아오는 습관에 오래 젖어 있었기 때문에 빈 시간의 복판에 홀로 있다는 사실에 익숙하지 못하다. 익숙하지 못한 환경은 부자연스럽고 또 불안하다. 그래서 나는 자고 일어나 한데 모여 간밤에 꿈꾼 이야기들을 지겹게 늘어놓는 참새떼들을 부러워했는지도 모른다.

　나는 요즘 책 읽고 글 쓰고 산에 가고 간혹 여행을 하는 일 이외에 다른 일은 거의 하지 않는다. 이렇게 단순한 일만 하는데도 나는 여전히 마음을 비우지 못하고, 또 여러가지 사회적 욕심을 버리지 못해 홀로 있는 것이 더불어 함께 있는 것보다 못하다고 생각해 왔다. 그러니까 실직 후 스스로 세운 '단순 소박한 삶을 살겠다'는 목표는 여전히 희망사항이거나 남에게 보이기 위한 허울에 불과했다.

그런 나를 각성시킨 채찍과 같은 두 권의 책이 있다. 헨리 데이빗 소로의 『월든』이란 책과 헬렌과 스코트 니어링이 쓴 『조화로운 삶』이란 책이다. 1817년 미국 매사추세츠 주의 콩코드에서 태어나 하버드대를 졸업한 소로는 현실적 부와 명성의 길을 택하지 않고 월든 호숫가에 오두막을 짓고 2년 2개월 동안 혼자 생활하며 자연과 하나가 되는 구도자적 삶을 살았다. 그는 탐욕으로 괴로워하는 인간들에게 '단순과 소박'이란 가치 있는 삶의 지표를 제시했다.

또 헬렌과 스코트는 소로보다 구십여 년 뒤에 태어났지만, 평소 자연과 함께 하는 소로의 값진 삶을 동경한 나머지 도시생활을 청산하고 이농하여 시골인 버몬트에서 이십 년을 살다 다시 메인으로 옮겨 가 어떻게 사는 것이 조화롭고 아름답게 사는 것인지를 후세 사람들에게 가르쳐 주었다.

소로는 "홀로 지내는 것이 심신에 좋다. 사람은 더불어 있어도 사실은 홀로 있는 것이다. 고독은 타인과의 공간의 거리가 아니다. 노동이나 사색으로 한 곳에 몰두하면 외로움을 느끼지 못하는 법이다"라고 말하면서 "하나님이나 태양이나 모든 위대한 것들은 홀로 존재하고 있어도 스스로 빛이 난다"고 하여 나를 부끄럽게 만들었다.

한편 헬렌과 스코트는 전원생활을 시작하면서 엄격한 계율을 만들었다. 채식하기, 동물기르지 않기, 하루 반나절 일하고 반나절은 자신을 위해 투자하기, 한 해 양식 마련되면 더 이상 일하지 않기, 먹고 남는 양식은 이웃과 나누기, 하루에 한 번씩 삶과 죽음에 대해 명상하기, 생활 속에서 유머 찾기, 삼라만상에 대한 애정 갖기 등등. 그들이 추구하는 삶은 진짜 욕심과는 거리가 먼 조화롭고 멋진, 정말 하늘나라의 삶 바로 그것이었다.

오늘 나는 『조화로운 삶』의 세번째 읽기를 끝냈다. 내일 아침에는 절대로 창 밖에서 지저귀는 참새떼를 부러워하지 않을 것이다. 나도 조화롭고 아름다운 삶을 살 것이다.

6

구상 시인의 모자

구상 시인에게는 항상 가을 냄새가 난다. 가을에 처음 뵈었기 때문이리라. 시인에게서 가을 외에는 다른 어느 계절의 이미지도 느낄 수가 없다. 가을 남자. 그래. 뭔가 조금은 쓸쓸하고 만남보다는 떠남이 좀더 어울리는 그런 남자가 구상 시인이다.

시인을 처음 뵌 것은 삼십여 년 전인 칠십년대 초, 플라타너스의 잎들이 돌가루 포대 색깔을 하고 도로를 질주하는, 가을 바람이 세차게 부는 날이었다. 시인은 옅은 갈색 코트에 걸맞은 중절모를 쓰고 이 세상 모든 것을 너그럽게 포용하고 그리고 용서할 수 없는 자들에게도 자비를 베풀 것처럼 약간은 어눌한 말투를 앞세우고 그렇게 내 앞에 나타나셨다.

"活이라 그랬지." "예." "그래, 사회부 기자라며." "예."

시인은 내가 근무하던 신문사의 편집부국장이자 집안 조카인 고 구구서 선생 댁에 다니러 오셨고, 나는 "인사드려야 할 분이 오늘 서울에서 내려오시니까 잠시 집으로 오라"는 연락을 받고 구상 시인을 기다리고 있던 참이었다. 시인은 『영남일보』의 주필을 지내신 언론계 대선배이자 항렬로는 할아버지뻘이어서 그저 묻는 말씀에 "예, 예" 대답이나 할 뿐 감히 치어다볼 엄두도 내지 못했다.

시인은 자신을 뽐내지도 드러내지도 않았다. 낮은음자리로 조용조용 애기했지만 '구상'이란 그 이름이 갖고 있는 위엄이 목청 돋우지 않아도 모든 걸 압도하는 듯했다. 오후 열차편으로 서울로 올라가시면서 여의도 시범아파트 몇 동 몇 호란 주소를 쪽지에 적어 "혹시 서울에 오면 들르라"고 말씀하셨다.

플랫폼에서 시인을 배웅하며 "나도 시인의 나이가 되면 저런 모자를 써야지" 하고 속으로 다짐을 했다. 그러나 겉멋은 흉내낼 수 있어도 시인 특유의 고매한 인품은 도저히 따를 수 없을 것 같아 고개를 모로 흔들었다.

그 일이 있고 난 후부터 나는 시인의 연락책 겸 비서 비슷하게 되어 버렸다. 대구로 내려오실 땐 고 이윤수 시인, 최정석 수필가(전 효성여대 교수), 깡패 시인 고 박용주 선생 등에게 연락하여 모임이 끝날 때까지 자리를 지키는 일이 나의 소임이었다.

시인의 대구 나들이에는 나 외에 박세환, 고 이무웅 등 두 사람의 양아들이 항상 함께했다. 그러니까 촌수로 따지면 두 아들보다 내가 한 촌수 아래였다. 그렇지만 주회가 열릴 땐 아들들은 밖에서 시중을 들어도 손자인 나는 말석에서나마 어른들과 함께 술을 마시는 영광을 누렸다.

하루는 주먹세계에서 '항구'라는 별명으로 더 많이 알려진 무웅이가 이렇게 말했다.

"아들인 우리는 심부름이나 하고 손자인 활이는 아버지 옆에서 술이나 마시고 이래도 되겠습니까"라며 어리광섞인 투정을 늘어놓았다. 그러자 시인은 "할애비는 아들 자식보다 손자가 더 귀한 법이야" 하고 입을 틀어막더니 "너희들은 기자가 아니잖아. 신문기자는 누구하고도 대작할 수 있지"라고 말씀하셨다.

시인은 '홍'과 '성'이란 두 아들과 '자명'이란 딸 하나를 슬하에 두셨다. 홍이는 주로 서울에 살았기 때문에 연전에 타계할 때까지 서너 번 만난 게 고작이었고, 따님인 자명이는 하와이에서 공부를 했기 때문에 만날 기회가 별로 없었다. 둘째 아들 성이는 항렬로 따지면 나보다 높았지만 그런 것 모두 무시하고 우리 집엘 자주 들락거렸다. 성이는 아버지인 '구상 시인'보다 한 수 더 앞지르는 걸물이었고, 그는 가진 것 없는 부자였으며 한마디로 바람 불지

고故 구상 시인

않는 날 언덕에 올라 바람을 불러오는 '바람 바람 바람'이었다.

성이는 부전자전이 아니랄까봐 시인처럼 폐가 나빴다. 그래도 그는 타는 목마름처럼 끓어오르는 뜨거운 피의 기운을 참지 못했다. 약을 먹고 건강이 겨우 회복되는 기미가 보이면 술을 마셨고, 다시 나빠지면 약을 먹고, 이렇게 반복하다 보니 약에 내성이 생겨 나중에는 아무 약도 듣지 않았다. 이를 보다 못한 중광 스님은 당신이 그린 선화 쉰넉 점을 항구에게 건네주면서 "이걸 팔아서 성이를 요양소에 보낼 경비로 사용하라"고 일렀다.

성이는 「걸레 스님 중광전」의 수입을 치료비로 챙겨 인천에 있는 결핵요양소에 입원하기로 결정한 후 잠시

공초 오상순의 초상. 이중섭 그림. 5.5×10.5cm

대구로 내려왔다. "이거 우리 집에 있는 책갈피에서 찾은 건데 이중섭 화백이 공초 오상순 시인을 그린 스케칩니다. 나는 요양소로 들어가면 살아 나올지 죽어 나올지 모르는데 마지막 선물로 받으세요." 성이는 어느 신문소설의 삽화로 사용한 흔적이 뚜렷한 어린아이 손바닥 크기의 펜화 한 점을 내 손에 쥐어 주고 서울로 떠났다. 그리고는 살아서 만나지 못했으니 그게 성이와는 이승의 마지막이었다.

시인은 아내와 아들 둘을 먼저 가슴에 묻었다. 여의도 시범아파트, 고요와 적막이 바다를 이루는 곳에 살면서도 한 번도 외롭고 쓸쓸한 표정을 짓지 않으셨다. 뵈올 때마다 온화한 미소 그리고 떨리는 손으로 한 음계 낮춰 말씀하시는 품이 곧 가을 속으로 떠날 사람 같아 보였다.

시인은 맏아들 홍이가 하늘나라로 떠난 뒤에도 여러 번 대구 나들이를 하셨다. 중

광 스님의 「매드 몽크전」이 동아쇼핑에서 열렸을 때도 김종규 선생(박물관협회장)과 함께 하객으로 오셨다. 그리고 여류 서양화가 김종복 화백의 대형 전시회가 서울신문화랑에서 열렸을 때도 지팡이를 짚고 나오셔서 축사를 하시기도 했다.

시인은 자신의 몸이 불편하실 터인데도 대구서 올라온 손자녀석의 밥 걱정과 아울러 누구와 술을 마실 것인지 그런 것까지 걱정해 주셨다. 마침 시인의 옆에 있던 서울의 양아들 남정도(한경화학 사장) 형이 "아버지, 활이가 갈 집을 미리 예약해 두었습니다"라고 말씀드리자 그냥 고개를 끄덕이셨다. 시인은 자신이 앞장서 걸을 수 없는 건강을 탓하며 아마 가슴을 쳤으리라.

시인은 투병중에 그동안 아껴 두었던 이억 원을 장애인들을 위해 쾌척했으며, 이중섭 화백이 시인에게 그려 준 〈구상 가족〉이란 유화를 판 돈 일억 원도 아무도 모르게 이웃을 위해 몽땅 기부했다. 그러면서도 죽는 날까지 자신에게는 엄격할 정도로 검소한 삶을 살았으며 만년에는 이런 시를 썼다.

흐려진 내 눈으로 보아도 내 마음은 / 아직도 명리에 연연할 뿐만 아니라 / 음란의 불씨도 어느 구석에 남아 있고 / 늙음과 병약과 무사를 핑계로 삼아 / 태만과 안일과 허위에 차 있다. (「근황」 중)

시인은 2004년 5월 11일 몸은 여의도 성모병원 중환자실에 뉘어 둔 채 영혼은 아내와 아들 둘이 살고 있는 아름다운 나라로 올라가셨다. 영결식장에는 시인의 정을 그리워하는 시인묵객들이 전국에서 몰려들어 인산인해를 이뤘다. 그후 사십구재 추모 미사가 열린 여의도 성당에도 진심으로 시인을 사랑하는 수많은 사람들이 모여 이승에서의 아름다웠던 삶이 천국에서도 그렇게 이어지기를 간절히 기도했다.

나는 그날 추모 미사를 드리는 동안 성모 마리아상 옆으로 피어오르는 시인의 봄 아지랑이 같은 미소와 낮게 흔들리는 말씀, 그 말씀밖에는 아무것도 보이지도 그리고 들리지도 않았다. 나도 가을 속으로 떠나고 싶었다.

그리고 몇 달 뒤 혼절에서 깨어난 듯한 시인의 따님 자명이에게서 한 장의 소식이 왔다.

아버님 영정사진 몇 장을 좀 크게 뽑았습니다. 가족 개념에 드는 분들에게 나눠 드리려고요.

그리고 모자를 좋아하시는 것 같아 아버님 생전에 즐겨 쓰시던 모자 하나를 유품 중에서 골라 챙겨 두었습니다. 대구에 갈 때 갖고 가겠습니다. 자명 올림.

시인은 떠나고 모자만 내 곁으로 왔다. 그것은 마치 히말라야 등반 중에 설산에 묻혀 돌아오지 못하는 산악인의 유품 한 점을 받아 든 그런 기분이었다.

목로주점의 추억

소설가가 된 김원일 형과의 만남은 내 술의 시작이었다. 문학의 먼 눈뜸이었다. 원일형은 술이 세다. 지금도 그렇지만 내 술의 배는 되는 것 같았다. 그리고 주종, 청탁, 계절, 시간을 별로 가리지 않았다. 요즘도 맥주에 소주로 간을 치는 폭탄주를 마시고, 더러는 양주도 마다하지 않으니 주호, 주붕을 넘어 주선酒仙의 경지에 곧 이를 것 같다.

원일형을 만난 건 대학 삼학년쯤이다. 경북대 영문과 동기인 고 윤지홍 형의 소개로 우리는 만났다. 만나자마자 목로주점으로 간 것 같다. 청구대학 옆 현재 밀리오레 상가 동쪽 동문시장 뒷골목에 있는 '돌채'라는 어둡고 음산한 귀곡산장 같은 분위기의 주점이었다.

주전자의 옆구리가 쭈그러져 아무리 꾹꾹 눌러 담아도 칠부 이상은 도저히 들어가지 않을 육십 원짜리 막걸리 한 되를 시키면, 구운 꽁치 한 마리와 볶은 콩과 소금에 절인 무가 "우리는 한 세트라예"라고 소리치며 달려 나왔다. 의자와 탁자는 어디서 구했는지 같은 종류는 하나도 없는 고물들이었다. 소파는 앉으면 푹 꺼져 내려가 주점 '돌채'에 정말 잘 어울리는 것들이었다. '돌채'라는 목로주점은 김동리가 부산 피난시절에 썼던 「실낙원」인가 뭔가 하는 단편소설 속에 나오는 다방 분위기와 흡사했다.

"둘이 인사해라. 야는 소설 쓰는 김원일이고, 야는 하양 촌놈인데 영문과에 같이 댕기는 구활이다." 원일형은 서울의 서라벌예대 문예창작과 2년을 수료한 후 청구대 국문과 삼학년에 편입하여 청구대학 신문인 『청구춘추』의 기자로 일하고 있었다. 그는 "수당과 원고료를 받으면 막걸리 값 정도는 쉽게 해결할 수 있다"며 길고 흰 손가락을 저어 가며 느릿느릿 이야기했다. "안 있나 그쟈야, 너거 술 마시고 싶으마 일단 내한테 왔다가 돌채서 그냥 마시고 있거라. 내가 마치고 합석하마 안 되나." 외상술을 마시면서 원일형이 안 오면 어쩌나 하는 걱정은 하지 않아도 되었다. 우리가 마신 술값은 원일형의 외상장부로 자동이체되고 있었다.

작가 김원일 씨

원일형의 출현은 내게 있어 큰 행운이었다. 우선 술이 해결되었고 때에 따라선 잠자리까지 걱정하지 않아도 되었다. 나는 그때 열차 통학과 가정교사를 반반쯤 하고 있었다. 막걸리를 마시다 보니 가까스로 얻은 가정교사 자리에서 쫓겨나는 일을 자주 당했다. 쫓겨나면 다시 통학을 해야 했다. 열차 통학생은 대구에서 밤을 보낼 수 없었다. 영화를 보거나 술을 마시다가도 저녁 7시 5분에 떠나는 대구발 청량리행 마지막 열차를 놓치는 날엔 역 대합실에서 새벽을 맞아야 했다. 나의 집은 육십 리 밖인 하양이었다.

사 년 동안 지루하게 지속됐던 대학생활은 정말 음산하고 우울했다. 모든 과목을 영어로 공부해야 하는 영문과 학생이 책 살 돈이 없어 빈 걸로 학교에 다녔다. 기말고사 때는 봉산동 골목 안에 연탄가스가 조금씩 새는 방에서 자취를 하고 있던 선산촌놈 지흥형에게로 가거나, 아니면 계모 밑에서 겨울에도 추운 다다미방에서 코트를 껴 입고 자는 강영호 형에게로 가 어깨 너머로 영어책을 훑어보곤 했다. 버스비 오원이 없어 대구역에서 경북대까지 걸어 다녔다.

집으로 돌아가지 못하는 나를 끌고 원일형은 온갖 곳을 돌아다녔다. 대구역앞 KG홀 지하의 문화살롱으로 데려가 시를 쓰는 박근수 형을 비롯하여 여러 문학지망생을 인사시켰다. 동문동의 고 이상실 형 집에서 여러 사람들을 만났지만 지금은 기억이 희미하다. 막걸리집을 순회하는 틈틈이 시화전이 열리는 다방에도 들렀다.

어느 날은 우동 국물을 안주로 마신 고량주에 취해 대구역앞 미국공보원 부근의 성림다방에 들어갔다. 어설픈 취기가 난로의 뜨거운 열기에 부딪치자 웩하고 무엇이 올라오는데 급하게 옷소매로 입을 틀어막았지만 불가항력이었다. 시화전중인 액자에 토물이 튀었고 우리는 꽁무니를 빼고 달아날 수밖에 없었다. "활이 니 술이 그러키 약하나. 인자 마 빼갈은 묵지 말자"고 원일형이 한마디했다.

늦은 밤, 막걸리집을 돌다 보면 잠잘 곳이 없었다. 할수없이 원일형 집으로 간다. 종로호텔 뒤 대구시 장관동 9번진가, 나중 '마당 깊은 집'으로 유명해진 그 집으로 간다. 삼사십 미터는 족히 되는 붉은 벽돌 담벼락에 담쟁이 덩굴이 덮여 있는 긴 골목길을 따라 들어가면 늦은 밤인데도 원일형의 어머니는 삯바느질을 하시느라 손재봉틀을 달달달 돌리고 계셨다.

어머니는 일곱 개나 되는 방을 모조리 세놓고 큰방 하나에 아들 셋과 함께 거처하셨다. 아무리 둘러보아도 둘이가 한몫 끼어 잠잘 공간은 없었다. 방 북쪽에 놓여 있는 앉은뱅이 책상 옆에는 공부하다 말고 동생인 원수(소설가인 계명대 김원우 교수)와 원도(시인·작고)가 잠들어 있었다. 어머니는 눈길 한 번 주지 않을 정도로 매정했다. 차라리 역 대합실로 가는 게 나을 뻔했다는 생각을 여러 번 했다.

원일형도 나를 늦게까지 달고 다닌 게 후회스런 눈치였지만 내색하진 않았다. "야, 활아. 우리 동선이네 이층에 가서 자자." 우리는 어머니께 인사를 하는 둥 마는 둥 하고 상서여고 옆 길가에 있는 동선형네 집 대문을 시끄럽게 두드린다. 동선형은 성주 월항이 고향인 사과밭집 지주의 아들이며, 원일형과는 대구농고 동기 동창으로 경북대 농대를 다니고 있었다.

그의 아버지는 일제 때 지은 적산집을 자녀들의 공부를 위해 사 두었는데, 이층은 늦은 밤 우리들의 숙소로 곧잘 이용되곤 했다. 그 집은 우리들의 술 마시는 날을 위해 지은 듯 그렇게 안성맞춤일 수가 없었다. 문턱이 낮은 남쪽 창문을 열면 우선 소변이 해결되었고, 술이 과한 날은 토한 것까지 함석받이가 받아 즉각 냉동시켜 주었다. 한 달에 평균 닷새는 동선형네 집에서 잤다. 한겨울 이층 다다미방은 찬 바람이

술술 들어왔지만 별로 추운 줄 몰랐다. 우리는 젊었고 취기가 그런대로 추위를 막아
주었기 때문이다.

대학 삼학년 아니면 사학년 초여름이었다. 오후부터 마신 술은 밤이 깊어지자 광
기로 발동했다. 나는 원일형과 지흥형에게 우리 집이 있는 하양까지 걸어갈 것을 제
의했다. 밤길 육십 리를 술 취한 채 걷자면 어림잡아 대여섯 시간은 걸릴텐데 둘 다
"좋다, 가자"고 호응했다. 술이 객기를 부린 것이다. 이 '야행 육십 리'를 원일형
의 글솜씨로 읽어 보자. 이 글은 나의 첫 에세이집 『그리운 날의 추억제』에 발문
으로 실린 것이다.

활의 고향집으로 심야 방문했던 추억은 지금도 잊혀지지 않는다. 호주머니만 말랐지 건강
도 좋고, 꿈도 있었던 이십대 초반의 좋은 시절이었다. 향촌동 '고구마집'에서 시청 뒤
'동굴관'까지 막걸리집마다 뒤져 가며 우정에 취하며, 말술을 퍼 마시며, 이상과 이효석
과 윌리엄 포크너와 제임스 조이스를 열심히 읊고 다니던 때였다. 시인 도광의, 부산의 영
어선생 윤지홍, 고인이 된 이상실, 미국으로 이민 간 이동선, 음악도 이오웅 등이 당시의
주멤버였다.

보리타작 철인 초여름 어느 날 밤, 선원이 되어 세계의 바다로 떠돌고 싶어하던 지흥과 나
와, 그렇게 셋이 자정이 넘도록 퍼 마신 술로 우리는 대취했다. 당시 활의 어머니는 고향인
하양에서 농사를 짓고 있었다. "어때, 달도 밝고 한데 걸어서 하양까지 가 볼래?" 활의
제안에 따라 즉석에서 그의 고향집을 방문하기로 했다.

우리는 개구리 울음소리를 들으며 달빛 아래 잘 자란 벼를 보며, 타박타박 신작로 버드나
무 가로수 길을 걸었다. 어느새 술도 말짱 깨어 우리는 목청껏 노래를 불렀다. 마을을 만나
면 야경꾼에게 들킬세라 길 아래 논둑길로 숨어 걸으며, 은빛으로 흐르는 금호강을 끼고 다
리 아픈 줄 모르고 내처 걸었다.

활의 시골집에 도착하여 곤히 잠자는 그의 어머니를 깨워 야참 국수를 먹었던가, 어쨌던
가. 청상에 지아비를 여의고 주 예수와 농사일에 매달려 홀로 고향집과 땅을 지키던 그 노
친네가 이튿날 아침에 그득하게 차려 내놓은 아침 밥상은 지금도 잊을 수가 없다.

울안 텃밭에서 갓 뽑아낸 상추를 된장에 싸서 얼마나 맛있게 먹었던지, 그 뒤 활의 어머니
는 나만 보면 "원일이 니 요새도 상추쌈 그래 마이 묵나?" 하신다. 정말 한 소쿠리는 먹
었고, 지금도 쌈을 좋아하는 나의 식성이지만, 그때 먹은 상추쌈과 배춧국과 푸새무침이야
말로 그 어떤 진수성찬보다 그립게 회상된다.

시인과의 만남

겨울이었다. 맨날 그랬지만 또 잠잘 곳이 없었다. "야 활아. 오늘은 『청구춘추』 야간 편집실에 가서 자자." 김원일 형이 제의했다. "야간 편집실이 어딘데?" "양키시장 끝에 방 하나 얻어 놨다." 그날은 향촌동의 고구마집에서 마셨던가, 어쨌든 술이 약간 과했다. 편집실에 도착하고 보니 해방골목 맞은편 창녀촌이었다.

대문에 들어서니 나처럼 키가 큰 청년이 "니 활이 아이가, 활이 맞제" 하며 반갑게 맞아 주었다. 그는 맨발로 얼어 있는 마당으로 내려선 도광의 형이었다. 원일형의 이야기 속에서 자주 등장하던 광의형을 그때 처음 만난 것이다. 우리는 옛날부터 알고 있던 친구처럼 많은 얘기들을 나눴다. 그날밤 술을 더 마셨는지 어쨌는지는 기억에 없다.

그러나 다음날 아침에는 『청구춘추』 기자들을 오빠처럼 좋아했던, 무엇이 약간 모자라 백치미를 풍기던 아가씨가 간밤에 다녀간 손님에게서 받은 돈으로 끓여 준 북어국을 맛있게 먹고 학교엘 갔다. 하기야 점심을 밥 먹듯 굶고 다녔지만 그날은 굶어도 배가 고프지 않았다. 아침을 든든히 먹었기 때문이다.

광의형은 동향이었다. 내 고향 하양에서 은해사 쪽으로 십 리 떨어진 와촌이 고향이었다. 그리고 고종사촌형인 목인 전상열 시인의 고향인 동강리에 광의형의 집이 있었다. 예나 지금이나 광의형을 보면 '순수'라는 제목의 그림을 액자에 끼우지 않고 그대로 보는 것 같다. 그리고 시에 대한 열정은 세월이 아무리 흘러도 좀처럼 식지 않으니 참 신기하다. 요즘 대구 문인들 사이에서 "도광의 선생이 자주 삐친다"

는 소문이 돌기도 하는 모양이지만, 나는 광의형의 그러는 모습이 시인의 참모습이 아닌가 하고 그의 삐친 모습을 가까이에서 한 번 보고 싶다.

나는 광의형의 시를 좋아한다. 고향이 같고 큰 키가 같고 우정의 연조가 깊어 그의 시를 좋아하는 것은 아니다. 그는 자신도 모르는 것을 남들이 잘 알지 못하게 신식으로 쓰지 않고 내 고향의 풍광을 알기 쉽도록 시를 쓰니 좋아할 수밖에. 그는 첫 시집 『갑골길』을 상재한 후 내게 스무 권을 들고 와 "팔리지도 않을 것을 괜히 많이 찍었어. 니 아는 사람에게 골고루 나눠 줘 버려라" 하며 버리듯 두고 갔다.

경남 함안여고 백양나무 교정에는 뼈 모양의 하얀 갑골길이 보인다. 함안 조씨 순흥 안씨 재령 이씨 다투어 살고 있는 갑골길에는 바람 많은 백양나무 생애로 노총각 한 선생이 살아 왔다. (「갑골길」 중에서)

봄이 눈뜨는 아침에 못물 하도 고와 걸음을 어디서 멈추어 설까. 봄물 내리는 아지랑이 기억 끝에 연한 불빛 한 가닥 잔 숨결로나 남을지. 세월 따라 흐르는 수류촌 언덕. (「못물 빛에 묻어오는」 중에서)

와아! 광의형의 시를 읽어 보니 기가 막혔다. 평소 술을 마시다 휴지 같은 데 몇 자 끄적거렸다가 취하면 읽어 주던 의식의 파편들이 멋진 시편들로 엮어져 있었다. 시집을 다 읽고 나서 서정주, 김춘수, 박인환, 윤동주 등과 예이츠, 셸리, 워즈워드 등 내가 좋아하는 시인들의 시집이 한데 모여 있는 서가의 상단에 『갑골길』을 꽂아 두었다. 이 얘기는 광의형에게 한 번도 하지 않았다. "활이 니가 나를 알아주는구나" 하며 괜히 우쭐댈 게 뻔하기 때문이다.

세월은 흘러 나는 장교로 군복무를 마친 후 『대구일보』에 입사하여 풋내기 기자로 근무하고 있었다. 광의형도 심인중을 거쳐 마산의 어느 학교에 국어교사로 가 있었다. 마침 고 윤지홍 형도 마산의 창신중에서 영어교사를 하고 있던 티여서 여름 휴가를 이용하여 마산으로 내려갔다. 지홍형의 하숙집에서 만난 광의형은 무슨 시집을 거꾸로 들고 열심히 읽고 있었다. 거꾸로 들고 읽으면 시가 머리 속에 훨씬 잘 들어온다는 설명이었다. "별꼴 다 보겠다"는 투로 핀잔을 주었는데도 아랑곳하지 않았다. 내가 그때 삼박사일 동안 마산에 머물렀는데도 광의형은 술 한 잔 사 주지 않았다. 그것이 오늘까지 서운하다.

금호강이 깨끗했던 시절이었다. 직장을 부산으로 옮긴 지홍형이 대구에 놀러 왔다. 광의형을 불러 고향인 하양의 금호강에 함께 투망질을 갔다. 투망질은 내가 하고 광의형은 망태기를 들었다. 고향 사람들이 '강정 보살'이라고 부르는 보 밑에서 고기를 잡았다. 하얀 포말을 일으키는 물살 위로 냅다 투망을 던졌더니 그물이 하얗도록 피라미가 잡혔다.

광의형은 "시인은 정확해야 한다"며 잡힌 고기를 낱낱이 세었다. 이백 몇십 마리. 광의형은 즉석에서 시를 지어 흥얼거렸다. "은빛 축복이 빛살로 무너지고 어쩌구 저쩌구…" 그 시가 완성되면 액자에 끼워 내게 준댔는데 세월이 이만치 흘렀는데도 나는 여태 빈손이다. 광의형은 준다 해 놓고 안 줄 사람이 아닌데 아직 쓰고 있거나 탈고가 안 된 걸로 알고 기다리고 있다. 그리고 광의형은 우리 집에 와 고은 시인의 『문의 마을에 가서』란 시집을 들고 간 지 한 삼십 년은 된 듯한데 아직 돌려주지 않고 있다. 영 돌려 받을 가망이 없는 것 같다.

광의형에게는 분명 엉뚱한 구석이 있다. 나는 그것을 매력이자 장점이라 생각한다. 남들이 한 번 하기도 힘든 대구문인협회 회장 자리를 두 번씩이나 하게 된 것도 괴짜에 가까운 똥고집이 빚은 결과가 아닌가 싶다. 시인이 물에 물 탄 듯, 술에 술 탄 듯하면 어떻게 좋은 시가 나오겠는가. 광의형의 조금은 별난 기질과 성품이 그가 쓴 시편 속에 녹아 내려 내가 읽을 때마다 찬탄해 마지않는 서정성 짙은 명시들을 쏟아 낼 수 있지 않았을까.

때로는 억지를 부리는 아이 같고, 더러는 무슨 말을 해도 통하지 않는 노인네 같은 광의형의 집착이랄까, 꼭 집어 표현하기 어려운 그 무엇을 문단에서 아는 사람은 다 안다. 그 고집은 막무가내로 잘 꺾을 수도 없거니와 쉽게 꺾이지도 않는다. 그것이 광의형을 버티게 해주는 에너지원임을 나는 안다. 그런 광의형의 성품이 시에도 잘 반영되어 오랜 세월 동안 좀처럼 변하지 않는 톤으로 그리고 맑은 음성으로 우리의 아름다운 자연을 노래하지 않나 싶다.

나는 아버지와 어머니의 산소가 있는 고향의 산길을 걸을 때나, 논둑에 피어 있는 들국화를 보거나, 장마로 물이 불은 못물을 볼 때마다 나도 모르는 사이에 몇 줄의 시구가 읊조려지곤 한다. 처음엔 나의 시로 흘러가다가 얼마 가지 않아 광의형의 시로 합류해 버리기를 곧잘 한다. 그럴 때마다 내가 나를 향해 "지랄하네"라고 불평을 쏟아 보지만 그것도 소용없는 일. 그만큼 내 가슴속에는 광의형의 자리가 크게 잡혀 있나 보다.

우리 젊은 날, 광의형은 "나는 가장 원숙한 국어 선생"이라고 입버릇처럼 말했다. 그 말을 이제야 실감할 것 같다. 지난 회갑 때는 잘 키웠는지 잘 컸는지 문인 제자들이 기념 문집을 만들어 바치더니 두번째 시집인 『그리운 남풍』을 제자들이 주선하여 내주었으니 고맙고 고마운 일이다.

광의형! 우리 살아 생전에 몇 번의 여름을 맞을 수 있을까. 열 번은 좀 적고, 스무 번은 좀 과하고, 그럴까. 이 여름이 가기 전에 어느 빛 밝은 날, 금호강에나 한 번 다녀오세. 서울에 사는 원일형도 오라하고 먼저 저승에 가 있는 지홍형에게도 혹시 기별이 닿을른지 사방으로 한 번 알아보고. 옛 같지는 않지만 피라미라도 좀 잡으면 이젠 마리 수는 헤아리지 말고 강변 어귀에 있는 주막의 주모에게 맡기세.

그래서 금호강, 그 강물을 붉게 물들이는 노을 속에서, 목로주점 쪽마루 한 켠에 놓여 있는 놋요강 오줌물에 비치는 우리들의 자화상을 들여다보며 술이나 한 잔하세. 배고프고 잠잘 곳 없었던 "우리 젊은 날은 참으로 아름다웠노라"고 그렇게 이야기하세.

목인 선생의 예언시

시인 목인 전상렬 선생은 나의 고종사촌형이다. 아버지 여동생의 맏아들이다. 대구에서 육십 리 밖 시골인 하양에서 태어난 나는 중학 입시를 보기 위해 처음으로 대구 시내를 구경한 촌놈이다. 어머니는 내가 중학교에 입학한 첫 몇 달간과 고교 입시를 준비해야 하는 중학 삼학년 겨울 동안을 목인 선생 집에 보내 하숙을 시켰다.

당시 목인 선생은 경북중 교사로 재직하고 계셨고, 집은 수성못 밑 수성초등학교 옆이었고, 뒤에 봉덕동 새 집을 지어 이사한 걸로 기억한다. 목인 선생 밑으론 종렬, 형렬, 정렬형 등 모두 사형제분이 계셨다. 중3이었을 때 경북대 법대 삼학년인 형렬형이 나의 공부를 지도해 주었다. "활이 니, 단어 하나하나의 뜻은 잘 모르는데 문장 전체 해석은 우째 그래 잘하노" 하며 참고서를 외워 둔 나의 가짜 실력을 곧잘 나무라셨다. 지금도 형렬형에 대한 그때의 고마움을 잊지 않고 있다.

목인 선생은 자전거로 통근을 하셨다. 그런데 퇴근할 땐 자전거를 버리고 그냥 오시는 일이 잦았다. 내가 '아지매'라 부르는 형수는 자전거가 학교에 있는지, 길가 논둑 옆의 수로에 처박혀 있는지를 잘도 알아냈다. 자전거 회수 책임은 순전히 한 살 위인 정렬형과 내가 맡았다. 그런 일이 매우 잦은 편이어서 목인 선생의 귀가와 동시에 우리 둘은 자전거가 달려오다 멈춘 지점으로 전속력으로 질주하곤 했다. 바퀴가 너무 일그러져 둘이서 들고 오는 경우도 있었다.

목인 선생은 하늘이었다. 나의 고모집인 자신의 집에서도 그랬고, 내게도 물론 하늘이었다. 높은 사람이 어떤 사람인가를 몸으로 느낀 건 아마 목인 선생이 처음이 아니었나 싶다. 그는 내가 시험쳐 떨어진 경북중에서 학생들을 가르치는 선생님이었기에 더욱 그러했다. 바로 쳐다보지도 못했고, 아예 쳐다볼 생각도 하지 않았다. 대학 졸업과 군복무를 마치고 신문사의 기자가 된 후에도 막걸리집 등지에서 우연하게 목인 선생을 만나면 '청소년 입장불가'라는 간판을 커다랗게 써 붙여 둔 극장 안에서 훈육선생을 만난 것 같은 그런 기분이었다.

사람이 나이를 먹으면 뒤따라오는 후학들의 성장 속도에 덜미를 잡혀 나이는 연치로 머물고, 자신의 자리나 여태까지 지켜 오던 위엄까지도 양보하고 또 아랫사람들을 이해하는 폭을 넓혀 가는 게 보통이다. 목인 선생도 그랬다. 가난한 외숙모의 아들인 나와 경북중 교사였던 당신과의 거리를 감히 치어다보지 못하는 머나먼 곳에서 조금씩 좁혀 주기 시작했다.

한 사람의 언론인으로, 또 같은 길을 걷는 문학인으로 인정해 주시는 것 같았다. 어린 시절에 하늘이었던 목인 선생을 나는 존경했고, 대학의 은사인 김홍곤 교수에게 그랬던 것처럼 성심으로 모시려고 노력했다. 목인 선생도 나의 따름이 싫지 않으신 듯 "활이는 내 외사촌 동생"이라고 친구들에게 소개하시곤 했다.

목인 선생의 일생은 시도 팔할, 술도 팔할이었다. 팔할이 바람인 것과 별반 다를 게 없었다. 평생 시집과 산문집을 열 몇 권을 냈고, 몸이 편찮아 거동이 불가능한 날을 제외하곤 술집 나들이를 하지 않은 날이 별로 없었으니 건강도 타고난 듯했다. 칠십년대에는 아카데미 극장을 중심으로 여기저기 옮겨 다닌 '옥이집'과 동성로 주변의 막걸리집 그리고 '쉬어 가는 집'에서 자주 뵈었다. 팔십년대에 접어들어서는 로얄호텔 뒷골목과 아세아 극장 사잇길에 있던 '새집'과 '새 단골'에서, 구십년대에는 반월당 주변의 '행복식당'과 '은성식당' 등에서 석양주를 마시고 계시는 모습을 더러 뵈었다. 하나 부끄러운 것은 목인 선생을 내가 모셔야 하는데 시인 금동식 선생과 시인 도광의 형이 너무 자주 수발을 들어 주어 죄송하고 송구스럽다.

목인 선생은 우리 집에도 더러 오셨다. 연전에 미수의 나이로 돌아가신 나의 어머니는 늦깎이로 붓글씨 연습을 하루종일 하셨다. 어머니는 형님이 오시기만 하면 자신이 지은 한시를 내보이고 자문을 구하곤 하셨는데, 걸음이 뜸해지자 "그래, 요새는 술집에도 자주 안 보이더냐"고 목인 선생의 안부를 묻곤 하셨다. "다리가 불편해서 술집에도 못 나오신답디다"하고 근황을 전하면 "상렬이, 가도 다 돼 가는 갑다" 하시면서 십 몇 년이나 더 많은 자신의 나이를 짚어 보고 소스라치게 놀라는 눈치셨다.

목인 선생은 구십년대 초 『매일신문』 11층 스카이 라운지에서 출판기념회를 연 적이 있었다. 그때 단상에 올라간 목인 선생은 "내 나이가 얼마인데 앞으로 이천 년까지는 살낍니더"라고 말씀하셨다. 나는 "너무 길게 잡는 게 아닌가" 생각했는데 목인 선생은 예언대로 21세기의 찬란한 태양을 환하게 웃으시면서 직접 맞으셨다. 그런 게 시인의 의지가 아닌가 싶다.

인생의 팔할이 시와 술로 엮여져 있는 목인 선생의 생애를 더듬으며 술 마시면서 일어난 재미있는 이야기를 간추린다는 것은 동생인 내가 할 일이 아닌 것 같다. 목인 선생은 여전히 나의 하늘이기 때문이다. 에피소드가 지닌 속성은 자칫 들추면 허물이 되거나 흠집이 될 수 있기에 나는 그걸 경계한다.

만년에 목인 선생은 아주 고독한 나날을 보내셨다. 아지매가 몇 년 앞서 돌아가시고 관절염으로 기동이 불편해지자 이런 시를 쓰셨다.

상대가 있어야 말을 하지 / 종일 입 다물고 있으면 / 벙어리 / 그런 날 나는 / 멀쩡한 장애인이 된다. (추념사12·「벙어리」)

하루가 저물고/ 밥상을 챙기노라면 / 혼자 늙는다는 건 / 벌이다 / 가슴이 미어지는 아픔을 / 무덤까지 가져가야 하는 / 괴롭고 무거운 벌이다. (추념사14·「벌이다」)

어느 날 내가 죽으면 / 당신 곁에 눕겠지요 / 그건 우리가 이승에 왔다 간 / 흔적을 남기는 하나의 조경 / 무덤 아닙니까 / 우리는 또 만날 수 있을까요. (추념사9·「조경」)

목인 선생은 청도 운문댐이 발 아래로 내려다보이는 언덕바지 유택에서 아지매와 함께 살고 계신다. 지난 2004년 11월 27일 하오 5시 대구시 달서구 월광수변공원 호숫가에서 당신을 그리워하고 있는 많은 문인들이 모여 '목인 전상렬 시비'를 제막할 때 총총걸음으로 잠시 내려오셨다가 간다 온다 말씀하시잖고 다시 올라가신 후 아무 기별이 없다. 시비에는 「고목과 강물」이란 시가 피부의 결이 너무 고운 화강암에 새겨져 산책객들의 발걸음을 붙잡고 늘어진다.

강 따라 물이 흐르고 / 물 따라 강이 흐른다 / 물 흐르듯 흐르는 세월 기슭에 / 저만치 고목이 서 있고 / 바람 따라 세월이 가고 / 세월 따라 바람이 흐른다 / 넘어치는 강바람에 / 잎은 물나부리로 출렁거렸고 / 세월에 발돋움했지마는 / 애 말라 속이 썩은 둥치 / 원으로 겹겹 파묻져 가는 나이에 / 안으로 묵묵 인고가 그대로 긴 사연이고 / 하늘은 온갖 모양으로 바뀌어도 / 바다로 가는 마음 그대로 그것 아닌가 / 안개와 구름과 하늘 빛 물색 / 강물은 저렇게 흐르는 것이고 / 고목은 저만치 서서만 있고 / 바람 따라 세월이 가고 / 세월 따라 바람이 흐른다.

목인 선생이 마지막으로 남기고 간 시편들을 읽고 있으니 두 눈이 촉촉하게 젖어온다. 머지않아 우리 앞에도 닥칠 예언시다.

초대하고 싶은 손님

아카데미 극장과 대구백화점 사이에 있던 생맥주집 '혹톨 쿠럽'은 별명이 '홍콩'인 경북대 영문과의 은사이신 고 김홍곤 교수님의 단골집이다. 주인은 미군부대에 오래 근무했던 김해상 선생으로 선생님과는 경북고 동기셨다. '혹톨 쿠럽'은 스페인어로 '칵테일 클럽'이란 뜻이다. 뭔가 독특하게 하고 싶어서 클럽의 이름을 그렇게 정했다고 한다. 선생님은 교수라고 해서 항상 술값이 넉넉한 것은 아니어서 외상술을 마신 후 월말에 한 번씩 계산하시는 것 같았다.

책이 없어 항상 뒷자리로만 돌았던 대학생활이어서 은사들이 열차 통학생인 나를 기억해 주지는 않았다. 그러다가 『대구일보』의 수습기자로 들어가 얼마 오래지 않아 교육담당 기자로 부서가 바뀌게 되자 나는 은사님들을 찾아가 졸업 후 처음으로 인사를 올렸다. 선생님께서는 "오늘 저녁에 시간 있제. 퇴근 후 혹톨에서 만나자"라고 말씀하시곤 강의실로 들어가셨다. 그날을 기점으로 나는 수제자가 되어 버렸다. 학교 다닐 때는 얼굴조차 기억하지 못하던 제자가 사회에 나와서 술을 통해 수제자가 되다니. 선생님께서는 친구들에게 나를 소개할 때마다 "구기자는 내 수제자야"라고 말씀하셨다. 나도 선생님의 그러는 말씀이 별로 싫지 않았다. 수제자로서 선생님을 지극 정성으로 모셨다. 비록 목로주점에서였지만.

혹톨에서 생맥주를 마시기로 약속한 날은 선생님은 으레 서태일 교수님과 동행하셨다. 서교수님은 영미수필과 문예비평을 가르치셨다. 수필의 교재는 육십 원짜리 프린트물이었다. 몇 백 원을 호가하는 다른 비싼 교재는 못 샀지만 그것만은 사 가지고 다닌 기억이 난다. 서교수님은 찰스 램의 주옥 같은 수필을 강의 중간에 긴 머리칼을 손빗으로 빗어 가며 열심히 가르치셨다. 그런 덕분에 나는 시인이 되지 못하고 수필가가 되었는지도 모를 일이다.

두 교수님을 혹톨에서 뵙는 날은 흔히 야간 통금시간을 넘기기 일쑤였다. 나의 출입부서도 교육담당에서 대구시청으로 바뀌어 댁으로 모시기가 훨씬 수월했다. 시청 숙직실의 전화로 구급차를 불러 사이렌을 울리며 이천교 쪽으로 가서 교수님을 내려 드리고, 다시 남산동으로 달려 홍콩선생님을 바래다 드렸다. 당시 시청에는 구급차가 단 한 대뿐이었다. 이 차량은 사고가 날 때마다 시체를 전문으로 싣고 다니는 차라는 말씀은 드리지 않았다.

사제지간의 정도 깊어지면 부자지간이나 친구지간의 우정 이상으로 푸근해진다는 것을 나는 홍콩선생님을 통해 느끼고 배웠다. 어느 겨울, 아마 크리스마스가 가까워 오는 계절이었다. 주점 '가보세'에서 홍콩선생님을 만나 대구역 주변의 포장마차 순례에 나서 한 집에서 대포 한 잔씩 마시기를 계속하며 남산동까지 걸어갔던 일은 나에겐 잊을 수 없는 '겨울 우화'로 남아 있다.

선생님은 '가보세'란 생맥주집의 여주인을 매우 좋아하셨다. 선생님은 그녀를 '계화桂花'라 불렀다. 그러나 그녀는 그 이름을 아주 싫어했다. 술집 여자의 이름 같다는 이유에서였다. 주점 '가보세'는 생활전선일 뿐 결코 술집이 아니라는 뜻이 강하게 배어 있었다. 그래서 그런지 그녀는 선생님을 그다지 좋아하지 않았다. 외상으로 마시는 것조차 싫어하는 눈치였다.

나는 그동안 홍콩선생님을 만나 늦게까지 술을 마시다 서너 번 남산동 선생님의 집에서 잔 적이 있다. 그러나 사모님으로부터 한 번도 옳은 대접은 받지 못했다. 한 번은 산악인 고 최억만 선생이 우리 자리에 끼여들어 함께 늦게까지 마시다 선생님 댁으로 갔다. 선생님은 배가 고팠던지 밥을 차려 오라고 고함을 질렀지만 사모님은 들은 체하지 않았다. 밤늦게까지 공부하던 당시 여고 일년생인 딸아이가 따순 밥을 새로 지어 와 김장김치 하나로 정말 맛있게 먹었던 기억은 지금도 선명하다. 그 딸아이는 포항의 어느 부잣집 며느리가 되었다. 늦은 밤에 아버지와 아버지의 손님들을 위해 보여준 정성과 효심은 너무나 넉넉하여 지금도 그 딸아이를 생각하면 축원

기도를 올리고 싶을 정도이다. 잘산다니 정말 고마운 일이다.

19세기 드라마와 셰익스피어를 가르쳤던 선생님은 책 속에 있는 드라마는 조금씩 맛만 보이셨다. 그러나 '인생'이란 연극을 직접 만들어 자신이 배우가 되고 제자인 나를 뛰어들게 하여 그걸 몸으로 배우게 했으니 정말 산지식(?)만 가르쳐 주신 스승이다.

홍콩선생님은 교수 재임용에서 탈락되신 후 마음에 깊은 상처를 입은 듯했다. 퇴근 무렵에 전화를 주셨길래 혹톨로 달려가니 심히 우울한 모습으로 생맥주 잔을 기울이고 계셨다. 그날밤은 선생님을 위로하는 뜻으로 '가보세'를 비롯하여 두어 군데를 더 거쳐 경북도청 부근으로 옮긴 새 집 앞에 도착했다. 선생님은 택시에서 내리시다 말고 "오늘은 내가 자네 집에 가 봐야 해"라고 말씀하시고 그냥 타고 계셨다.

우리 집에 도착한 선생님은 어머니께 "활이 친굽니다"라고 능청스런 농담으로 한바탕 웃기신 후 우리 집 아이들을 일일이 안아 주시며 "커서 훌륭한 사람이 되어라"라고 격려해 주셨다. 그날밤 선생님은 안주 없는 맥주를 몇 병 드시고 비 오는 밤길 속으로 총총히 떠나셨다. 보름 후 선생님은 간경화가 악화되어 경대병원에 입원하셨고 얼마 못 가 이승을 영영 뜨시고 말았다. '오, 선생님! 선생님의 수제자인 저는 병원에 문병 한 번 가지 못했고, 신문에 난 부음을 보고 선생님의 타계 소식을 알았으니 이런 미련함이 어디 있겠습니까.'

장례가 끝난 빈소는 황량하고 쓸쓸했다. 그 길로 혹톨로 나가 이미 떠나고 안 계시는 선생님을 초대하여 생맥주를 마셨다. 생맥주로는 취하지 않았다. 다만 김해상 선생의 "이제 그만 마시고 집에 들어가거라"는 소리가 간간이 들려왔다. 이런 죄스런 마음 때문에 기일만 되면 나 혼자 혹톨로 나가 선생님과 마주 앉아 생맥주를 마셨다. 술도 예전처럼 맛이 없었다. 나는 선생님이 돌아가시고 만 오 년이 되는 기일인 1982년 8월 16일 저녁 6시 탈상을 겸한 '홍콩 추억제'를 혹톨 이층에서 열었다.

선생님이 평소 좋아하시던 친구 몇몇 분을 내빈으로 초청했다. 박병동 전 『매일신문』 논설위원, 박정옥 전 대구대 총장, 음악인 고 이상희 선생, 체육인 고 김경산 선생, 계성고 선배인 고 허종 선생 등등인 것 같은데 기억이 선명하지 못하다. 어쨌든 나는 미리 염매시장에 들러 사과, 배, 문어포, 오징어, 명태 등 간이 제수품이자 안주거리를 준비하는 것도 잊지 않았다. 이날 추억제에는 십여 명이 원탁에 둘러앉아 가운데 놓여 있는 선생님의 잔에 술을 올리고 추억담 한 마디씩을 곁들였다. 어떤 이는 "홍콩아, 니 살았을 때는 없었던 하이네켄 맥주 한 잔 묵어라"며 철철 넘치도록 따르기도 했다.

마지막으로 이날 추억제의 제주인 내가 술 한 잔을 올리며 무슨 말씀을 드려야 하는 순서였다. 그러나 나는 그리운 정이 앞서 목이 메어 한 마디도 못하고 말았다. 그날 못다한 말들을 엮어 「홍콩 추억제」란 글 한 편을 썼고, 나의 첫 에세이집의 제목도 저승에 계신 홍콩선생님을 추억하여 『그리운 날의 추억제』로 붙였다. 나는 지금도 이승과 저승을 통틀어 단 한 사람만 초청하여 술을 마시라면 기꺼이 홍콩선생님을 초대하고 싶다. 나는 선생님이 보고 싶다.

춘화도

박용주 선생은 예술가다. 그림도 그리고 시도 짓고. 내 주위에서 그만한 예술적 센스를 지니고 있는 이를 만나기가 정말 흔치 않다. 선생은 요즘 말로 '조폭'이나 '깡패'에 해당하는 한국·일본·중국 등 동양 삼국을 누비고 다닌 '어깨' 출신이다. 그런 그가 '예술'이라는 아름다운 격랑 속으로 빨려 들어 죽을 때까지 헤어나지 못했으니 신기하기만 하다.

선생은 1915년 2월 7일생으로 1988년 5월 7일에 졸하셨다. 일흔넷의 일기를 풍운아로 사신 분이다. 어깨 출신들의 생이 흔히 그렇듯 선생도 젊은 한 시절에는 주먹 하나로 돈과 여자를 제 마음대로 했지만, 늘그막에는 혹독한 가난과 싸우면서 외롭고 쓸쓸한 나날을 보내다 하늘나라로 올라가셨다.

선생이 살아오신 생애 전체가 소설이자 드라마다. 살아 계실 때 몇 번이나 당신의 일생을 구술해 주시면 '깡패 시인 박용주 평전'을 써 보겠다고 몇 번 간청했지만 번번이 "부끄러운 일들을 들추면 뭘 해" 하시며 거절하셨다. 지난핸가? 고 신도환 선생이 살아 있는 사람으로서는 최초로 유도 10단으로 승단했다고 떠들썩했는데 선생은 한 단 못 미친 9단이다. 유도 9단의 어깨가 시인으로, 또 춘화를 절묘하게 그리는 화가로 일가를 이뤘으니 불꽃같이 활활 타다 간 생애가 바로 선생의 일생이었다.

선생은 바람이었다. 언론인인 김병식 선생이 전하는 젊은 날의 이야기를 들어 보면, 혼자서 선생을 당할 자는 아무도 없었다고 한다. 상체가 발달한 선생은 태양인으로 원래 예인의 기질을 타고나신 분이다. 출입문 외에는 도망갈 곳이 없는 주점에서 패거리 깡패들과 싸움이 붙어도 선생은 앉은자리에서 덕수를 넘어 칼을 들고 달려드는 상대를 순식간에 제압하고 창문으로 도망치는 신통력을 가졌다고 했다. 작가 이봉구 선생이 쓴 『명동』이란 단행본에도 선생이 명동에서 활약하던 장면이 두어 군데 나오는 걸 보면 선생의 명성은 짐작할 만하다.

선생과 고 구상 시인이 언제부터 교우하고 있었는지는 확실하지 않지만, 어느 날 이름자 뒤에 붙는 명칭을 서로 바꾸기로 했다고 한다. 그날부터 두 분은 만나면 '용주시인'과 '구상깡패'로 바꿔 불렀다고 한다. 그런 일이 있고 난 후 선생의 시 「볼」인가 「빰」인가가 『세대』지에 실리는 영광을 얻었고, '화가'라는 칭호 외에 '시인'이라는 빛나는 관을 선생의 머리 위에 얹게 되었다.

선생의 주먹 얘기를 해볼까. 대구 교남학교에서 서울의 중동학교로 적을 옮긴 선생은 유도부 주장이 되었다. 나중 서울대 초대 총장이 된 최규동 선생이 교장이었다. 최교장은 선생의 재능을 높이 사 친구인 가와모도 유지로川本柳又郞에게 소개장을 써주며 일본으로 보냈다. 그러나 가와모도는 선생의 지나치게 센 기를 꺾기 위해 삼 개월이 지나도록 대학 진학을 도와 주지 않았다. 선생은 어느 날 밤 가와모도 집의 담을 넘어 들어가 품고 간 칼을 다다미에 꽂고 항의했다. 가와모도는 선생의 대담성을 높이 사 명치대 상과로 보내 주었다.

공부에는 별 취미가 없었던 선생은 유도복을 들고 명치대 도장으로 갔다. 사범의 주선으로 3단인 선생은 4단짜리 일본 학생들과 차례로 대련, 모두 꺾고 즉석에서 4단으로 승단했다. 선생의 명성은 삽시에 캠퍼스로 퍼져 나갔다. 특히 한국 학생을 조롱하는 일본인은 그냥 두지 않았다. 일본 학생들에겐 공포였으며, 한국 유학생에겐 큰 위안이었다.

선생은 일제의 징용을 피하기 위해 호적을 빼내 가방 속에 넣고 다녔다. 중국으로 건너간 선생은 천진에서 북경으로 가는 열차 안에서 체중 36관짜리 이태리인 프로 레슬러를 만났다. 레슬러는 두 사람이 앉아야 할 좌석을 독차지하여 비켜 주지 않았다. 선생은 30초 정거하는 다음 역 플랫폼으로 레슬러를 불러내 업어치기 한 판으로 때려눕혀 버렸다. 열차는 떠났고 빈자리에는 레슬러의 보스톤백만 북경을 향해 달리고 있었다. 백 속에는 독일의 자존심이라 부르는 라이카 카메라가 들어 있었다. 선

고故 박용주 선생

생은 선술집에 앉아 "우리나라에서 맨 처음 라이카 카메라를 둘러메고 다닌 사람은 바로 박용주야"라는 농담을 하기도 했다.

칠십년대 초반, 선생은 스케치북을 몸에 지니고 다니셨다. 다방에서나, 막걸리집에서나 신명나면 춘화를 그렸다. 그린 춘화는 마음에 드는 후학들에게 나눠 주었다. 춘화는 주로 연필로 그렸다. 발가벗은 승려가 남근에 염주를 걸고 여성을 희롱하는 그림이나 가톨릭의 주교급 성직자를 춘화 속으로 끌어들여 알몸 유희를 벌이게 한 그림들을 보면 웃음이 절로 나온다. 별로 힘들이지 않고 그리는 춘화 속의 연선은 부드러우면서 힘이 있었다. 선생은 성림다방, 성좌다방, 홍다방 등지에서 오전을 보내고 늦은 오후에는 선생을 추종하는 친구와 후배들을 이끌고 '쉬어 가는 집'을 비롯하여 막걸리집 여기저기를 다니셨다.

선생은 내게도 세 권의 스케치북과 누드를 그리다만 유화, 그리고 초벌구이에 그림을 그려 구워 낸 도자기 두 점, 달마도 등을 주셨다. 그 중에서 화가 이중섭을 그린 그림과 스케치북 한 권을 우리 집에서 하룻밤을 묵은 적이 있는 중광 스님이 어느 잡지에 소개하겠다며 들고 간 기억이 난다. 그 그림들이 내게로 돌아왔는지 어쨌는지는 세월이 좀 지난 탓인지 가물가물하다.

평생을 한국의 산을 고집스럽게 그리고 있는 서양화가 김종복 여사가 프랑스에서 귀국한지 얼마 되지 않아 셋이서 중국음식점에서 식사를 한 적이 있다. 귀국 축하를 겸하는 자리여서 기름기가 많은 요리를 먹었다. 며칠 후 핼쑥한 얼굴로 나타나신 선생은 "와아, 그 중국음식을 좀 과하게 먹었더니 설사를 이틀이나 했다"면서 "나 물밖에 안 먹었더니 내장 속에 기름기가 하나도 없었길래 그렇게 되었겠제"라며 얼버무리셨다.

선생은 생전에 자신의 임종을 자주 이야기하셨다. "나는 절대로 늙어서 자연사하지는 않을 것이다. 이승에서 떠날 마지막 시간은 내가 정한다. 그때는 노란색 수채

화 물감을 화선지 위에 가득 풀어놓은 다음 청산가리를 마시고 붉은 피를 그 위에 토해 생의 마지막 작품을 그리고 죽을 거야. 물감 위의 붉은 피가 어떤 형태의 그림이 될지는 나도 모르지만 나는 반드시 그렇게 죽을 거야." 나는 선생의 임종 구상을 듣고 있으면 섬뜩했지만 죽는 순간까지도 자신이 추구하고 있는 작업을 손에서 놓지 않으려는 그 의지에 찬탄을 금하지 못했다.

선생의 만년은 정말 고생의 연속이었다. 불로동 골목 안 반지하 사글셋방에서 도동 측백수림 부근의 장님집 아랫채로, 다시 금호강변의 지저동으로 옮겨 다녀야 했다. 중풍이 스치고 지나간 후에도 다리를 끌며 내가 다니던 매일신문사 커피숍으로 더러 나오셔서 "이제 얼마 남지 않은 것 같다"는 말씀을 자주 하셨다. 하루는 "내가 그린 춘화 육백여 점을 오늘 아침에 불질러 버렸다"고 말씀하셨다. 임종이 그리 멀지 않다는 것을 직감할 수 있었다. "마지막 걸작 청산가리 그림은 언제 그리시렵니까"고 묻고 싶었지만 차마 묻지 못했다.

토요일 낮 퇴근 준비를 하고 있는데 선생의 따님인 준미 여사에게서 전화가 왔다. 선생의 타계 소식이었다. 알려 주는 대로 둘째 아들이 일하고 있는 불로동의 어느 농장으로 찾아가니 농막 같은 방 한 칸에 빈소가 차려져 있었다. 마침 토요일이어서 신문에 부음조차 내지 못하여 그 많은 술꾼들에게 알리지도 못했다. 주먹 하나로 동양 3국을 제패했던 어깨 박용주 선생은 만장 한 폭 휘날리지 못하고 조문객 없는 저승길을 홀로 떠나 청구공원 묘원에 안장됐다.

'시인'과 '깡패' 칭호를 맞바꾼 구상 시인은 장례 후 얼마 있다가 서울에서 내려오셔서 고 이윤수, 최정석 시인 등과 함께 유택인 묘원을 찾아 마주앙 포도주 한 잔씩을 올렸다. "용주 시인, 깡패가 왔는데 왜 당신은 일어나지 않고 잔디 이불을 덮고 누워 계시오." 구상 시인은 선생의 무덤 옆에 자그마한 시비 하나를 세우는 일과 선생의 유고시집을 내는 일을 추모사업으로 정하고 서울로 떠나셨다. 시비 건립문제는 내가 맡아 노력해 보았으나 공원묘원 측과 유족 측의 연락과 동의가 쉽지 않아 지지부진했고, 유고시집 출판문제는 나중에 『부산일보』 김상훈 사장에게로 넘어갔으나 원고 수합 등이 여의치않아 결국 빛을 못 보고 오늘에 이르고 말았다.

시 한 편에 춘화 한 점씩을 삽화로 곁들였으면 정말 멋진 시집이 꾸며졌을 텐데….

중광 스님의 학 그림

　우리 집에는 걸레 스님 중광이 그린 남성의 성기 그림이 아무나 볼 수 없도록 면벽 가부좌하고 장식장 한 켠에 앉아 있다. 그림이 잘 있는지 궁금하여 돌려 보면 아직 수행이 모자라는지 풀기가 사그라지지 않고 뻣뻣하여 견성성불할 가망은 도저히 없을 것 같다. 대구의 '멕시코'란 룸살롱의 큰 안주쟁반에 매직잉크로 쓱쓱 그린 이 그림은 "너, 엿이나 먹어라"는 뜻을 그림으로 표현한 듯 하루종일 염불 대신 욕이나 하면서 그렇게 앉아 있다.

　어느 봄날, 시인 구상 할아버님이 전화를 주셨다.

　"응 그래, 잘 있지, 이따 다섯 시쯤 동대구역에 내려 시내 어느 한정식 집으로 갈 거야. 퇴근해서 걸루 와."

　할아버님은 무슨 행사에 참석하기 위해 김수환 추기경, 조각가 문신 선생 내외, 그리고 중광 스님과 함께 열차편으로 대구에 오셨다. 추기경님은 바로 천주교 대구 교구청으로 들어가시고 남은 분들끼리 미리 정해 둔 음식점으로 오셨다.

　대구에선 하오명 선생(본초제약 대표)과 고 김경환 선생(『매일신문』 편집국장) 그리고 필자 등 세 명이 참석, 오랜만에 반가운 안부를 주고받으며 반주를 겸한 화기애애한 저녁식사를 했다. 그런데 중광 스님만 뒤가 급한 사람이 화장실 문앞에서 동동거리듯 안절부절하고 있었다. "스님 누구 만날 약속 있어요?" "그래, 임마. 빨리 끝내고 가."

　대구의 술집을 어느 누구보다도 좋아하시는 할아버님이지만 건강 때문에 안 떨어지는 발걸음으로 문신 선생 내외와 함께 숙소로 들어가셨고, 우리는 걸레 스님을 깃발처럼 앞세우고 멕시코로 진군했다. 술집 입구에는 묘령의 아가씨 보살이 스님을 기다리고 있었다. "아하, 그랬었구나. 스님의 불알에 요령소리가 난 게 바로 이 보살 때문이었구나."

중광 스님

아가씨 보살은 대구–마산간 고속버스의 승무원이었다. 요즘은 인건비를 줄이기 위해 안내양을 두지 않지만 그때는 비행기 스튜어디스보다 더 이쁜 아가씨들이 안내를 맡고 있었다. 일전에 스님이 마산에서 대구로 올라오면서 이 보살님을 만났고 그때의 눈맞춤이 오늘 결실을 이룬 듯했다.

"염불 보다는 잿밥"이라더니 중광 스님은 술과 안주는 거들떠보지 않았다. 오로지 옆에 앉아 있는 아가씨 보살에게만 관심을 기울이고 있었다.

그러나 술값 밥값을 책임져야 할 대구 사람들은 본전 생각이 간절했다. "스님으로부터 그림이라도 한 폭 그려 받아야 할 텐데…" 모두가 그렇게 생각했고 멕시코 주인도 "이 기회에 나도 덤으로 끼어 그림 한 폭을 받아야지…" 아마 그렇게 생각하고 있었을 것이다.

이럴 땐 눈짓만이 최고의 언어였다. 내가 두 손으로 동그라미를 그리며 두께까지 정해 줬더니 주인은 사기 쟁반을 한 아름 들고 와 스님 앞에 쌓아 놓았다. 그러나 스님은 우리의 바람을 속으로 짐작하면서도 아랑곳하지 않았다. 그러면서 스님은 왼손은 어딜 보냈는지 오른손에 쥔 매직잉크로 쟁반 위에 황칠만 해대고 있었다.

슬며시 부아가 치밀어 오른 나는 그 황칠 접시를 뺏어 바닥에 패대기쳐 버리고 말았다. 그때서야 정신이 들었는지 스님은 "저 놈이 사람 잡겠네"라고 한마디하고선 "그래, 무슨 그림을 그릴까"고 자세를 곧추세우며 그릴 준비를 하기 시작했다.

스님은 석가모니 얼굴에 예수의 가시 면류관을 씌운 그림을 하선생에게 그려 주었고, 김선생에겐 달마선사를, 멕시코 주인에겐 해바라기를, 그리고 접시를 박살내 버린 내겐 '엿이나 먹어라'며 털이 숭숭 난 남성에 빳빳하게 풀을 먹여 "옛따" 하고 던져 주었다. 내가 받은 그림이 가장 중광적이란 걸 받는 순간에 알아차렸다.

그 일이 있고 난 뒤 스님은 대구에 내려올 때마다 "아무도 부르지 말고 우리 둘이서만 마시자"고 하여 술집 여기저기를 찾아다녔다. 한 번은 중앙파출소 옆 누드 모델 출신이 운영하는 카페에서 늦도록 술을 마셨다.

스님은 그 카페의 주인이 맘에 들었는지 내가 숙소로 돌아가자고 아무리 졸라도 막무가내로 버티었다. 하도 애를 먹이기에 스님을 그냥 버려 두고 집으로 와 버렸다. 일은 그때부터 시작됐다. 카페의 주인이 스님에게 "영업시간이 끝났다"고 일러도 들은 척 만 척 하더라는 것. 그래서 밖으로 문을 잠그고 퇴근을 해 버리고 스님은 긴긴 겨울밤을 갇혀 지내다 새벽녘에 겨우 풀려난 적도 있다.

나는 스님에게 순종형으로 대하지는 않았다. 스님의 행동이 못마땅하면 달려들고 때론 꾸짖기도 하고 그러다가 기분이 좋아지도록 달래기도 했다. 스님은 그러는 내가 좋았던지 대구로 올 때마다 "이건 너 줄려고 정신들여 그린 거야"하며 여러 장의 그림을 주셨다.

중광 스님의 학 그림

그러나 그 그림들은 내 맘에 들지 않았다. "좀더 잘 그릴 수 없어요"라고 말하면 "야 넌 그림을 그렇게 볼 줄도 모르냐"고 안타까워했다. 실제로 스님이 준 그림들은 내가 신세진 친구들에게 한두 장씩 나눠 줘 버렸고, 정작 나는 스님의 그림을 갖지 않았다.

하루는 동아쇼핑 오층에서 「걸레 스님 중광」이란 연극을 하는데 무대인사를 해야 한다며 대구에 내려오셨다. 볼일을 대충 마친 후 술집에 들르지도 않고 바로 청호여관에 들었다. 그러고는 한다는 말씀이 "오늘은 진짜 마음먹고 한 번 그려 보자"며 서울서 전화로 내게 미리 사두라고 얘기한 '히끼시(배접을 미리 해 둔 화선지)'를 빨리 꺼내라고 야단이었다.

스님은 사 들고 간 소주와 맥주를 마시면서 그림을 그리기 시작했지만 마음먹은 대로 그림은 풀려 나오지 않았다. 중국집의 요리와 배갈을 시켜 먹기도 했지만 아까운 화선지만 자꾸 찢어낼 뿐 그림은 제대로 그려지지 않았다.

자정이 지나고 새벽 두 시가 넘었다. 무엇에 화들짝 놀란 듯 갑자기 일어난 스님은 붓 끝을 세워 가는 한 일자를 그리더니 다시 붓을 눕혀 바로 내려 그었다. 그런 다음 아무렇게나 네 개의 점을 찍고 나니 한 마리 학이 비상할 준비를 하는 것 같았다.

스님이 포스터칼라 붉은 색을 학의 머리와 꽁지에 찍으니 영락없는 홍학이었다. "이제 됐다. 나오기 시작하는구나." 어깨 너머로 봐도 정말 걸작이었다. 스님은 연거푸 서너 장을 그리더니 "야, 임마. 인제 맘에 드냐"라고 말했다. 나는 머쓱하여 머리를 긁고 있다가 "스님 진짜 한 수 하네요"라고 대답하니 스님은 "똥강아지 같으니…" 하고 중얼거렸다.

어제는 하도 심심하여 장식장 안에서 면벽가부좌하고 앉아 있는 '쟁반 속의 남성'을 끄집어내 스님의 학 그림 밑에 앉혔더니 학은 끼들끼들 웃으면서 그걸 차고 하늘 멀리 날아가 버렸다.

중광 스님의 학 그림

일 달러의 인연

상해上海에서 있었던 일이다. 산을 사랑하는 사람들끼리 모여 중국의 최고 명산인 황산黃山을 걸어서 올랐다가 걸어서 내려오는 데 꼬박 이틀이 걸렸다. 그런 연후에 중국이 자랑하는 명풍경인 계림을 둘러본 후 중국항공 편으로 저녁 늦은 시간에 상해로 돌아왔다.

계림에서 상해까지 오는 동안에 비행기 창문으로 비치는 대륙의 야경은 이를 데 없이 좋았지만 성의없이 만들어진 기내식은 도저히 먹어 볼 맘이 나지 않았다. 메뉴는 쌀밥에 중국산 쇠고기 한 토막과 몇 가지 반찬을 곁들인 것인데, 고기맛도 형편 없는데다 특히 소스가 우리 입맛에 맞지 않아 옆에 앉아 있는 동료들도 식사를 포기하는 것 같았다.

기내식을 주었으니 여행사 측은 별도의 저녁밥을 주지 않았다. 호텔의 방을 배정받고 나니 저녁밥을 걱정하는 친구들이 하나둘씩 내 방으로 모이기 시작했다. 모두 네 쌍이었다. 우리는 상해의 뒷골목 어디쯤 있을 법한 밥도 먹고 술도 마실 수 있는 고만고만한 식주가食酒家를 찾아 야간 행군을 시작했다.

그날 우리 일행이 묵었던 곳은 홍교호텔이었다. 호텔의 뒷골목에는 많은 주점들의 간판이 걸려 있었지만 그날이 마침 공휴일이어서 문을 열어 둔 곳은 한 곳도 없었다. 우리는 좀더 화려한 불빛이 비치는 큰길 쪽으로 무작정 걸었다. 오 분쯤 걸었을까. "우리가 너무 멀리 오지 않았을까" 근심하는 기운이 일 때쯤 샤브샤브를 전문으로 하는 음식점에 이르렀다.

식당 안에는 많은 중국인들이 식사를 하고 있었다. 주고객은 젊은 데이트 손님이었다. 음식점 안에는 서너 명의 미소년들이 부지런히 서빙을 하고 있었지만 아무도 우리가 지껄이는 한국말을 알아듣지 못했다. 서로가 불통不通이자 먹통이었다.

나는 한 소년에게 종이를 갖고 오게 하여 "양육羊肉 4인분, 해산물海産物 4인분"이라 쓰고 "백주白酒 1병, 맥주麥酒 5병"이라고 커다랗게 썼더니 그제서야 "진작 그렇게 하시지 않고요" 하는 투의 미소를 보내 왔다. 그리고 나서 얼마나 친절하게 시중을 드는지 나중에는 종이에 콩나물을 그렸더니 "죄송하지만 우리 가게에는 콩나물은 취급하지 않는데요" 하는 사인을 보내 오기도 했다.

우리 일행은 형편없는 기내식에 앙갚음이라도 하듯 추가 맥주를 더 시켜 정말 푸짐한 식사와 주사酒事를 즐겼다. 계산서에 적힌 금액은 일금 4만 2천 원. 한 사람당 5천 원이 약간 넘는 액수였다.

우리 테이블 담당 소년에게 수고에 대한 고마움의 표시로 일 달러를 손에 쥐어 주니 두 눈에서 피어나기 시작하는 기쁨과 감사의 뜻이 얼굴을 거쳐 온몸으로 번져 나가는 것을 느낄 수 있었다. 그러자 옆 좌석에서 서빙를 하던 다른 소년이 '정말 부러워 죽겠다'는 표정으로 나와 제 친구의 얼굴을 번갈아 쳐다보았다. 그때 나는 "이 친구에게 지금 돈을 주지 않으면 후회할 것 같다"는 생각이 들어 그를 손짓으로 불러 일 달러를 쥐어 주었다.

두 소년은 '키 큰 외국인'으로 기억될 수밖에 없는 나를 비롯하여 우리 일행들을 식당 밖에까지 따라 나와 배웅하면서 아마 내가 알아들을 수 없는 중국말로 축원했을 것이다. "오래 사세요. 돈도 많이 버시고요." 이름도 잊어버린 그 식당에서, 그것도 일 달러의 인연으로 만난 그 소년들의 축원의 덕으로 이렇게 건강하게 살고 있으니 고맙고 고마울 따름이다.

여행을 떠나면 항상 즐겁다. 여행은 낯선 길을 만나고, 풍경을 만나고, 사람과 음식을 만난다. 그것보다는 일 달러의 인연 같은 인정을 만날 때가 가장 행복하다.

중국의 거리음식

김치와 고추장통을 들고 외국 여행에 나서는 건 바람직하지 못하다. 여행의 재미는 눈·귀·코·입 등 이른바 온몸을 통해 느껴야 한다. 집에서 먹던 것들을 들고 나서면 이국의 낯선 음식들을 맛보는 재미는 놓치고 만다. 음식이 곁들여지지 않는 단순하게 보기만 하는 여행이라면 차라리 멋진 영화 한 편이나 풍경 좋은 달력을 펼쳐 보는 것이 나을 것이다.

나는 거리음식 사 먹기를 매우 좋아한다. 버스로 중국 대륙을 여행할 땐 가이더가 싫어해도 장터 한두 곳은 놓치지 않고 살펴본다. 그리고 반드시 그 고장 특유의 거리음식을 맛보는 것을 잊지 않는다. 시장은 사람사는 냄새가 물씬 풍기는 곳이며, 살아 있음이 얼마나 행복한 것인가를 느낄 수 있는 곳이기에 나는 장터 주변을 서성이는 것을 좋아한다.

연전에 티베트 접경 사천성에 있는 '구채구'라는 중국에서 가장 빼어난 계곡을 다녀온 적이 있다. 요즘은 비행기로 갈 수 있지만 그때는 서안西安에서 버스로 열두 시간을 달려야 이를 수 있는 곳이었다. 산사태 지역을 지나는 데다 해발 3,700미터를 넘어야 하기 때문에 대부분의 여행자들이 산소 부족으로 쉽게 지치는 머나먼 여정이다.

우리 일행 십여 명은 식욕 왕성한 산악인들이어서 모두가 거리음식을 먹는 데는 이력이 나 있었다. 정해진 식사 장소 외에는 위생을 이유로 차 세우기를 거부하는 가이더를 윽박질러 어느 시골의 만두집 앞에 버스를 세웠다. 마침 만두솥이 끓고 있었다.

우리 팀은 사천성의 최고 명주인 우리 돈 오륙만 원을 호가하는 '우량예五糧液'의 마개를 따고 호두과자보다 작은 만두를 안주로 새참을 즐겼다. 우리가 만두를 먹기 시작하자 버스 안에 있던 다른 팀들도 우르르 몰려와 거드는 바람에 옆집 만두가게까지 그날 아침에 빚어 놓은 만두가 몽땅 동나 버렸다.

이날 맛본 만두 맛은 여태까지 먹어 본 것 중 최고였다. 그런데도 값은 엄청나게 싸 첫째 집은 우리 돈으로 천팔백 원, 다음 집은 천사백 원이 넘지 않았다. '구채구' 여행을 같이했던 친구들을 만나면 요즘도 그날 먹었던 만두 맛에 대해 얘기하는 걸로 보아 맛 하나는 기가 찼던 모양이다. 안주값에 비해 술값이 너무 비싼 게 흠이었지만.

만두에 관한 기억 중에 황산시黃山市의 시장 안에서 맛보았던 한 개 삼십 원짜리도 잊을 수가 없다. 그때 우리 일행은 황산을 걸어 올라가 북해호텔에 묵으면서 정말 환상적인 장려한 낙조와 아무리 기다려도 해가 솟지 않는 암울한 일출을 기다렸던 아름다운 추억을 지니고 있다. 우리는 다음날 하루 종일 걸어 황산 자락에 있는 도원호텔 쪽으로 하산하여 하룻밤 자고 계림으로 떠났다.

비행기 출발 시간이 일러 황산 시내 구경을 나섰다가 박물관 옆 그림가게에서 두루마리 그림을 꽂아 놓은 명대明代 도자기를 일금 삼만 원에 사는 횡재도 했다. 그리고 시장에 들러서는 엄청나게 맛있고 값싼 만두를 먹을 수 있었던 것도 나에겐 큰 행운이었다. 나는 요즘도 하릴없는 시간에 머릿속으로 중국 여행을 떠나 만두를 먹는다. 생각으로 만두를 먹는 시간만큼 즐거운 시간은 다시없다 해도 과언은 아니다.

중국 시골의 시장통에서 팔고 있는 가자미 튀김은 너무 짜서 맛이 없다. 그러나 돼지고기를 뭉툭하게 썰어 삶은 것은 값도 쌀 뿐 아니라 맛이 아주 좋다. 태산 등산을 갔을 때도, 또 '장강 삼협'으로 불리는 양쯔강 뱃길 여행 때도 이 삶은 돼지고기를 길거리에서 사 고량주 안주를 했는데, 지금도 그 생각만 하면 입에 침이 돌 지경이다. 같은 양념 물에 삶은 쇠고기와 오리고기는 돼지고기의 묘한 맛에는 미치지 못한다.

먹는 이야기가 나온 김에 양고기 꼬치요리도 맛보고 넘어가자. 백두산 천지를 오른쪽 어깨에 끼고 열두 시간쯤 걸어야 하는 장백산 서파 코스를 당일로 완주하고 다음 날 심양으로 들어갔다. 숙소는 북한 사람들이 경영하는 칠보산 관광호텔이었다.

저녁은 연변에서 먹고 밤 비행기를 타고 왔으니 일행 모두가 출출한 기운을 느끼고 있었다. 산보를 겸해 거리음식 사냥에 나섰다. 심양의 명물은 멀지 않은 곳에 있었다. 호텔 정문에서 좌회전하여 뒷골목으로 들어섰더니 거기가 바로 양고기 꼬치의 난전, 정말 기가 막히는 곳이었다.

여섯 명이 꼬치 스무 개와 돼지 족발 한 접시 그리고 맥주 여남은 병을 시켰다. 그런데도 가격은 우리 돈으로 만 원이 조금 넘었다. 벌겋게 달아오른 숯불 위에서 양고기 꼬치가 익고 있는 냄새라니. 그날 우리는 "삐루 더 갖고 와"를 성악가에게 앵콜청하듯 청해 마셨다. 몇 시에 호텔로 돌아왔는지 나는 모른다.

여행을 떠날 때 되도록이면 간편하게 떠난다. 김치와 고추장은 물론 일체의 먹거리는 갖고 가지 않는다. 가벼운 소형 가방 하나면 충분하다. 나이가 갑년에 이르고 보니 '소박한 것이 진정 아름다운 것'이란 걸 겨우 알 것 같다.

그래 맞아. 오만하기 짝이 없었던 추사 김정희 선생도 환갑을 넘어서고 나서야 '단순과 소박'이란 평범한 진리에 도달했다지 아마. 그래서 그의 만년 거처를 졸한 것을 지키는 집이라 하여 '수졸산방守拙山房'이라 이름했고.

백두산 가이더, 안씨

백두산 산행 가이더 안의호 씨. 산행 시간 열두 시간쯤 걸리는 백두산 서파 코스를 종주하기 위해 중국으로 떠난 우리 일행이 전문 가이더 안씨를 만난 건 '찬치퍼' 바로 밑 서파 코스 산행 기점에서였다. '찬치퍼.' 굳이 우리말로 번역하자면 헐떡고개. 오르기가 힘들어 중국 사람들도 이 고개를 숨찬 고개라 부르는 곳이다.

"가이더 안군인데요. 장백산 밑 이도백하라는 마을에 살고 있어요. 산행중에 실수가 있더라도 여러 선생님들께서 잘 이해해 주시기 바래요." 안씨는 그렇게 첫 인사를 한 후 대원 열일곱 명을 이끌고 대망의 백두산 서파 코스를 슬슬 오르기 시작했다.

지난해 봄가을 두 차례에 걸쳐 금강산을 다녀왔지만 코스도 짧고 북한 사람들의 간섭이 심해 뭔가 불만스러웠다. 금강산을 갈 땐 정비석 선생이 쓴 「산정무한」이란 산문 속의 나그네가 되어 아주 멋들어진 정취를 느끼고 싶었지만 현실은 그게 아니었다.

금강산에서의 미진함이 백두산으로 이어지고 있는 가운데, 서파 코스가 야생화를 찍기를 원하는 사진가들에게 조금씩 열리고 있다는 소식이 들리기 시작하자 나는 무작정 그곳으로 가고 싶었다. 서파 코스는 북한 경계에서 장백폭포까지 천지를 오른쪽 어깨에 끼고 도는 코스로, 바람이 세고 바위가 많은 데다 워낙 장거리여서 산길에 익숙하지 않으면 선뜻 마음을 낼 수 없는 험한 길이다.

2001년 8월 4일 새벽 3시. 산행 출발지점부터 장대비가 내렸다. 반바지 차림에 우의를 입으니 약간 춥긴 해도 몸이 자유로워 쉽게 걸을 수 있을 것 같았다. 가이더 안 씨는 "여러분은 참으로 행복한 분입니다. 장백산 서파 코스는 건강한 사람이 아니면 받아 주질 않는데 여러분은 복 받았지요" 하며 대원들을 격려하는 품이 보통이 아니다.

안씨는 키가 크거나 얼굴이 잘생기지도 않은, 나이 서른여섯의 평범한 노총각이다. 어떻게 보면 중국에 사는 조선족들이 어릴 때부터 겪었을 가난의 기운이 신체 곳곳에 알게 모르게 배어 있는 그리 밝은 얼굴은 아니었다. 그런데도 그는 장백산에 관한 지식과 약간의 유머로 피곤에 지쳐 가는 대원들을 위로하곤 했다.

우리는 세 시간을 걸어 천지를 내려다볼 수 있는 마천루(2,691미터)에 도착했다. 그러나 천지는 보이지 않았다. 다시 한 시간을 더 걸어 청석봉(2,662미터)에 올랐으나 천지는 볼 수 없었다. 온통 안개뿐이었다.

"산 밑에 군락을 이루고 있는 사스레나무는 해발 2,000미터 이상에서는 살 수가 없어요. 그런데 2,200미터에 단 한 그루가 살아 있는데, 그 나무 이름이 고집센나무랍니다."

안씨는 걸을수록 지쳐 가는 대원들에게 "서울의 이도근 씨라는 사진가가 꽃잎이 갈라진 희귀 야생 양귀비를 발견했는데 우리는 현장에서 그 꽃을 '도근양귀비'라고 명명했지요. 이야기 참 재미있지요" 하는 식으로 간혹 한 마디씩 던져 가며 갈 길을 재촉했다.

청석봉에서 1,000미터를 내려와 이곳 백두산 전문 가이더들이 '세면폭포'라고 명명한 천지의 물이 가는 줄기로 떨어지는 폭포 아래서 아침을 먹었다. 천지에서 흘러내리는 섭씨 8도의 찬물 맛은 여느 생수와 비교할 바가 아니었다. 우리는 여기에서 다시 1,100미터를 올라 백운봉(2,661미터)에 도달해야 완만한 능선 길을 따라 산행을 계속할 수 있는 것이다. 그런데 식사 후의 포만감을 앞세우고 고도 1,000미터를 오른다는 것은 결코 쉬운 일은 아니었다.

노란 끌끌이풀이 지천으로 피어 있는 능선 길은 지루하기 짝이 없었다. 그런데 이렇게 높고 먹을 것도 별로 없는 황량한 곳에 살고 있는 '고산 토끼'가 바위틈에서 얼굴을 내민다. 가이더의 지시가 없는데도 대원들의 일부는 토끼를 본다며 주저앉아

장백폭포

일어나지 않는다.

안씨는 "지루하지요. 제가 풀꽃들의 이름을 가르쳐 드릴께요. 이건 화살곰취, 저건 새끼범꼬리" 하며 발밑에 밟히는 5센티미터 내외의 풀꽃 이름들을 보이는 대로 주워섬겼다. "구절초, 두메분취, 담자리꽃나물, 용담, 홍경천, 구름국화, 오이풀, 제비란투구꽃, 돌꽃, 아제비개미자리, 두메자운, 두메송이 등등." 안씨가 일러주는 풀꽃들의 숫자는 너무 많아 외울 수가 없었다.

"안형은 생물학을 전공했어요? 가이더가 되기 전의 직업은 무엇이었어요?" 대원 한 사람이 그렇게 묻자 그는 "저는 법을 공부하는 사람인데요. 중국 변호사 시험을 두 번 봤는데 낙방했어요. 이번 등반 시즌이 끝나면 다시 머리 싸매고 공부해서 내년에는 합격해야지요"라고 말했다. 안씨는 가이드 수입으로 생계를 꾸리면서 오로지 '사시 합격'이란 화두에 매달려 있는 듯했다.

백두산 산행 전문 가이더가 사법고시 준비생이라니 모두가 의외란 듯 안씨의 입에서 무슨 말이 나올지 궁금해 하는 눈치였다. 가이더에 대한 적당한 궁금증은 산행 속도를 빨리 하는 데 큰 도움이 되었다. 우리는 걷고 또 걸었다. 그러나 천지는 단 한 번도 얼굴을 보여주지 않았다.

낮 12시 40분 녹명봉(2,603미터)에 도착했다. "안형 몇 시간 더 걸어야 하나요?"라고 물으니 "빨리 걸으면 다섯 시간"이라고 말했다. 힘이 쭈욱 빠져 나가는 것 같았다. 빗길을 장시간 걸어 왔으니 낡은 등산화는 젖어 있었고 연이어 하품이 나왔다. 점심 도시락을 펼쳤지만 입맛이 없어 목구멍으로 넘어가지 않았다.

"산행 마치고 내려가시는 길에 제가 살고 있는 이도백하에 들르시면 단고기(개고기)요리를 정말 잘하는 집을 안내하겠습니다. 자, 갑시다." 안씨는 대원들이 지쳐 있을 때마다 적당한 이야기를 풀어 고단함을 덮어 주었고 나름대로의 유머와 위트로 지루함을 감싸 주었다.

일행들이 마지막 봉우리인 용문봉을 오를 때 안씨는 "내려가셔서 시원한 맥주 한 잔 마시고 장백산 온천수에 몸을 담그면 이상하게도 피로는 금방 풀려 버립니다"라고 또다시 희망을 주었다. 오후 3시, 우리는 드디어 장백폭포가 내려다보이는 언덕에 설 수 있었다. 그때 여태까지 침묵하면서 문을 열어 주지 않던 천지도 구름의 장막을 걷고 웃는 얼굴로 우리를 맞아 주었다.

산은 올라가기도 어렵지만 내려가는 것도 만만치 않다. 천지가 보이는 언덕에서 내려오기를 세 시간. 우리 일행은 이날 오후 다섯 시에서 여섯 시 사이에 소천지를 지나 숙소인 국제호텔에 도착할 수 있었다.

나는 백두산 서파 코스 답사대 중 우리 팀이 모아둔 공금 중에서 얼마를 빼내 우리를 안전하게 인도해 준 안씨의 손에 쥐어 주며 "내년 시험에 꼭 합격하기를 바란다"고 격려해 주었다. 그는 그날로 이도백하로 떠나는 버스에 올랐다. 나는 그가 탄 버스가 시야에서 사라질 때까지 어려운 환경 속에서도 굴하지 않고 자신의 뜻을 펼쳐 나가는 그의 용기를 향해 힘차게 손을 흔들어 주었다.

내 문학의 모태

　나는 유별나게 고통받으며 문학수업을 한 적이 없다. 내가 읽은 책 이외에 누구에게 가르침을 받은 적도 별로 없다. 그러니까 솔직하게 말하면 나의 문학적 자전기란 없는 셈이다. 어쩌면 '생활이 곧 문학'이란 표현이 더 잘 어울릴지 모르겠다.

　'나의 문학'이라며 버젓하게 내세울 건 없지만 굳이 뭐라도 내세워야 한다면 내 문학의 모태는 그리운 고향과 가난했던 유년이 등뼈처럼 떠받치고 있음을 부인하지는 못한다.

　내가 쓰고 있는 글은 과거의 경험과 어릴 적에 듣고 본 이야기와 상상의 세계에서 만들어낸 거짓말 같은 이야기가 주종이다. 남들은 나의 글을 '수필'이니 '에세이'니 그 장르를 한정하고 있지만 나는 상관하지 않는다. 그냥 '글'이면 되는 것이지 세속의 어떤 문학적 명찰도 필요하지 않기 때문이다. 그래서 나는 '수필에도 허구성이 필요하냐 필요하지 않느냐'는 논쟁 따위에는 아무 관심이 없다. 내가 삼십이 년이란 세월 동안 종사해 온 신문의 기사쓰기에도 때론 필요에 의해서거나 아니면 조미료 같은 맛을 내기 위해 거짓말을 삽입한 경험을 갖고 있기 때문에 더욱 그러하다. 다만 그 허구성이 독이 되어 사람을 다치게 해서는 안 되지만 진실이 많이 녹아 있는 문장 속에 들어가 묘한 맛을 낼 수 있다면 그렇게 해롭지만은 않을 것이다.

　잠시 얘기가 옆으로 흘렀다. '나의 문학'이란 명제를 두고 곰곰 생각해 보면 살아온 생애 전체가 문학수업에 투자한 세월인 것 같기도 하고 또다른 한편으로 생각해 보면 전혀 아닌 것 같기도 하다. 사실이지 배우지 않은 것도 아닌데 구체적으로 들춰내자니 도무지 끄집어낼 것이 없어 안타깝기만 하다.

거슬러올라가면 중고등학교 시절의 국어 및 작문과 고어 시간이 내 문학의 싹을 틔워 주지 않았나 싶다. 어릴 적부터 시를 좋아하여 교과서에 나오는 시는 모조리 외웠으며, 송강가사 중에서도 「사미인곡」과 「속미인곡」을 비롯하여 웬만한 가사는 지금도 외울 수 있을 정도이다.

그리고 국어책에 나오는 「페이터의 산문」 「백설부」 「낙엽을 태우면서」 「산정무한」 「우리를 슬프게 하는 것들」 등 일련의 에세이들은 눈을 감아도 훤하게 떠오르는, 그러니까 때묻지 않은 영혼에 감동을 주는 정말 좋은 글이었다고 생각한다.

대학은 영문학과를 택했다. 영어공부하기도 힘에 겨워 문학공부는 엄두도 내지 못했다. 삼학년 때인가. 옆방인 국문학과 교실에서 김춘수 교수의 시론과 소설론 강의가 열려 그 두 과목을 선택으로 듣긴 했는데 지금까지 남아 있는 것은 아무것도 없다.

대학 삼학년이 되면서 이른바 문학을 한다는 친구들을 만났다. 작가가 된 김원일 형이 서라벌 예대 문창과를 마치고 대구로 내려왔다. 그가 청구대 국문학과에 편입하면서 친구가 되어 나도 문학을 하는 친구들 주변을 어슬렁거리게 되었다. 그때 시인이 된 도광의 형을 속칭 '해방골목'이라는 창녀촌에 방 한 개를 빌려 어렵게 열어 둔 청구대학 대학신문인 『청구춘추』 야간 편집실에서 우연하게 만났다. 우리는 만나는 순간 친구가 되었다.

대학 상급반으로 올라가면서 친구들의 영향을 받은 탓으로 나 혼자서 중요한 문학수업을 결심하게 되었다. 그것은 '하루 책 한 권 읽기'였다. 열차 통학을 하면서, 때론 가정교사를 하면서, R.O.T.C. 후보생의 교육과 훈련을 거치면서 하루에 한 권의 책을 읽기란 여간 어려운 일이 아니었다. 목표를 그렇게 세웠기 때문에 한 달에 열 권 이상은 읽을 수 있었다. 지금 생각해도 기특한 일이다.

군에 입대하여 미뤄 두었던 시 공부를 시작했다. 매일 시집을 읽었다. 꿈속에서도 시를 썼다. 밤에 시를 쓰느라 번번이 잠을 놓쳐 지각하기가 일쑤였다. 함께 근무하는 동료 장교들과 병사들 보기가 민망했다. 그러나 시 공부의 진도는 더디기만 하였고 나는 끝내 시인이 되지 못했다.

그런데 한 가지 중요한 것은 내가 그리고 있던 상상 속의 여인들과 주변의 소녀들

이 나의 문학 수업에 한없는 부채질을 해주어 그것이 크나큰 도움이 되었다. 지금
도 크게 벗어나지는 못했지만 유난히 길었던 사춘기 동안에 나는 많은 양의 글을 썼
고 쓴 글은 부치지 못하고 버려졌다.

제대하고 일간신문의 사회부 기자가 되었다. 글을 써야 밥을 먹는 그런 직업인이
된 것이다. 매일 눈뜨면 원고지와 씨름을 해야 했으니 문학은 뒷전으로 밀려났다.
그러나 책 읽기는 게을리하지 않았다. 책의 앞장에 산 날짜를 적고 맨 뒷장에 읽기
를 끝낸 날짜를 적었다. 날짜의 갭이 늘어날 때마다 게으름을 다그쳐 보았지만 술
마시는 시간에 비해 책 읽는 시간은 크게 늘어나지 않았다.

간혹 주변 사람들이 "어떻게 하면 글을 쓸 수 있느냐"고 물어 올 때는 정말 난
감하다. 나는 그럴 때마다 "많이 읽으면 반드시 글을 써야 할 날이 온다"고 대답
한다. 누에가 뽕잎을 먹듯 사운사운 계속 먹어 치우면 반드시 잠을 자게 되고 한 잠
두 잠 잠을 보태다 보면 누에고치라는 아름다운 결실에 이르지 않고는 못 배기는 법
이다.

나는 글 쓸 소재가 머리에 떠오르면 아무런 메모도 하지 않고 그걸 머릿속에서 굴
린다. 말하자면 푸근한 임신 기간을 갖는 셈이다. 특히 산행을 할 때 첫 문장과 끝
문장을 미리 생각해 보고 글을 어떻게 흘려 보낼지를 대충 꾸며 본다. 아무리 바빠
도 출산 날짜가 되지 않으면 무리하게 분만을 서두르지 않는다.

만약 원고를 청탁한 이가 촉박하게 마감을 채근하면 자연분만이 아닌 제왕절개
라는 비상수단으로 출산을 하기도 하지만 그때마다 혹시 미숙아를 낳지 않을까 하
고 내 자신이 조바심을 하게 된다. 글은 충분한 시간을 가진 다음 출산을 예고하는
진통이 올 때 엎드려 쓰기 시작하면 기본 설계 없이도 단번에 훌륭하게 마무리할 수
있다.

나는 한 번 쓴 글을 여러 번 고치지 않는다. 오랜 세월 동안 신문기사 쓰기에서
얻어진 버릇이기도 하지만 이미 태어난 얼굴을 과감한 성형수술을 통해 좀더 고친
다고 해서 윤곽이 바뀌어 더 아름다워질 수는 없다고 생각했기 때문이다.

그러나 미숙한 글도 갈고 닦기를 거듭하면 처음보다는 현저하게 좋아진다는 사
실에는 동의한다. 그래서 요즘은 이미 써 둔 글을 열 번이고 스무 번이고 기회가 생

길 때마다 고치고 또 고친다. 짚신을 삼아 팔던 노인이 임종을 맞아 "어떻게 해야 아버지의 짚신처럼 매끄럽게 됩니까"란 아들의 물음에 "거블 거블"이라고 대답하고 숨을 거뒀다는 옛 이야기가 있다. 그것은 짚신을 다 삼은 후 꺼풀을 제거하라는 말이다. 그걸 글쓰기에 대입하면 부지런히 퇴고를 하라는 말이다.

그리고 한 가지, 글을 미사여구로 꾸미려 하지 않는다. 짙은 화장으로 기미와 주근깨를 감출 수는 있지만 언젠가는 맨 얼굴을 보여야 할 때가 있다. 나는 내 집안의 치부까지도 숨기지 않고 있는 그대로를 진술하게 쓴다. 그래서 지금은 돌아가신 어머니에게 "야이 후레자식 같은 놈"이란 심한 꾸중을 들은 적도 있다. 그래도 나는 거짓말은 하지 않는다.

자칫 했으면 빠뜨릴 뻔한 이야기를 마지막으로 해야겠다. 그것은 피의 소리에 관한 것이다. 다시 말하면 요즘 유행하는 '게놈', 즉 유전자에 관한 이야기다.

선고께서는 술도 보통 술은 넘었고 바둑과 장기는 물론 화투에도 능한 한량이셨지만 어머니는 시인이나 화가를 동경하는, 예인의 기질을 가지신 아주 맑은 분이셨다. 어머니의 학력은 초등학교 사 년 중퇴가 고작이지만 열여덟 때까지 서당에 다녀 한문은 초서까지 통달하고 계셨다.

한 번은 어머니가 붓글씨로 쓰신 신사임당의 시구 중에 모르는 글자가 있길래 "이건 무슨 글잔데 이렇게 어렵게 썼습니까"라고 물으니 "니는 대학까지 나온 사람이 그것도 모리나"고 타박을 주시면서 "공부 좀 해라"는 말씀만 하실 뿐 끝내 가르쳐 주시지 않았다.

어머니께서는 만년에 모필을 다시 잡고 한시와 붓글씨 공부를 십 년쯤 하시다가 기력이 쇠잔해지자 그동안 써 두셨던 글씨들을 교회 신도들과 이웃에 몽땅 나눠 주셨다.

나는 아버지의 그 '바람' 같은 한량끼를 팔할쯤 물려받았지만 어머니의 예술적 감수성이 '게놈'이란 동아줄같이 생긴 마디마디에 꼭꼭 찍혀 대물림된 것 같다. 그러니까 '나의 문학'은 어머니가 바로 모태다.

나에게 쓰는 편지

서두

"별일 없제?" 내 안에 있는 너에게 이런 질문을 던진다는 게 말 안 되는 말이란 걸 나는 안다. 허기야 천 날 만 날 같이 붙어 있는 주제에 "별일 없제?"라고 물으면 무슨 용빼는 대답을 하겠냐. "니가 잘 알다시피 별일 없다 왜. 그런 걸 뭣땀시 묻냐"라는 퉁명스런 대답이 나올 것도 내 뻔히 알고 있다.

그렇지만 백의민족의 인사라는 게 하나같이 곡기穀氣가 없다는 걸 넌 잘 알고 있지 않느냐. 일테면 이쑤시게 물고 나오는 어르신을 향해 "진지 잡수셨습니까"라고 인사하고, 사나흘 설사를 한 친구를 약국 앞에서 만나 "야 니 얼굴 조타"라거나, 촐촐한 퇴근길 술집 앞에서 만난 동창 녀석에게 "언제 만나 우리 술 한 잔 하자"는 입부조가 그래도 미덕인 우리의 전통 관습이 아니더냐.

백수인 자네에게 "요새 뭘 하며 지내냐"는 황당한 질문을 던질 수가 없다. 그러면 넉살맞기가 분수를 넘는 자네는 "작년에 하던 거 그거 한다"고 용케 피해 가겠지. 지난해 무슨 짓을 했는지를 깜빡 잊고 있었던 나는 "작년에 니 정말로 뭐하고 지냈노"라고 다시 엉겨 붙으면 자넨 정색을 하고선 "에브리데이 선데이. 놀았다 왜"라고 대답하겠지. 내 말 맞제.

성장

너는 가난에서 태어나 남루 속에서 성장했다. 가난은 원래 입 없는 동물과 같다.

먹어야 할 때 먹고 싶은 것 먹지 못하고, 입어야 할 때 입지 못하기 때문에 영양이 균형을 잃고 자신감을 상실하게 된다. 자신감을 잃으면 남 앞에 서기가 두려워지며 말한다는 게 자꾸 어려워지게 된다. 가난에서 비롯된 그런 비열한 속성이 네 속에 내재하고 있는 흔적은 유물발굴에서처럼 여러 곳에서 뚜렷하다.

너는 아니라고 우길 수도 있다. 평생 종사한 언론이란 직업에서 갈고 닦은 질경이 같은 뻔뻔스러움 그리고 어떤 어려움 속에서도 눈 하나 깜짝하지 않는 당돌함과 때론 남을 깔아뭉개는 오만함이 남루의 속성을 밀어냈다고 할 수 있을지 몰라도 너를 지배하는 내면의 원류는 아직도 면면히 흐르고 있음을 간과해서는 안 된다.

너는 영악하고 때론 영특한 면이 없지 않다. 남들은 유아기적의 가난과 자신의 비루함을 숨기고 가문의 비밀은 페르샤 왕국의 보물창고보다 더 은밀하게 감춘다. 그러나 너는 자신과 가문의 부끄러운 치부를 오히려 드러냄으로써 '솔직함'이니 '진솔함'이란 당의정으로 도포하여 무엇인가를 보상받으려는 얄미운 술수를 부리고 있다.

솔직히 말하건대 너는 이제까지 글을 써 오면서 아버지의 이른 타계와 어머니의 가난을 너무 많이 팔아먹었다. 네가 쓴 네 권의 에세이집을 대충 훑어보면 고향이라는 큰 테두리를 정해 놓고, 그 속에 아버지와 어머니 그리고 가난과 외로움을 집어넣은 다음 뻥튀기 기계 돌리듯 계속 돌리고 있더구나. 그래서 얻은 것이 무엇이냐. '뻥 뻥'하고 튀기다 보니 무엇이 남더냐. 알량한 수필 몇 편? 차라리 물건을 파는 상인처럼 까놓고 "한 개 팔면 얼마 남는다"고 솔직하게 말하는 게 낫다. 거듭 말하거니와 "문학을 공부한다는 사람이 단일상품을 디자인만 약간씩 바꿔 도매상처럼 그렇게 팔아먹으면 안 되지. 그러면 정말로 몬써."

등단

너는 등단이란 관문을 통과한 적이 없는 기성 문학인이다. 다시 말하면 등단하지 않고 등단한 수필가다. 대한민국에서 발행되는 문학잡지 12월호의 '문학인 주소록'을 보면 너의 이름이 빠져 있는 잡지는 없다. 지금도 등단을 위해 열심히 습작을 하고 있거나 작품 몇 편을 들고 여러 문학잡지의 신인상 주변을 기웃거리는 '문청'

이나 '문지매(문학을 지망하는 아지매)'들에겐 송구스런 마음을 가져야 하고 진실로 사죄해야 한다.

너는 간혹 문학잡지 쪽에서 데뷔 연도, 매체, 작품 등을 알려 달라는 연락이 올 때마다 호기롭게 "1984년 11월, 『현대문학』 「아버지를 만나는 강」"이라고 쓰더구나. 그 사실이 틀렸다는 말은 아니다. 잡지사 측에서는 작가 김원일의 친구인 '언론인 구활'의 수필 한 편을 실어 줬을 뿐인데, 넌 그걸 데뷔로 착각하고 있으니 분명 네가 저지른 오류임에 틀림없다.

그런데 잡지사 측에서도 이듬해인 1985년 9월 「어머니의 텃밭」이란 수필을 실은 후 '언론인'이란 바이라인을 지우고 '수필가'로 명명해 주었고 문학인 주소록에도 꼬박꼬박 이름을 올려 주었다. 그것은 마치 "내가 그의 이름을 불러 주었을 때 그는 나에게로 와서 꽃이 되었다"던 김춘수 시인의 「꽃」에서처럼 "그에게로 가서 나도 꽃"이 된 셈이다.

너는 친구를 잘 만나고 시절과 인연이 딱 맞아떨어진 억수로 운이 좋은 놈이다. 그 후에도 우리나라 최고의 문학잡지인 『현대문학』 측에선 너를 차 버리지 않고 359호부터 491호까지 모두 14편의 수필을 실어 주는 등 애정의 술잔을 쉬지 않고 거푸거푸 따라 주었다.

허기야 '전국노래자랑'이란 어려운 관문을 뚫고 가수되는 이가 있는가 하면 패티김과 이미자의 딸이 쉽게 가수가 되고, 최무룡, 이예춘, 허장강의 아들들이 배우가 되고 교육부장관의 아들이 수능고사와는 상관없이 명문대에 슬쩍 미끄러지듯 들어가는 경우도 있으니 비록 아비없이 자랐을망정 부러울 게 없구나.

그러니 문제는 명가수, 명배우들의 아들 딸인 카밀라가 그러하고 최민수, 이덕화가 그러하듯 너는 '아비없이 자란 후레자식'이란 소리를 듣지 않도록 최고 일류는 되지 못해도 문단 말석에 앉아 후방을 희미하게 비추는 미등이나 달리는 방향을 예고하는 깜빡이등 정도의 역할은 충실히 해야 할 것이다. 알겠제. 내 말 알아듣겠제.

수필

너는 이십 년 넘게 수필을 써 오면서 수필에 대해 아는 게 없더라. 너처럼 무식한 수필가도 별로 없을 것 같다. 그리고 너의 결점은 남의 글을 읽지 않는 것이고, 둘째로 글은 빨리 쓰되 많이 고치지 않는 것이며, 셋째 글을 되는대로 대충 쓰기 때문에 문장의 구성에 짜임새가 없는 것이다.

이것은 너의 오랜 버릇으로, 쉽게 고쳐지는 않겠지만 그래도 내가 하는 말을 바로 알아듣고 반성하고 고쳐야 한다. 집으로 배달되는 수필잡지는 물론 경향 각지에서 부쳐 오는 많은 수필집을 솔직히 말해 온전하게 끝까지 읽은 것이 몇 권이나 되느냐. 연전까지만 해도 책 잘 받았단 답신조차 하지 않다가 요즘 겨우 늘었다는 게 몇 편 읽고 메일로 "보내 주신 수필집을 잘 받았고 어쩌구 저쩌구…" 입발림 말만 늘어놓지 않았느냐. 솔직하게 말해 보아라. 맞제, 내 말 맞제.

그리고 수필잡지에 네가 쓴 수필에 대한 평이 났는데도 그것조차 읽어 보지 않고 몇 년을 지냈으니 넌 어쩌면 글 쓸 자격이 없는 놈인지도 모른다. 호랑이나 사자 같은 맹수도 사냥감 한 마리를 사냥할 때 전속력으로 질주해도 잡을까 말까라는데 네가 만약 맹수라면 쥐새끼 한 마리도 못 잡고 굶어 죽었을 것이다. 대오각성 바란다.

그래도 요즘은 퇴고의 중요성을 깨닫고 쓴 글을 고치고 또 고치더라마는 얼마 전까지만 해도 신문기사 쓰기의 타성이 그대로 전수되어 고치는 일에 등한했던 일은 뉘우치지 않으면 안 된다. 첫 에세이집『그리운 날의 추억제』를 다시 읽어 보니 어떻더냐. 선밥처럼 혀가 음식을 밀어내고, 덜 익은 풋과일처럼 혀끝이 아리지 않더냐.

그리고 글을 쓰기 전에 귀찮더라도 설계도를 충실하게 그린 다음 탄탄한 구성 위에 이야기를 풀어 나가도록 하여라. 넌 여태까지 글 쓸 소재를 머릿속에 몇 바퀴 굴린 다음 펜이 가는 대로 버려 두고 뒤따라가는 방법을 취해 왔다. 어느 것이 옳은 방법인지 모르겠지만 구성에 좀더 신경을 쓰기 바란다. '뽄' 없이 옷감을 자르는 재단사가 없고 기본 자세를 익히지 않은 운동선수는 대성할 수 없다는 것을 명심하기 바란다.

상금

너는 그동안 세 개의 문학상을 받았고 세 번의 저술지원금을 받았다. 금액으로는 상금이 1천여만 원, 지원금이 2천여만 원이다. 깜냥보다 너무 과분하다. 너의 글을 내가 읽어 보면 어느 곳에도 상을 탈 만한 구석이 없는데 주최 측에서 모든 것이 부족한 너를 택했다니 그것은 참으로 이상한 일이다. 트럭 운전사가 미국 여배우 엘리자베스 테일러의 일곱번째 남편이 되었다는 이야기와 맥을 같이하는구나. 그래 말이야. 미녀를 올라타고 운전하기보다는 트럭 운전이 훨씬 마음 편했을 텐데. 나중엔 쫓겨나고 물론 후회했겠지만.

상은 현대수필문학상, 대구문학상, 금복문화예술상이 그것이다. 앞의 두 개는 주최 측에서 필자의 신청없이 그냥 심사를 한 것이고, 나머지 한 개는 부끄럽게도 "상을 주십사"고 신청하여 받은 것이다. '잿밥 승려'가 따로 없다. 너는 그런 사람이다.

너는 한국언론재단, 방일영문화재단, 한국문화예술진흥원에서 과분한 저술지원금을 받았다. 문학상은 작품의 수준도 물론 중요하겠지만 먼발치에서 봐도 더러는 공로가 인정되고 패거리들끼리 돌려먹기가 관행이 된 곳도 있는 듯하여 콜라병에 들어 있는 조선간장 한 모금을 마셔 버린 그런 기분이 들 때가 가끔씩 있었을 것이다. 그러나 저술지원금은 개방형 공개경쟁 입찰이어서 '염불 승려'가 도전해 볼 일이다. 앞으로도 이런 염불은 자주 외도록 하여라. 저술지원금은 받는 만치 이뤄 내야 하니까 글을 쓰는 데 주마가편의 효과를 얻을 수 있을 것이다.

말미

윤동주의 「서시」에 나오는 "죽는 날까지 하늘을 우러러 한 점 부끄럼 없기를…"이란 말은 지상에서는 이뤄질 수 없는 하나의 소망이다. 불가능에 가까운 거짓말이다. 그래서 시다.

너는 닿지도, 이를 수도 없는 그런 턱도 아닌 소리에 현혹되지 말고 여태까지 네가 걸어온 페이스대로 그렇게 묵묵히 걸어라. 자주 부끄러운 짓을 저질러 가며 그렇게 살아라. 하늘을 향해 부끄러울 수 있어야 신부님 앞에 가서 고백성사도 보고, 예배당에 가서 참회의 기도를 올릴 수가 있고, 절에 가서 백팔 배를 올리며 염불을 욀 수 있느니라. "한 점 부끄럼 없기를…"의 진짜 뜻은 '인간답게 살게 해 달라'는 말의 다른 표현이다.

차라리 이 구절보다는 "별을 노래하는 마음으로 모든 죽어 가는 것을 사랑해야지"란 말이 훨씬 가슴에 와 닿는다. 죽어 가는 것을 사랑하는 마음은 살아 있는 것을 사랑하는 마음보다 갑절이나 애달프다. 사랑을 잃어버린 마음은 더 이상 마음이라고 소리내어 부르지 않는다. 너는 한시라도 사랑하는 마음을 잃어버려선 안 된다. 사랑하는 마음은 여행자의 여권보다 소중하고 초례를 앞둔 신랑의 남성보다 고귀하다.

너 이제 내가 한 말을 대충이나 알아듣겠냐. 결론적으로 말하면 무슨 말인고 하니 네가 여태까지 해 온 고향이나 아버지 그리고 가난한 어머니만 팔아먹고 살 것이 아니라 이미 가고 없는 양친의 슬하를 과감하게 벗어나 독자적인 걸음마를 시작해 보란 말이다. 이 멍충아.

왜 있잖냐. "모든 죽어 가는 것을 사랑하는 그 마음"을 니 음정 니 박자에 맞춰 노래하면 되지 않느냐는 말이다. 그래. 이 세상에는 사랑하는 마음 그것보다 더 아름답고 더 멋진 것은 아무데도 없다. 내 말 알아듣겠제. 약속하제. 그럼 그럼.

팔할이 바람, 그리고 풍류와 고향

신재기 문학평론가, 경일대 미디어문학과 교수

1.

수필가 구활의 사이버상 닉네임은 '팔할이 바람'이다. 서정주의 초기 시편「자화상」의 한 구절인 "스물세햇 동안 나를 키운 건 팔할八割이 바람이다"를 패러디한 것임을 금방 알 수 있다.

이 같은 패러디에서 우선 그만의 특유한 재치와 익살을 읽을 수 있다. 그와 함께 시간을 보내거나 술을 마시면서 대화를 나눠 보면 이 정도의 재치는 별것 아니다. 그에게는 언제나 유머감각이 넘친다. 때문에 그와 같이 지내는 시간은 즐겁고 지루하지 않다. 그리고 사물을 거꾸로 보거나 상황을 반전시키는 데 남다른 능력을 가지고 있다. 이를 얼른 보면 재치라고 할 수 있을지 모르지만, 사실 그것의 기본은 사물의 본질을 투시하는 뛰어난 직관이다. 구활의 글에는 대상의 내면을 단참에 꿰뚫어 보는 날카로운 언어들로 가득 차 있다. 낱낱의 단어나 문장에는 별로 응집력이 없어 겉으로는 사물을 설명하고 있는 듯한 느낌을 주는 것 같으나, 전체를 다 꿰고 나면 그의 언어들이 얼마나 접착력이 강하고 여운이 충만한지를 알 수 있게 된다.

서정주가 '팔할이 바람'이라고 했을 때와 이를 패러디한 구활의 경우, 그 의미 코드가 서로 일치하지는 않는 것으로 생각한다. 유추해 보건대 구활의 경우, 그것은 '풍류風流'로 요약될 수 있을 것 같다. 그는 풍류를 "'점잖'을 벗어나 '난봉'으로 들어가는 길목에 존재하는 것이지만 그렇게 '속'되지도 않고 그렇다고 '성'스럽지도 않다. 그래서 중용이다"라고 하였다. 멋스럽고 넉넉함을 가진 풍류의 위치를 '점잖과 난봉' '성과 속'의 중간쯤으로 잡고 있다.

여기에서 수필가 구활의 인생관을 엿볼 수 있다. 점잖과 성스러움은 사람이 마땅히 추구해야 할 이상적인 덕목이다. 이를 잃지 않음으로써 금수와 구별될 수 있으리라. 하지만 점잖과 성스러움은 하나의 이데올로기가 되어 인간의 본성을 억압할 가능성이 크다. 남과 더불어 살아가는 사람으로서 누구나 윤리 도덕을 지키는 것이 마땅하지만, 이것이 인간의 자유를 제한하는 족쇄로 작용할 때가 없지 않다. 자유를 추구하는 길목에 세속의 자질구레한 윤리는 거추장스러운 군더더기와 다를 바 없다. 한편 기본적인 윤리의 선을 넘어선 자유는 방종이 되어 추하게 보일 수 있다. 멋은 화려하거나 아름다운 것이 아니로되, 또한 추하고 속된 것도 아니다. 양자를 초월한 공간에 멋이 존재한다. 그것은 다름 아닌, 수필가 구활이 지향하는 풍류가 아닐까.

또 한편 '풍류'라는 말은 고정되어 있지 않고 지속적으로 움직이는 동적인 이미지로 다가온다. 구활의 수필에서 풍류는 떠남과 여행으로 체현되고 있다. 다시 말해, 그의 수필은 새로운 것을 찾아 멀리 떠나가는 여정의 시공간 속에서 만들어진다. 그가 『매일신문』에 연재했던 「구활의 스케치 기행」을 묶어 『하안거 다음날』이라는 수필집을 상재했던 것도 이와 무관하지 않다. 그의 수필은 온 산하를 바람처럼 자유롭게 누비고 다니면서 건져 올리고 다듬은 보석들이다. 한 곳에 머물지 않고 새로운 곳을 찾아 길을 떠나는 것은 인간의 숙명인지 모른다. 그러기에 중심을 벗어난 바람 같은 떠돌이의 길은 자꾸 밖으로 향할 수밖에 없다. 보이지 않는 원심력에 이끌려 그 걸음은 쉽게 멈춰지지 않는다.

중심을 벗어나 멀리 여행길에 오르는 것은 새로운 세계를 경험하고 무언가를 찾고자 하는 욕망의 발현이다. 새로운 세계에 대면하여 자신의 존재를 바로 세우고자 하는 고단한 여정이 삶이 아닌가. 이 세상에 변하지 않는 것은 없다. 그 변화에 적응하기 위해선 긴장이 필요하고, 다가올 미래의 불확실성으로 말미암아 현재는 언제나 불안하다. 긴장과 불안은 자신의 존재에 눈을 돌리게 하는 계기가 된다. 이처럼 여행의 길은 결국 시선을 자기 존재로 향하도록 하는 매개 역할을 한다. 이 지점에서 수필가 구활이 인식한 모든 존재의 모습은 외로움이다.

사실 답사를 시작한 건 외로움 때문이었다. 외로움에서 벗어나기 위해선 철저히 외로워지는 방법밖에 다른 도리가 없었다. 그래서 혼자 떠났다가 홀로 돌아왔다. 보아라. 산그림자도 외로워서 하루에 한 번씩 마을로 내려오고, 가진 것 없는 빈 마음들도 저물녘이면 주막 어귀로 모여든다. 사람만 외로움을 타는 것이 아니다. 벌과 개미가 모여 사는 것도, 바람과 구름이 한 곳에 머물지 못하고 흘러가는 것도 모두 외로움 탓이다. 산다는 건 외로움을 견디면서 혼자 울고 있는 것이다. 어쩌면 산다는 것은 겨울바람에 맞서는 문풍지의 떨림 같은 것이며, 그래도 산다는 것은 눈물로 부르는 슬픈 노래 같은 것이다. (「고향집 앞에서」에서)

인간 존재, 아니 이 세계 모든 존재의 근본은 외롭다고 본다. 인간에게만 국한되는 것이 아니라, 모든 생물과 자연도 마찬가지다. 생명을 잉태하고 유지하는 자체, 즉 삶의 본질은 외로움에 근거한다는 것이다. 그러기에 산다는 것은 외로움과 맞서 그것을 견뎌 내고 극복하고자 하는 애절한 몸부림일 수 있다. 거기에는 슬픔과 눈물과 울음이 따를 수밖에 없다. 하지만 작가는 이러한 외로움을 감성의 표면을 스쳐가는 감상적인 것으로 파악하지 않고 존재의 원천으로 보고 있다. 그럼으로써 감상주의에 함몰되지 않고 나름의 세계관을 확립한다.

2.

지금까지 구활의 수필 세계를 구축하고 있는 하나의 기둥이 여행과 길 떠남의 이미지로 형상화되고 있는 풍류이고, 그 밑바탕에는 존재의 외로움에 대한 인식이 굳게 자리잡고 있음을 살펴보았다. 이러한 그의 문학적 주조음은 값싼 감상주의적 서정으로 편향되지 않고 뚜렷한 세계관으로서의 면모를 갖춤으로써 수필의 문학적 품격을 한층 격상시켜 준다.

그러나 구활 수필에서 떠남과 외로움의 원심력만 있는 것이 아니다. 이에 마주 작용하는 구심력으로서 귀향의 정서를 강하게 드러내고 있다. 고향을 향하는 구심력은 원심력이 클수록 그만큼 더 커진다. 이런 점에서 떠남이라는 원심력은 귀향이라는 구심력과 동일선상에 있다. 구활의 수필의 한 끝에 여행의 떠돌아다님이 있다면, 다른 한 끝에는 돌아가야 할 고향에 대한 추억이 선명한 모습을 드러내고 있다. 이 같은 원천회귀 지향은 떠돌이로서의 흔들리는 인간 본연의 불안한 존재에 대한 인식의 반작용으로 나타나는데, 우선 고향에 대한 그리움과 추억이 가장 두드러져 보인다. 삶의 밑뿌리는 외로움이라는 인식이 고향에 대한 그리움의 정서로 변환되고 있는 것이다. 그의 작품 중에는 돌아가야 할 고향에 대한 그리움을 주제로 하고 있는 것을 적잖게 볼 수 있다. 그는 그것을 통해 삶의 이치를 깨닫고 자신의 존재를 확인하기도 한다.

구활의 수필 세계를 떠받치고 있는 또 하나의 기둥이 고향으로 향하는 구심력이라면, 거기에는 고향에 대한 그리움, 가난했던 유년시절, 아버지 부재의 짐을 감당해야 했던 어머니의 강단이 주류를 이루고 있다고 하겠다.

그의 고향은 경산시 하양읍이다. 하양은 대구의 위성도시인 경산 동북지역에 금호강을 끼고 있는 곳이다. 지금은 교통이 발전되어 대구문화권에 속한다. 많은 대학들이 자리잡고 있어 현대도시의 첨단문화와 구시대의 오일장이 공존하는, 모든 대도시의 근교가 그렇듯이, 도농의 문화가 공존하는 마을이다. 하지만 작가가 유년시절을 보낸 시절에는 전형적인 농촌마을이었을 것이다. 지형을 보면 금호강을 끼고 넓은 들이 펼쳐져 있어 부촌이었을 것으로 짐작된다. 현진건의 소설 「고향」의 배경 마을이나, 혹은 하근찬의 작품 「수난이대」에 나오는 역이 이곳 하양이 아닌가 싶은데, 이런 작품에서도 볼 수 있듯이 아무리 부촌이라 하더라도 가난을 안고 살아야만 했던 서민들은 어느 시대든 있기 마련이었다. 부는 언제나 공평하게 분배되지 않는 법이다. 일제 강점기, 해방 전후, 그리고 1960년대에 우리의 삶과 문화가 농촌 중심이었고, 그 시대를 살았던 사람들의 삶은 누구나 가난과 배고픔에서 오는 서러움으로 얼룩져 있었다. 그러기에 이 시대에 유년을 보냈던 사람들의 가난이란 어쩌면 어느 한 개인의 특별한 경험이라고 하기는 어려울지 모른다.

그러기에 수필가 구활은 고향에서 보낸 유년의 가난 그 자체를 말하거나 가난 때문에 남다른 고생을 했다던가 하는, 지난날의 아픔이나 상처를 날것으로 말하지 않는다. 아픔과 상처를 아직도 가지고 있다면 그것은 마음의 멍으로 남아 있다는 증거이고, 고향은 두 번 다시 떠올리기조차 싫은 곳이 되고 말 것이다. 하지만 구활의 수필에서 고향은 아픈 상처를 치유해 주고 모든 갈등을 해소시켜 주는 화해의 공간이다.

영원한 마음의 고향으로 승화되어 드러난다. 그래서 고향은 아름다운 추억의 원천이고, 환상의 꿈들로 다가온다.

> 연상작용은 참 묘한 것이다. 차 안에서 줄곧 들어 왔던 「백만 송이 장미」라는 노래가 이곳 고향 강가에 깔리자 강변은 온통 수백만 송이의 장미가 피어나더니 이제는 내 의식도 그 장미 꽃밭 속으로 함몰하여 옛 이야기 하나를 기억해 낸다. (「강가에 핀 백만 송이 장미」에서)

작가는 고향의 강가에 서 있다. 흐르는 강물과 그 위를 지나는 바람을 보면서 환상에 빠진다. 아니 그 옛날 어린 시절로 돌아간다. 숱한 사연들을 머금은 고향의 강은 온통 수백만 송이의 장미로 뒤덮인다. 그 장미 천지에서 그동안 꼭꼭 숨어 있었던 기억의 편린이 아련히 떠오른다. 그것은 모두 장미꽃과 같은 아름다운 추억과 환상적인 꿈속에 빠지도록 한다. 아무런 갈등도 없고 모든 상처도 치유되었다. 나의 존재와 고향은 둘이 아닌 하나다. 물아일체의 경지다. 그것은 모든 존재가 회귀하고자 하는 어머니의 자궁과 같은 이상향이다. 구활에게서 고향은 바로 최종적으로 돌아가야 할 곳이기에 고향을 그리는 그의 언어는 '귀거래사'다. 도시 문명의 비인간성과 번잡함을 피해 시골로 낙향하고자 하는 감상적인 귀거래사가 아니라, 존재의 시원을 찾아가는 본원적인 고향 회귀다. 고향에는 언제나 아름다운 추억과 어머니가 있다. 그러기에 그는 끊임없이 귀향을 꿈꾼다.

구활의 수필이 자연의 아름다움이나 그것의 오묘한 섭리를 입에 올리지 않은 것은 아니로되, 그보다 그의 관심은 다양한 사람들의 삶의 태도와 그들과의 인간적 교우에 모아진다. 자연을 통해 섣부른 가르침을 전하려 한다든가, 자연의 순수함이나 아름다움에 대한 찬양을 통해 자신의 깨끗한 심성을 과장되게 드러내는 평이한 수필의 유형성에 빠지지 않는다. 그의 수필에는 자연의 섭리보다 인간의 삶이 더 소중하게 다루어지고 있다. 세속을 벗어난 인물들의 기행적인 일화들을 통해 일상의 통속성을 은근히 비꼰다. 이것 또한 그의 풍류를 좇는 삶의 태도에서 비롯되고 있음이 아니겠는가.

그의 작품에는 가까운 가족으로서는 아버지와 어머니, 문우로서 소설가 김원일과 시인 도광의, 중광 스님, 고종형인 목인 전상렬 시인, 대학 은사 김홍곤 교수, 춘화도를 잘 그렸던 이른바 어깨 출신의 박용주 선생, 유년시절을 함께 했던 친구 득남이와 순철이 등 다양한 인물들이 등장한다. 그리고 영화나 문학작품 같은 허구 속의 인물들도 자주 보인다. 이들은 모두 과거 추억 속의 인물들이고, 바로 작가의 그리움과 고향의 시공간이다. 이처럼 구활의 수필에서는 소설 못지않게 심도 있는 인물 탐구가 이루어지고 있다. 이 같은 여러 인물들의 다양한 삶과 행적에 대한 그의 관심은 절대적인 외로움으로부터 벗어날 수 없는 인간 존재에 대한 본원적인 인식인 동시에 고향의 푸근한 인정과 풍류가 배인 인간적인 삶에 대한 동경이라고 볼 수 있다.

3.

　수필창작론의 중심부에 위치하고 있는 난해한 과제 중의 하나가 교술敎述성의 문제다. 수필이 가지고 있는 교술성은 수필을 수필답게 하는 가장 중요한 속성이라고 한다면, 이것이 수필을 문학으로부터 멀어지도록 하는 빌미로 작용하기도 한다. 교술에서 '교'는 알려 주어서 주장한다는 뜻이고, '술'은 사실이나 경험을 서술한다는 의미다. 이미 있었던 사실을 기록한다는 성격이 강하다. 이를 좀더 확대하면 주제를 직접적으로 진술하는 주제 중심의 글, 혹은 교훈적인 성격을 띠는 문학으로 볼 수 있다. 사실을 있는 그대로 서술하거나 정보 전달을 목적으로 하는 경우와 크게 다르지 않다. 이렇게 되면 문학성과 멀어질 수밖에 없다. 수필 창작의 가장 큰 어려움은 바로 이 지점에서 시작된다. 수필이 자신의 정체성을 유지하고 문학이기를 포기하지 않아야 한다는 말이다. 이 양자는 사실 모순이다. 하지만 이 모순을 모순으로 남겨 두지 않고 수필가 개인의 고유한 미학을 바탕으로 화해와 균형을 획득해야 한다. 수필의 일차적인 문학성은 이러한 차원에서 성립될 수 있다.

　구활의 수필이 만약 문학성을 성공적으로 성취한 경우라고 평가할 수 있다면, 그 근거는 이러한 측면에서 찾아야 할 것이다. 문학성을 가장 효율적으로 드러내는 데 긴요한 역할을 담당하는 것이 실제의 사실과 작가의 무한한 상상력이라 할 수 있다. 가령 다음의 경우를 살펴보자.

　그러나 소록도 사람들은 붙박이 별로 하늘에만 눌러 살지 않는다. 비가 오거나 눈이 오면 빗줄기와 눈발을 타고 내려와 이승에서의 흔적을 찾아 헤매며 서럽게 운다. 그리고는 편지를 써서 고향으로 보낸다. 주소도 쓰지 않고 우표도 붙이지 않고 그냥 부친다. 그러면 지나가는 새들이 한두 장씩의 편지를 물고 가 그리운 이들에게 일일이 전해 준다. 답장은 바람으로 변한 새들이 다시 하늘로 올라간 별들에게 전해 주어 가 보지 못한 고향소식을 듣게 된다. 그러나 아! 그러나, 그리운 이들에게 답장을 받지 못한 사람들은 꽃으로 주저앉아 섬을 붉게 물들이거나 제비 선창의 하얀 포말로 내려앉아 밤새도록 소리내어 통곡한다. 사람들은 이것을 '그리움'이라고 말한다. 그리움은 '사랑'의 다른 이름이다. (「소록의 별밤」에서)

소록도 사람들은 죽어서 맑은 영혼들이 하늘로 올라가 아름다운 별이 된다고 한다. 비록 온전하지 못한 육신으로 말미암아 많은 사람들로부터 격리되어 살고 있지만, 그들의 영혼은 아름답기 그지없다고 보았다. 그 영혼은 하늘에서 빛나는 영롱한 별과 같다. 하지만 아름다움만큼 그 뒤에는 서러움과 그리움과 통곡이 있다. 섬을 덮고 있는 붉은 꽃은 그들의 한 맺힌 피눈물이고, 선창가에 일고 있는 파도의 포말들은 그리움 때문에 쏟아낸 그들의 통곡의 눈물이다. 소록도 한센병 환자들의 한 맺힌 삶과 아름다운 영혼, 그리움의 통곡과 같은 정서들을 하늘의 별, 붉은 꽃, 선창가의 포말, 바람, 별과 같은 객관적 상관물을 통해 형상화하고 있다. 정서를 날것으로 진술하지 않고 구체적 사물에 기대어 드러낸다. 이는 작게는 시적인 표현이라고 할 수 있고, 크게는 문학적 형상화라고 볼 수 있다. 문학의 가장 기초적인 방법이며 출발이다. 소록도를 여행하면서 그곳 사람들을 만나 그들의 삶을 상상력을 통해 문학적 형상화를 이뤄 내고 있다. 사실에 의존하지 않고도 좋은 수필이 될 수 있음을 잘 보여주는 대목이다. 구활의 수필이 이처럼 풍부한 문학성을 담고 있음은 뛰어난 상상력의 소산이라 할 수 있을 것이다.

한 수필가의 작품을 한 공간에 모아 놓은 수필집을 보면 대체로 수록 작품들이 주제나 문장을 이끌어 가는 방법들이 대동소이한 경우를 보게 된다. 이것이 한 작가의 뚜렷한 세계관이나 문학관에서 비롯된 것이라면 별다른 이의를 제기할 수 없다. 오히려 자기 나름의 고유한 색깔과 영역 확보라는 점에서는 긍정적으로 평가할 수 있는 대목이다. 그러나 이를 다른 측면에서 보면, 실험정신의 부족으로 읽을 수도 있다. 창의력을 바탕으로 새로운 세계를 열기 위한 치열한 작가정신의 결여가 이러한 결과를 낳을 가능성이 크다는 뜻이다. 고정된 틀이나 관습에 얽매여 문학적인 영역을 넓히지 못한다면 그것은 바람직하다고 보기 어렵다. 이런 경우는 대체로 특정한 메시지를 전달하거나 윤리적인 청렴성을 드러내는 데 치중하기 때문에 그렇다. 이 점은 독자와 멀어지는 가장 중요한 요인이다.

그런데 구활의 수필은 재미있다. 그 재미는 특이한 소재나 기발한 구상에서 오는 것이 아니라 문체에서 비롯되는 것 같다. 문장이 흐르는 물같이 막힘이 없고 선택된 다양한 화소들의 조합이 자연스럽다. 무엇보다도 풍부한 상상력에 의해 구성되는 문장들은 독자들을 글 속으로 끌어들이는 흡인력이다. 어떤 사실을 있는 그대로 진술할 때 느끼게 되는 지루함도 없다.

물론 작품에 따라, 다소 과다한 수사적 인용법의 사용이나 급작스런 화소의 연결은 때로 인지적 충격으로 와 닿을 때도 있지만, 현학적이고 인위적이라는 느낌을 줄 때도 없지 않은 듯하다. 이런 경우 압축성이 요구되는 것이 사실이다.

어쨌든 구활의 수필은 거침이 없다. 여러 방면에 걸친 다양한 경험, 풍부한 어휘력과 상식, 끝없이 펼쳐지는 상상력의 마력 등은 그의 수필이 하나의 고유한 모습으로 설 수 있도록 하는 중요한 요소임에 분명하다.

작가 후기

우리 집 가풍을 지키며

우리 집에는 제왕절개 수술로 아이를 낳은 사람은 아무도 없다. 할머니, 어머니, 아내, 딸, 며느리 이렇게 나열하면서 손꼽아 봐도 아무도 그런 여인은 없다. '자연만이 싸게 먹힌다'는 경제를 앞세운 알뜰 환경이 가풍을 만든 셈이다.

나도 글을 쓰면서 대체로 가풍을 따른다. 덜 익은 글을 끄집어내 인큐베이터에 넣어 요모조모 인간이 될지 말지를 뜯어보며 노심초사하지 않는다. 되면 되고 말면 말고 이른바 배짱이다. 어릴 적 우리 동네 아이들 중 어쩌다가 배냇병신으로 태어난 아이들이 있긴 해도 대부분 자연분만으로 태어난 아이들은 건강했다.

가풍을 따른다고는 하지만 때론 설사를 만난 듯한 잡지사들이 뒷간 자리 비워달라고 아우성칠 땐 제왕절개로 설익은 글들을 바쁘게 드러낼 때도 더러 있다. 그땐 "손가락 길이가 어떻게 다 같을 수가 있냐"며 내 자신을 위로하지만 송구스런 마음은 한참 동안 지속된다.

임신 기간중의 태교는 주로 산행을 하면서 한다. 능선을 휘어 감는 바람소리, 계곡의 살가운 물소리, 살아 있음의 환희를 확인시켜 주는 숲속의 새소리, 그리고 뭇 벌레들이 부끄러워 몸을 움츠리며 사랑하는 소리, 소리들이 모두 선생님들이다.

산에서 온갖 소리들을 들으면서 힘겨운 산행을 하면 희미한 불씨 같은 글의 소재가 단번에 살이 찌고 뼈가 굵어진다. 산행은 혼자도 좋고 여럿이 함께 가도 상관없다. 어차피 혼자서 걷는 것이니까. 산에서는 첫 문장을 만들고 끝부분을 간추린다.

그리고 문맥의 흐름은 개울물에 소나무 껍질로 만든 조각배를 띄워 그냥 흘러가게 만들듯 자유스럽게 버려 둔다. 항상 설계도 없이 글을 쓰기 때문에 구성이 탄탄치 못한 단점이 있긴 하지만 개의치 않는다.

그러면 정충 격에 해당하는 글의 씨앗은 어디서 오는 걸까. 내 경우에는 어디서 누가 보내 주는 것 같다. 글의 소재가 될 만한 그 무엇이 '반짝' 하고 머리를 스쳐 지나간다. 그럴 때 나는 그걸 받아들이지 않고 그냥 둔다. 대부분의 '반짝'은 남정네의 바람기처럼 일회성으로 끝나지만 유독 질긴 놈은 사나흘 아니라 몇 달이 지나도록 머릿속을 떠나지 않는다. 질 속에 들어온 수많은 정충들이 모두 아기가 되지 않는다는 것을 나는 안다. 나는 인연처럼 끈끈하게 달라붙는 놈만 받아들여 산으로 안고 간다. 내 글이 잉태되는 교접 장소는 머릿속인지 가슴속인지 그건 아직 잘 모르겠다.

어디서 누가 보내 주는 것 같다던 그 누구는 다름 아닌 바로 나 자신이다. 내 속에는 글을 쓰는 내가 있고, 글을 쓰도록 도와 주는 다른 내가 있다. 글을 쓰는 나는 감성적이고 도와 주는 나는 이성적이다. 나는 둘 중에 누구도 편애할 수 없고 또 배반할 수도 없다. 이성적으로 사유하고, 그리고 글쓰기는 감성적으로 하고 있다는 게 맞는 표현인지 그것도 잘 모르겠다. 그래, 이런 문제는 크게 중요하지 않다.

내 문학을 위해 사실 문학이랄 것도 없지만 그동안 '이성이'가 큰 고생을 한 대신 '감성이'는 놀고 먹었다. 허기야 아버지의 부재에 따른 가난했던 유년의 경험은 둘 다 함께 겪었던 귀한 고생이었지만, 그것이 오늘의 내 문학적 모태가 되었다는 사실을 알면 그렇게 노여워하거나 슬퍼할 일이 아니다. "초년 고생은 황금을 주고 산다"는 말은 내게 있어 로또복권 같은 횡재이거나 기도와 같은 위안이었다.

'이성이'는 부지런하고 '감성이'는 아주 게으르다. '이성이'는 '감성이'가 글을 잘 쓸 수 있도록 지치지 않고 읽고 생각한다. 그러나 '감성이'는 글쓰기가 지겹고 귀찮고 때론 두려움을 느끼기도 한다. '감성이'는 지금도 '자연 뺑'이나 공짜 생각만 하고 있다. 그러나 세상사가 뜻대로 되지 않듯 어느 시점에 이르면 쓰지 않고 못 배긴다. 어쩌면 팔자이자 운명이다.

도가에서 도를 닦는 데는 법法, 재財, 지地, 여侶 등 네 가지 조건을 갖추어야 한다고 말한다. 그것은 스승, 돈, 암자, 도반을 가리킨다. 도를 닦는 데는 스승과 기간 동안 버틸 재물 그리고 장소와 친구가 있어야 한다는 얘기다.

이 이야기를 내 문학에 대입해 보면 나는 네 가지 중 어느 것도 흡족할 정도로 갖추지는 못했지만, 네번째 도반의 경우만은 크게 불평할 정도는 아니다. 나는 문학이 막연한 환상 또는 무지개처럼 일렁거리던 대학시절에 김원일(작가), 강운구(사진가), 도광의(시인) 등과 그 주변의 여러 친구들을 만나 문학이야기를 듣는 것만으로도 충분히 행복할 수 있었고 공부가 되었다.

그리고 그들을 따라 가기 위해 세운 "하루 한 권의 책을 읽어야 겠다"는 엉터리 없는 결심이 수필 문단의 말석에 앉아 이렇게 음풍농월을 하게 된 단초가 되었다. 그러나 하루 한 권의 독서는 불가능했다. 어릴 적 장래 희망이 대통령인 아이가 면서기가 되듯 목표를 높게 잡은 덕에 한 달에 열 권은 읽을 수 있었다. 지금도 그 생각에 변함은 없다.

나는 시를 열심히 읽는다. 요즘 젊은 친구들이 쓴 야한 소설은 코드에 맞지 않아 읽지 않는다. 그리고 수필은 많이 읽지 않는다. 수필이론은 한 번도 읽어 본 적이 없다. 그렇기 때문에 수필을 어떻게 써야 하는지 모른다. 그런데도 나는 수필을 쓰고 있다. 무형식이 형식이라고 하더라도 내 글은 형식에도, 무형식에도 맞지 않는 그런 글일 게다.

앞서 이야기한 '반짝' 하는 그 무엇은 대부분 시에서 오는 것 같다. 내 글은 시의 연장이라고 생각하고 시를 쓰듯 수필을 쓴다. 그리고 한 가지 추가할 게 있다면 신문을 읽다가 아름다운 문장을 만나면 아무렇게나 뜯어 붉은 연필로 밑줄을 긋고 스크랩을 한다. 그런 버릴 수 없는 문장은 아무도 모르게 이미 써 둔 글 속에 집어넣기도 하고, 앞으로 쓸 글 속에 끼워 넣기 위해 기억의 서랍 속에 은밀히 감춰 둔다.

장황한 이야기를 요약해 보자. 많이 읽고, 많이 생각하고, 많이 쓰고, 그리고 쓰고 나선 많이 고치면 내 글쓰기는 끝이 난다. 그러고 보니 옛 어른들의 말씀은 하나도 버릴 게 없다. 온고지신溫故知新이라. 에헴.